U0044326

風雲時代

風雲時代

權力巔峰

SUPREME POWER

卷10 殺機四伏

夢入洪荒 著

目錄

Contents

第一章

殺機四伏

組長狂風眼中露出幾分陰柔之色道：「這一次在瑞源縣，我們必須要小心謹慎，不能輕易出手，但是只要出手，必須保證一擊斃命，然後立刻逃之夭夭，只要離開中國，柳擎宇身後的勢力就拿我們一點辦法都沒有了。」

離開曾鴻濤辦公室，柳擎宇的心情舒暢了許多，心中積存的那點怨氣也因為即將到來的南華市之行而煙消雲散，即將面臨的種種挑戰，也讓柳擎宇感到了一種無形的壓力。

柳擎宇非常清楚，曾鴻濤恐怕沒有把瑞源縣的全部情形告訴自己，但是有一點柳擎宇卻可以肯定，瑞源縣的問題比起東江市來恐怕要複雜得多，畢竟東江市存在的問題相對來說比較單一，主要是東江市存在的龐大利益集團肆意搜刮、掠奪老百姓權益，這種問題解決方式比較簡單，只要找準根源，找到突破口，問題便會迎刃而解。

但是瑞源縣的問題卻不是這樣，那裡主要是以農業為主，利益關係更加的複雜，而對手和敵人隱蔽性極強，自己要掌控全域，還得發展經濟，這種困難度比起東江市來要高出許多。

一路上，柳擎宇一直在思考如何應對瑞源縣的局勢，同時也在不停的上網查找各種資料，以便對瑞源縣有更加深入的瞭解。

接下來的一個星期，柳擎宇雖然處於休整狀態，卻依然處於十分忙碌的狀態，因為他先回了趟北京，陪在父母和爺爺奶奶身邊各待了一天半，這三天時間內，柳擎宇電話不斷，他的朋友得知他回來了，紛紛給柳擎宇打電話，約他出來一起喝酒聊天。

直到三天後，柳擎宇才開始有屬於自己的私人時間。

第四天晚上，柳擎宇和小魔女韓香怡、小胖子劉恆、小二黑、黃德廣、陸釗、梁家源、林雲幾個好兄弟一起相約在什剎海，找了個燒烤大排檔，要了一個臨窗位置坐下。

幾個人要了滿滿一大桌子烤肉，一邊喝著啤酒，一邊聊著天，十分愜意。

席間，劉恆說道：「老大，聽說你過幾天要換個地市去當縣委書記，到底是哪個縣？」

柳擎宇道：「是南華市瑞源縣，還是在白雲省。」

小胖子劉恆聽到瑞源縣這個名字，當時便瞪大了眼睛道：「老大，你確定你要去的地方是南華市瑞源縣嗎？」

看到劉小胖那誇張的表情，柳擎宇也是一愣，說道：「怎麼，難道我的工作地點我還能記錯了。」

劉小胖臉上的表情更加搞笑了，看向柳擎宇說道：「老大，你還記得上次你回來與慕容倩雪相親的時候，遇到的那個砸了你汽車的譚傑嗎？」

柳擎宇的記憶力很不錯，劉小胖這麼一提醒，立刻想了起來，說道：「他的名字我不記得，但是這個人我卻記得，這小子很是囂張啊！」

劉小胖臉上的肌肉嘟嘟嘟的顫抖著，似乎在壓抑內心的笑意道：

「老大，你記得就好，我跟你說啊，這個譚傑在瑞源縣可是賺了不少錢啊，據說這小子幾年前在瑞源縣開了一家農貿公司，利潤相當龐大，我們集團也正在做農業方面的項目，我決定把總部搬到瑞源縣去。」

柳擎宇聽了一愣：「你說譚傑的公司就在瑞源縣？」

劉小胖點點頭：「千真萬確，如假包換。老大，這次你可以好好的收拾收拾這小子了。」

柳擎宇搖頭道：「以前有點矛盾都過去了，只要他守法經營，我是不會搭理他的。」

劉小胖不屑地嗤道：「守法經營？老大，你也太看得起他了，這小子要是肯守法經營，天下恐怕就沒有違法經營的人了。

「我跟您說啊老大，據我所知，瑞源縣是種子大縣，出產的種子佔據了白雲省種子市場的四分之一還要多，營業額有三四億，如果這小子守法經營，我也懶得去瑞源縣攪和去了，但是據我得到的情報，他在瑞源縣經營的，是非法沒有獲得任何批文的轉基因種子，還涉及到基因改造玉米、基因改造的水稻等多種糧食的種子。

「老大，你不是一直在跟我們說，要我們做農產品生意的人一定要有良心，千萬不能沾染基因改造這一塊，尤其是轉基因種子，這句話我深深的記在心裡。而且最近我研究了很多資料，對基因改造的問題也有所瞭解，所以，我兩個多月前便下定決心要去瑞源縣給譚傑攪局了。我要用正當的商業手段將他的轉基因種子擠出市場，就算是為瑞源縣的老百姓做點貢獻吧！」

聽到劉小胖的話，柳擎宇大吃一驚。他雖然在網路上找到很多資料，卻不知道瑞源縣有譚傑的農貿集團，更不知道瑞源縣出產轉基因種子，因為從他所查閱的資料來看，瑞源縣一直標榜的都是傳統種子大縣。如果劉小胖的這番話是真的話，那麼以譚傑公司一年三四億轉基因種子的交易額，這些種子產生的擴散和影響將會是非常嚴重的。

柳擎宇的臉色一下子暗了下來。

這時候，柳擎宇的手機突然響了起來。柳擎宇拿起手機一看，竟然是劉小飛的電話。

柳擎宇立刻接通了，道：「劉小飛啊，你小子最近很忙嘛，也不知道給哥們我打個電話聊聊天。」

電話那頭，劉小飛爽朗的聲音傳了出來：

「柳擎宇，得了吧，你還怪我呢，我好歹也給你打過兩次電話，你小子就給我打過一次。你這屬於惡人先告狀啊。」

說完，柳擎宇和劉小飛兩人都笑了起來。

兩人因為相貌相近，再加上當年在蒼山市新華區時合作得非常好，所以後來柳擎宇雖然離開了蒼山市，還一直保持電話聯繫，彼此都很珍視這份友誼。

柳擎宇笑道：「劉小飛，你肯定是無事不登三寶殿啊，有啥事說吧？」

劉小飛忍不住道：「柳擎宇，看你這話說的，好像我多麼勢利似的。我今天給你打電話主要是兩件事，第一是恭喜你榮升南華市瑞源縣縣委書記；第二是要告訴你，我已經接受公司的指派，要代表一家農業公司前往南華市擔任區域銷售經理，你們瑞源縣是我的重點，所以我得提前拜拜你這個碼頭，希望你以後在不違反原則的情況下，照顧我一下啊！」

柳擎宇聽到劉小飛的話之後，立刻呵呵笑了起來，對劉小飛給自己打這個電話的意思立馬了然於心。

他非常清楚，以劉小飛的能力，怎麼可能需要自己照顧呢，劉小飛只不過是告訴自己他也要去南華市和瑞源縣了；而且很可能會在瑞源縣投資什麼的，這對自己來說是個很好的消息。

從這個細節上，柳擎宇對劉小飛的好感再次多了幾分，這哥們真的很會做人啊。明明是要出手幫助自己，卻偏偏說成是需要自己照顧。

於是柳擎宇很上道地說：「沒問題，劉小飛，你放心吧，以後哥們我肯定會重點照顧你的，不過你如果有什麼投資，也得先照顧一下我們瑞源縣啊！我這個新官，上任想要出成績很難啊。」

劉小飛也笑了起來，對於柳擎宇很快就領會自己的意思十分滿意。

兩人又聊了一會兒才掛斷電話。

放下電話後，柳擎宇看向劉小胖道：「劉恆，這次我們瑞源縣可要熱鬧了，不僅譚傑過來，你也要來，劉小飛那個傢伙也要過來呢。」

劉恆說：「劉小飛？我聽說過那小子，那哥們好像很能惹事，而且膽子特別肥，當初和你在新華區，可是把那位區委書記搞得焦頭爛額的啊！」

柳擎宇笑道：「是啊，劉小飛也是個超級能惹禍的主，不過這哥們的確是一個可交之人，做人做事都非常上道，等去了瑞源縣之後，我給你們好好引薦一下，和這樣的人做朋友是一件十分開心的事。」

劉小胖等人都點點頭，他們對一個商人能夠讓柳擎宇給予這麼高的評價，都很想要見識見識這個劉小飛。

就在柳擎宇和黃德廣、劉小胖等好兄弟們在喝酒聊天的時候，東江市一個建築工地裡走出四個滿身全是泥點的建築工人。

這四個人找了家普通的小賓館，在裡面換上普通人的衣服，隨即乘車前往南華市瑞源縣。

在瑞源縣一家三星級賓館內，四個人租了兩間標準房安頓下來，隨即到餐廳要了一個包間，點了滿滿一桌子飯菜之後，四人開始聊起天來。

其中一個皮膚黝黑的男人恨恨地說道：

「他奶奶的，這些日子真是讓人不爽啊，我們堂堂世界級殺手為了躲避追緝，竟然在工地當起了工人，這如果要是傳了出去，我們四大殺手的臉就要丟光了。」

另一個個頭矮點的男人也是滿臉不爽，一拍桌子說道：

「是啊，狂風，你是組長，你說說，我們下一步該怎麼辦？現在柳擎宇到瑞源縣當官，咱們也跟過來了，我們到底應該什麼時候動手，怎麼樣才能搞定柳擎宇？難道還需要等什麼狗屁時機嗎？依我看，隨便找個時間到瑞源縣縣委大院門口處埋伏一下，看到柳擎宇，一槍把他搞死了事。」

組長狂風眼中露出幾分陰柔之色，冷冷說道：

「雷霆，你說得倒容易，難道你不知道上次我們刺殺柳擎宇引起多嚴重的後果嗎？柳氏家族、謝氏家族等各大勢力紛紛出動大量的人手，在東江市展開了鋪天蓋地的搜查，要不是我們用工人的身分掩飾，恐怕這次都要完蛋了。

「根據我得到的情報，柳擎宇身邊無時不刻都有一個護衛小組在保護他，也就是說，我們還沒有靠近他，百米範圍內就很有可能被發現了，所以，這一次在瑞源縣，我們必須要小心謹慎，不能輕易出手，但是只要出手，必須保證一擊斃命，將柳擎宇徹底擺平，然後立刻逃之夭夭，只要離開中國，柳擎宇身後的勢力就拿我們一點辦法都沒有了。」

一直沉默不語的陽光插嘴道：

「我贊同狂風的意見，上次我們刺殺柳擎宇已經引起多方的關注，弄不好中國的國安都有可能在調查我們，我們必須要小心再小心，絕對不能輕易暴露身分；也不能天天在賓館窩著，必須要找些職場身分掩飾自己，儘量減少曝光率。」

隨後，四個人商量好方案和細節後便各自散去。現在，就等著柳擎宇到瑞源縣上任了。

…………

北京市，大排檔內。

柳擎宇和眾位兄弟們繼續推杯換盞，暢談暢飲，十分開心。

就在這個時候，小吃街旁，一輛賓士車上，一個二十歲左右的男人，一邊開著車，一邊小心翼翼的在人流中穿行著，在他的旁邊，坐著一個穿著超短皮裙、黑色絲襪、職業套裝的二十歲出頭的美女，司機一手掌控著方向盤，一邊在美女的大腿上摩挲著。

美女微微皺著眉頭說道：「范總，這條是小吃街啊，從這邊走是不是太擠了啊？」

司機嘿嘿一笑：「姚秘書，這你就不知道了，雖然從這條街過去比較慢一些，堵一些，但是遠遠比繞路要快得多，至少可以節省一半時間……」

一邊說著，司機的目光偶然間向路邊一瞥，便看到臨窗而坐的柳擎宇，此時柳擎宇正與一票好兄弟們在開懷暢飲。

司機的眼睛立刻便瞪大了，仔細辨認了一下，確認的確是柳擎宇後，他的臉上露出不屑和得意的微笑。在大排檔外面找了個位置把車停好，帶著秘書下了賓士車，直奔柳擎宇他們走了過來。

姚秘書不解地問道：「范總，你看到熟人了嗎？」

「是啊，我看到以前大學時的班長柳擎宇了，那時候，柳擎宇是我們學生會的會長，幾乎所有的老師和同學都認為柳擎宇將來一定前途無量，大展宏圖，而我只是一個普通的小組委員，基本上什麼事情都得聽他的，沒有想到多年以後，我竟然在這個普通老百姓才會來的大排檔裡見到他，他混得還真叫一個慘啊！我得找他好好聊聊！」范總一臉得意的說道。

姚秘書一聽，頓時雙眼一亮，她知道，范總根本不是要和柳擎宇聊天，而是要在柳擎宇面前好好的顯擺顯擺。

這是很多人**潛藏在心底深處的一個魔鬼**，很多人一旦有所成就，就特別喜歡在學生時代或者小時候成績比自己好、比自己聰明的那些人面前顯擺一下自己現在是多麼成功。

她已經做好了看熱鬧的準備。

范總走到柳擎宇的桌前站定，滿臉笑容的看向柳擎宇說道：

「柳擎宇，我應該沒有認錯吧？」

柳擎宇剛要端起酒杯喝酒，聽到范總的招呼，放下酒杯定睛一看，腦中思索了一下，立刻滿臉含笑，主動伸出手來握了握說：

「是范金華吧，真沒有想到在這裡遇到你，你來得正好，一起坐下來喝點吧，這些都是我的朋友。」

劉小胖、小二黑等人見柳擎宇遇到老同學了，紛紛站起身來想要讓座，誰知道范金華絲毫沒有和劉小胖等人說話的意思，語氣高傲地道：

「柳擎宇啊，沒有想到會在這裡見到你，看來你混得不怎麼樣啊！我一會兒要開賓士車帶著秘書去華恆大酒店吃飯，要不你跟我一起去見見世面？」

劉小胖、小二黑等兄弟們一聽范金華的意思，便明白這哥們的真實意圖了，他這是來顯擺來了！尤其是最後幾句話，更是將他內心的優越感展現得淋漓盡致。

對於老大的脾氣，兄弟幾個自然非常清楚，不再說話，看著范金華。

這時，范金華的秘書姚玉蓉走到范金華身邊，伸手挽住范金華的胳膊，做出小鳥依人的姿態，想要好好的為范金華賺一賺面子。

柳擎宇今天偶遇范金華，心中非常高興。以前大學時代兩人間的齟齬，柳擎宇早就忘得一乾二淨了。

那時，柳擎宇是班長，范金華是小組委員，職務有些重合，由於兩人都是十分強勢之人，所以彼此間互不對盤，常有衝突。

在成績上，范金華一直保持名列前茅的水準，但是，每次排名他總是排在第二，因為第一名永遠都是柳擎宇。學校的獎學金從來都與他無緣，這也讓他內心對柳擎宇非常不服氣。

柳擎宇本來滿心歡喜想要和這位老同學好好敘敘舊，沒有想到他是過來打自己臉的，還當著這麼多人的面向自己炫耀。

在柳擎宇看來，大學時的那點事就是芝麻綠豆點大的小事，根本不值一提，范金華卻記仇到現在，這讓柳擎宇對范金華的印象一下子就差了起來。

柳擎宇的嘴角微微向上，露出一個耐人尋味的笑容道：

「華恆大酒店啊，那可是非常高檔的地方，我還真沒有去過呢，如果不是和朋友們喝酒，我一定跟你去長長見識。范金華，看來你混得不錯啊，又是美女秘書又是賓士車的，咱們同學裡面大概就屬你混得最好了！」

范金華故作謙虛道：「不敢不敢，我只是稍微有點成就而已。」

這時，姚玉蓉眼珠一轉，大聲說道：

「范總，我們公司明天晚上正好在華恆大酒店舉辦黃金玉米試吃典禮，您不是說要多請一些社會名流、專家前去赴宴嗎？既然你這位老同學沒有去過華恆大酒店，何不借此機會讓他去湊個熱鬧呢？您可以給他個請柬啊！」

范金華立時眼睛一亮，他去華恆大酒店就是為了檢查明天黃金玉米試吃典禮的籌備情形，身為怡海集團中國副總裁、東北區總經理，他對這次的試吃典禮十分關心，因為這是一個擴展人脈、打開銷售管道、拓展各界關係的大好機會，總公司對這次的典禮也十分重視，所以任命他為這次典禮的主要負責人。

范金華邀請了很多在各個領域混得不錯的老同學前來參加，給自己捧場，其中有一個還是在農業部門任職的官員。

這些老同學中，好幾個都是大學時期看柳擎宇不怎麼順眼的主，現在混得都非常不錯，要麼在官場上平步青雲，要麼在商場上子承父業、家大業大，他準備借著昔日的交情再和他們拉拉關係。

范金華當即從口袋中掏出一張請柬遞給柳擎宇，說道：

「這是明天晚上在華恆大酒店舉行典禮的請柬，以西餐為主，到時候會有好多老同學參加，你一定要準時赴宴哦！」

范金華不自覺得流露出一股居高臨下的味道，彷彿柳擎宇是他的下屬一般。

坐在柳擎宇身邊的小二黑見狀，實在看不下去了，站起身來，準備要好好的教訓教訓范金華。這小子也太狗眼看人低了，以柳老大的身分地位，就算是一百個范金華也比不上啊，這小子竟敢在柳老大面前賣狂，簡直就是找揍！

柳擎宇自然對好兄弟的意圖瞭若指掌，看到小二黑站起來，輕輕拍了拍他的肩膀，用手指指座位，小二黑明白他的意思，瞪了范金華一眼，這才坐了回去。

范金華看到小二黑那惡狠狠的目光，一副流氓樣，反而更顯輕蔑之色，看來柳擎宇這幫朋友都和他一樣，品味低下，都是些窮鬼混混，自己一個跨國集團的總裁沒有必要和這些人一般見識。

柳擎宇婉謝道：「不好意思啊，我這個人胃口比較刁，吃不慣西餐，我就不去了。」

見柳擎宇有退縮的意思，姚玉蓉話中帶刺地說道：

「柳擎宇，你好歹是個男人，不管現在混得怎麼樣，老同學聚會怎麼也該去見一見吧，否則就是表示你自卑了。

「我跟你說，我們這次的轉基因黃金玉米的試吃典禮請柬十分珍貴，而且設立了嚴格的保全措施，僅僅是維護現場安全的就有三十多個，可不是誰都可以進去的。

「我再跟你透露一個消息，這次參加宴會的，大多是和農業相關領域的專家，如果遇到這些人隨便指點你一下，你就發財了，也不用到路邊大排檔來吃飯了，到時候華恆大酒店這樣的地方你可以隨便進，開賓士寶馬也不在話下。」

柳擎宇聽了眉頭微微一皺，沒有想到范金華舉辦的竟然是轉基因黃金玉米的試吃典禮，這也讓原本對這個宴會不感興趣的柳擎宇多了幾分好奇。

范金華看到柳擎宇似乎有些心動了，立即決定再加碼道：

「柳擎宇，再告訴你一個消息，你在大學時期追了很久都沒有追上的女神周慧瑤從美國回來了，我們已經交往半年多，這次宴會上，我準備正式向她求婚。」

聽到周若瑤的名字，柳擎宇身體不禁一顫，腦中立刻呈現出一個美豔絕倫卻表情冷漠、肌膚潔白如雪、沒有一絲瑕疵的冷面女神。

在柳擎宇的記憶中，周若瑤是個性格十分開朗、活潑的女孩，身上充滿了陽光燦爛的氣息。然而，她對對待柳擎宇卻總是寒著一張臉，從不給他好臉色，甚至到後來，因為厭惡自己的追求，竟然憤而去美國留學，從那之後，他就再也沒有看到過周若瑤。

一旁的韓香怡聽到范金華的爆料，再看到柳哥哥明顯有些緊張和呆滯的表情，心中不禁暗道：「柳哥哥竟然在大學的時候還追求過女孩子，以前我怎麼沒有聽說過啊，這個消息好像就連曹姐姐都不知道，這個周若瑤到底是誰？為什麼竟然對柳哥哥這樣優秀的男人如此不屑呢？」

柳擎宇略微猶豫了一下，伸手接過請柬，「好，既然如此，那這份請柬我收下了，明天我會準時參加你們的試吃典禮的。」

看到柳擎宇終於答應了，范金華心中興奮得無以復加，還有什麼比在柳擎宇曾經追求無果、自己卻能求婚成功更加刺激的事嗎？還有什麼比在那麼多老同學的面前狠狠打柳擎宇的臉更加讓自己開心的嗎？

不過范金華將喜悅之情藏在心裡，只說道：「好，那明天晚上咱們見，我就不打擾你吃飯了，對了，千萬不要遲到哦，七點鐘宴會準時開始。」

柳擎宇點點頭：「放心吧，不會遲到的。」

范金華一邊往外走，一邊摟著姚玉蓉故意說道：「走吧，姚秘書，咱們坐上破賓士溜達溜達去。」

姚玉蓉立刻媚聲道：「就這麼輛破賓士也是很多人奮鬥一輩子都未必買得起的啊！范總，還是你厲害！你就是我的偶像啊！」

望著兩人離去的背影，韓香怡臉上露出不屑之色說道：

「柳哥哥，就范金華那熊樣居然敢在你面前得瑟，你怎麼沒有告訴他，你今天過來開的長城雷霆啊，這款車可以買他那輛賓士十幾輛了！」

柳擎宇淡淡一笑：「像范金華這種人根本不值得我去和他計較，每個人混得如何都是自己的事，和別人沒有任何關係，我沒有必要因為他在我面前得瑟，就非得狠狠的踩他一腳，這就好像你被狗給咬了，你還能咬回來嗎？」

韓香怡撇了撇嘴：「哼，我剛才真想跟二黑哥一樣，起身狠狠抽他幾個大嘴巴，就他那種不可一世的騷包樣子真是欠抽！」

劉小胖、黃德廣、陸釗等人紛紛點頭，表示贊同小魔女的觀點。

小魔女又一臉八卦的看向柳擎宇道：

「柳哥哥，范金華說的那個叫周慧瑤的女神是誰啊？你之前可從來沒有跟我們講過啊！她長得好看，還是曹淑慧姐姐長得好看？」

八卦是女人的天性，但是在有些八卦面前，男人也難以免俗，小魔女說完，現場所有男人的目光全都盯在柳擎宇的臉上，露出了好奇之色。

在場的老朋友都知道，這位柳老大對一般的美女一向是不屑一顧的，就算是曹淑慧這種頂級美女也不輕易動心，正因為如此，大家的八卦之心也開始氾濫了。

看到眾人充滿好奇的眼神，柳擎宇有些無語，沒好氣的說：

「我和周若瑤之間，就像范金華說的，我追求她，她不鳥我，她對任何人都笑臉相迎，唯獨對我例外，後來，她大概是被我的追求搞煩了，乾脆直接去了美國。從那之後，我們就再也沒有見過面啦。」

柳門四傑之一的林雲問道：「老大，那你現在對這個周若瑤還有感覺嗎？還想著她嗎？」

柳擎宇苦笑了一下：「誰知道呢！現在回想起來，那時候年少輕狂，，這麼多年，我也長大了，早就沒有年輕時的衝動了。」

小魔女轉著一雙水汪汪的大眼睛，手托香腮道：「柳哥哥，如果你們見了面，她要是說喜歡你，你還會再去追求她嗎？」

柳擎宇沉吟了一下，搖頭道：「正常情況下是不會的，畢竟我們已經有許多年沒有見面了，而且我的思緒一團亂麻，到現在還沒有理清楚呢，我可不想再多一個煩心的，如今，我只能祝福她找到一個好的歸宿了。」

柳擎宇又自嘲的道：「何況，就算我想，人家也未必願意啊！她可是畏懼我如同老虎一般。」

小魔女充分將八卦之魂發揮得淋漓盡致：

「柳哥哥，我告訴你啊，女人的心是會變的，也許當初她拒絕你，現在反而會欣賞你呢，時移境遷，女人的心，男人永遠也摸不清楚。」

柳擎宇無奈地笑了一下，沒有說話。

第二天晚上，六點半左右，柳擎宇搭車來到華恆大酒店。

一走進大廳，柳擎宇便看到正中央懸掛著巨大的橫幅——歡迎各界專家朋友蒞臨本次黃金玉米試吃典禮。

大廳裡，有一群穿著紅色旗袍的長腿美女負責引導客人，柳擎宇把請柬遞交上去，便在長腿美女的引導下前往宴會大廳。

當柳擎宇踏入大廳，一下子呆住了。

宴會廳內人頭攢動，有不少新聞記者正拿著照相機在拍攝，現場還有幾個在農業領域頗有知名度的專家教授！

有不少記者在採訪這些專家教授們，問他們對黃金玉米的評價如何，其中一名專家毫不猶豫的說道：「一旦黃金玉米投產，將會以最全面的營養到達最需要它的窮人手中，因為這種玉米營養成分大幅提高，生產效率在育種專家多年努力之下也不亞於常規品種，價格卻與正常玉米品種一樣，是窮人最好的食物。」

那位記者立刻又再問道：「張教授，據我所知，黃金玉米花費了巨額研發經費，這部分費用肯定要轉嫁到購買種子的農民和消費者的身上，這種情況下，會比傳統玉米更有優勢嗎？」

張教授隨後說了一大堆聽起來十分有道理的理論，將記者們說得紛紛點頭表示贊同。

柳擎宇聽到張教授的理論，差點沒有走過去狠狠揍他幾個大嘴巴，因為這廝雖然表面上說得十分有道理，說什麼所有黃金玉米的參與者都宣布放棄對黃金玉米的專利權，讓所有貧困以及糧食不足的國家可以免費使用黃金玉米在研發中所涉及到的各種專利技術，但是柳擎宇非常清楚，天底下哪裡有免費的午餐啊！

就在這時，柳擎宇看到了范金華，同時也看到離范金華不遠處，正在陪同一位五十多歲的金髮碧眼男人在一起聊天的大學女神周慧瑤。

今天的周慧瑤身穿紅色的禮服，腳蹬三吋的高跟鞋，手中端著紅酒，不時的和身邊的各界名流舉杯示意。

只見她豔若桃李，美麗動人，再配上一杯紅酒，兩頰的紅暈讓每個經過她身邊的男人都忍不住多看一眼，可以說她是整個宴會廳內最靚麗的一抹風景。

柳擎宇的目光在周慧瑤的臉上凝視良久，緩緩收回目光，暗暗嘆息一聲：「都八九年沒有見了，她依然是那麼美麗動人，到哪裡都會成為焦點。」

就在這時候，不知道是心有靈犀還是巧合偶然，周慧瑤的目光隨意的一掃，便發現了正在呆呆看著自己的柳擎宇，她的身體立時一陣僵硬，拿著酒杯的右手微微一顫，灑出了少許紅酒。

她連忙慌亂的收回自己的目光，轉向別處，但是神情中卻流露出一絲慌亂之色。

這時，站在周慧瑤身旁的老外不由得眉頭一皺，有些不滿的說道：

「Miss周，你是怎麼回事？怎麼這麼不穩重啊，記住，你是我們布雷爾公司中國區的行銷總監，你不僅僅代表著你個人，更代表布雷爾公司，我們可是有著一百多年歷史的跨國農業公司，絕對不能給我們公司丟臉，否則我會毫不猶豫的立刻炒掉你的。」

老外的教訓，讓周慧瑤連忙滿臉歉意的說道：「對不起莫里斯總裁，我會注意的。」

莫里斯冷哼了一聲，繼續和其他人寒暄起來。

莫里斯是一個中國通，對中國的文化習俗十分瞭解，自從周慧瑤加盟布雷爾集團，並成為他的手下後，他一直想把周慧瑤這個極品美女給潛規則了，但是周慧瑤卻一直沒有讓他得逞，這讓他對周慧瑤相當不滿。

突然，宴會廳內燈光全部暗了下來，舒緩的音樂聲響起，在大廳正中央早已經準備好的舞臺上，幾道光柱投注在上面，照亮了整個舞臺，隨後，十幾名手中端著瓢盆碗勺的美女們一一走上舞臺。

在舞臺上擺置好之後，又有另外一批美女推著一輛輛美食車走上舞臺，在瓢盆裡放上各式各樣用黃金玉米做成的美食，包括黃金玉米飯、黃金玉米粥、黃金饅頭、黃金玉米沙拉、黃金玉米捲……林林總總十幾樣，全都是用黃金玉米為原料做成的。

當美食擺好後，范金華手中拿著麥克風走上舞臺中央，開始了激情四射的演講：

「各位先生女士，我是怡海集團中國區副總裁范金華，今天我代表我們怡海集團，向各界隆重推出我們公司最新的科技成果——黃金玉米。

「這種玉米號稱是世界上營養最豐富的玉米，那麼有人問了，這種玉米和普通玉米有什麼區別呢？我可以告訴大家，黃金玉米是特別研製的，是將胡蘿蔔中的維生素，尤其是β胡蘿蔔素導入玉米基因中，使黃金玉米含有比普通玉米更加豐富的營養價值。

「各位朋友們，你們一定會很好奇，我們集團為什麼要研發這種黃金玉米呢？

「我可以告訴大家，我們怡海集團是一家非常有社會責任感的公司，根據我們的調查，世界上有一點九億的兒童和一千九百萬孕婦患有不同程度的維生素Ａ缺乏症，每年發展中國家有三十五萬兒童因缺乏維生素Ａ而失明，六十七萬兒童因缺乏維生素Ａ導致免疫力下降，造成感染而死亡。

「維生素Ａ存在於動物性食品中以及包括胡蘿蔔在內的蔬果，一般正常人只要不偏食，都可以獲得足夠的量，然而，在許多貧困地區，能吃飽肚子就不錯了，根本就沒辦法顧及維生素的攝取，所以幾經探索，我們的科學家們想到了通過基因改造的手段，培育出富含維生素Ａ的作物來。

「這就是我們今天向大家隆重推出的黃金玉米！現在大家可以上臺來品嘗一下用黃金玉米做出來的各種美食，同時，也歡迎各大農業公司的朋友們與我們怡海集團合作，共同發展黃金玉米在中國的市場，實現多方共贏。」

范金華說完，現場響起了熱烈的掌聲。

接著，范金華向舞臺下走去，聚光燈一直緊緊追逐著范金華，范金華向周慧瑤走了過去，邊走邊說道：「為了讓大家吃得更開心，今天，我要當著大家的面，向我心目中的女神求愛，請大家支持！」

現場再次歡聲雷動。

隨著雷鳴般的鼓掌聲，范金華一步一步走向周慧瑤。

看到范金華向自己走來，周慧瑤的臉色立刻變得不太自然，想要逃走。

這時，站在周慧瑤身邊的莫里斯低聲說道：

「周小姐，這個項目對我們來說十分重要，只要能和怡海集團達成合作協定，就可以擴大我們集團在中國糧食市場的占有率，為我們集團在中國的發展打下堅實的基礎。所以，你必須拿下與怡海集團的合作案。

「尤其是這個范金華，他是怡海集團中國區的關鍵人物。只要你能夠拿下他，我會立刻向總部申請發給你一百萬的獎勵，這樣，你就有足夠的資金為你的母親治病了。但是，如果你搞不定范金華的話，那麼一切後果由你負責，到時候可就別怪我鐵面無情了。」

聽到莫里斯這番話，周慧瑤的臉色一下子顯得無比蒼白，她聽得出來，莫里斯絕對不是在危言聳聽，以前莫里斯總想染指自己，自己一直不答應，他早就懷恨在心，現在有機會公報私仇，他是絕對不會放過這個機會的。

而且在外資公司混了這麼多年，她對外國企業的文化十分清楚，總部只看結果，不看過程，無法完成業績和目標，就得立刻滾蛋走人，沒有人和你談什麼苦勞，他們看的只是成果。

「怎麼辦？我該怎麼辦？難道我真的要委曲自己，去滿足范金華，從而拿下這個項目，獲得獎勵嗎？」

一時間，周慧瑤陷入了混亂的天人交戰中。

在周慧瑤舉棋不定時，范金華來到周慧瑤面前，他的手中多了一束巨大的玫瑰花，足有上百朵，面對著周慧瑤，突然單膝跪地，舉起玫瑰花大聲說道：

「美麗的周小姐，請你接受我好嗎？從今以後，我會珍惜你，愛你，對你好。」

「答應他！答應他！」

現場范金華早就安排好的助陣團立刻大聲呼喊著，很多看熱鬧的人也跟著起鬨，聚光燈立時聚焦到周慧瑤的身上。

誰也沒有注意到，聚光燈外，柳擎宇悄然站在了周慧瑤的身邊。

周慧瑤看著惺惺作態的范金華，心中只感覺無比的噁心。

對范金華，她比任何人都瞭解，這傢伙在大學的時候便依仗著高富帥的身分到處拈花惹草，甚至還有一個女同學被他搞大肚子後就被他棄如敝屣，對他這樣的花花公子，他嘴裡所謂的愛情，保存期限恐怕連兩個月都不到。

周慧瑤沉默不語，四周的人們和范金華請來助陣的，不斷大叫著：

「答應他！嫁給他！」

不少女孩眼中滿是小星星的看著英俊帥氣的范金華，羨慕地道：「要是有這麼一個大帥哥如此對我，該有多好啊！」

莫里斯見周慧瑤遲遲不表態，用手向前推了周慧瑤一下，催促道：「周小姐，現在這個合作案能否成功，就看你的了。」

周慧瑤猶豫著，臉上的表情陰晴不定。對此刻的周慧瑤而言，**向前一步是火坑，向後一步則是懸崖，進與退都讓她十分為難**。

現場因為周慧瑤的猶豫安靜了下來，所有人都不解的看著周慧瑤，不明白為什麼偶像劇和電影裡才會出現的浪漫劇情現實版，男主角會遭遇如此尷尬的境地？要知道，男主角可是充分表現出了他的誠意，更是給足了周慧瑤面子啊。

很多人開始竊竊私語起來。

就在這時候，一個洪亮的聲音響起：

「真沒想到，堂堂一個大公司竟然要逼著女職員用身體去換取與怡海集團的合作！更沒有想到，怡海集團竟然無視中國的法律，公然舉行所謂的試吃典禮，看來有關部門真的該對你們這些跨國公司好好管管了！」

說話的人是柳擎宇！

看到柳擎宇突然出現在身旁，周慧瑤身體劇烈顫抖起來，目光中也多了幾分慌亂，但是當她聽到柳擎宇說的話後，臉上不禁露出一絲輕鬆之色，因為她知道柳擎宇的出現讓自己的尷尬處境有了解脫的機會。

因為柳擎宇上大學的時候就是攪局高手。那時候，很多人追求自己，但是每次都被柳擎宇給攪局，讓那些追求者再也不敢靠近她。

說話間，柳擎宇悄悄走到范金華身旁，以迅雷不及掩耳之勢從范金華的手中拿過麥克風，走上舞臺說道：

「各位先生女士，怡海集團的副總裁范金華是我的大學同學，今天現場也有好幾位我的老同學，按理說，我應該和老同學好好的敘敘舊，但是，身為中國人，在敘舊前，我想當著大家的面問范金華幾個問題。老同學，不知道你敢不敢回答我呢？」

范金華突然有些後悔給柳擎宇請柬，把他給叫來了。

他的本意是想要狠狠的刺激柳擎宇一下，讓他感受感受**什麼叫做失落，什麼叫做鬱悶，什麼叫橫刀奪愛！**卻反而被柳擎宇搶走風頭。

不過，范金華能夠混到這種位置，自然不是泛泛之輩。他立刻讓服務員拿來另一支麥克風，也走上舞臺，毫不示弱的說道：

「柳擎宇，既然你想問，那就問吧，身為老同學，我有問必答，畢竟，我的身分地位和你已經大不相同了，我十分樂意為你解答疑惑，希望對你的人生有點幫助。」

范金華氣場十足，話裡話外都透露出相當的自信，毫不猶豫的把自己擺在了成功者的位置上。

柳擎宇只是淡淡的看了范金華一眼，問道：

「范金華，從你剛才對黃金玉米的描述中，我是不是可以下個結論，你們公司所推出的這個黃金玉米是轉基因的玉米，也就是一般所說的基因改造食品？」

范金華聽到「轉基因」三個字，眉頭就是一皺，自己特別小心的回避轉基因這三個字，就是為了避免這三個字刺激到在場一些對這種食物比較敏感的人。

沒想到自己處心積慮想要回避的東西，竟然被柳擎宇當面提了出來。

不過他很清楚，自己無法否認這個事實，而且轉基因也是一個非常好的賣點，所以他很乾脆地承認：「沒錯。」

「好，既然你承認它屬於轉基因的產物，那麼我想問問你，你們公司是不是要在中國推廣這種玉米？」柳擎宇接著問道。

范金華點點頭：「當然！黃金玉米是世界上最有營養的作物，可以極大的解決貧困地區糧食缺乏導致的營養不良問題，而且不需要任何專利費用，我自然要把這種好東西推廣到整個中國。」

柳擎宇怒聲呵斥道：

「范金華，你也太沒有良心了！你還算是個中國人嗎？你明明知道你們公司所生產的這種轉基因玉米並沒有在中國獲得任何的許可證書，卻公然攜帶轉基因玉米進入中國，而且還舉行如此大規模的商業推廣活動，難道你不知道你這樣做是違法的嗎？」

第二章

江湖險惡

僅僅是出門相送這個細節，就讓柳擎宇意識到這位市委書記是個城府極深之人，因為通過此舉，他等於向眾人傳達了一個訊息，那就是他對柳擎宇十分關切，這也有向黃立海施加壓力之意。這讓柳擎宇想到了四個字——江湖險惡！

范金華心中一個翻個，沒想到柳擎宇竟然如此懂行，從這個角度對自己發起了進攻，這讓他有些猝不及防。

不過范金華心思十分縝密，在他想來，一個只能去吃大排檔的人，怎麼可能懂得什麼許可不許可證的，八成是胡亂猜測的，所以他毫不猶豫地謊稱道：

「柳擎宇，我嚴重警告你，不許你血口噴人，否則我們集團不排除對你採取法律追溯的權力，我們的黃金玉米可是獲得有關部門認證的安全產品，也被允許進行商業推廣和種植的。」

范金華敏銳地感覺到柳擎宇的出現十分不妙，柳擎宇為周慧瑤解圍原來並不是針對自己，而是針對他的公司，這就讓他頭疼了。

於是范金華決定先發制人，命令道：「保安，把這傢伙先給我帶出去，我一會兒再和他好好的敘敘舊，不要讓他影響到我們今天晚會的進行。」

讓范金華啞口無言的一幕出現了，現場二十幾名保安在聽到范金華的指示後，卻都按兵不動。

范金華有些怒了，大聲呵斥道：「保安，保安，快點行動，把這人給我帶走！」

范金華連喊了三聲依然無濟於事。

柳擎宇嘿嘿一笑：「范金華，不要在那裡大呼小叫的，我告訴你，在中國，保安也是有良知的，你自以為入美國籍就可以高枕無憂了，你以為你瞞天過海就可以為所欲為？

我告訴你，那是不可能的！」

說到這裡，柳擎宇質問道：「范金華，你不是口口聲聲說你們的玉米是經過有關部門批准的嗎？那麼我們現在就登錄有關部門的官方網站查一查，看看你們的玉米到底有沒有經過審批。」

說著，柳擎宇輕輕的拍了三聲，很快，在大廳最前方的天花板上，自動從裡面探出一個投影機，接著，一塊幕布緩緩垂下，隨後大螢幕上顯示出有關部門的官方網站。

一個人操作著電腦，輸入黃金玉米和怡海集團的名字進行查詢，結果怡海集團除了兩款非轉基因玉米種子獲得認證之外，再也沒有其他產品通過審查了。

柳擎宇冷冷的看向范金華道：「范金華，你現在還有什麼話說？」

范金華臉色鐵青的說道：「柳擎宇，我們的黃金玉米正在送檢過程中，很快就會通過有關部門的認證了。」

柳擎宇冷笑道：「我相信以你們公司的實力，的確有可能讓黃金玉米通過送檢，但是，至少目前你們的產品並沒有通過審查和安全認證，你們私自攜帶轉基因產品，尤其是種子進入中國就屬於違法行為，我已經通知有關部門的人，讓他們趕來了。」

柳擎宇話音剛落，便看到十多名員警和海關人員走進宴會大廳，來到范金華的面前，出示證件後說道：

「范先生，由於你涉嫌私自帶轉基因種子進入中國，違反我國法律，現在請你跟我們走一趟，配合進行調查。」

范金華當場便傻住了！為了今天的典禮，很多相關部門他早已上下打點好了，包括這些專家教授也都是他花費重金來為他們助威的！為什麼還會出現這種狀況呢？范金華一下子慌亂起來。

不得不說這小子很有城府，在經過起初的慌亂之後，很快便穩住陣腳，滿臉陪笑地看向為首的警官說道：

「這位警官，我想你們可能搞錯了，我們所使用的東西都是經過合法途徑進入中國的，是有合法手續的，各位朋友，請大家先進裡面的小會議室坐一會兒，我立刻讓人去拿報關單和手續證明。」

范金華的打算，是先把這些人請到小會議室去，然後找機會打電話疏通關係，同時再對這些人進行重金收買，讓他們立刻撤離，以免攪亂了這次自己辛苦策劃的典禮。

他很清楚總公司對這次的典禮十分重視，千萬不容有失。

以范金華的想法，這些人一定會明白自己的意思，只要他們肯去小會議室，自己就有信心把他們擺平，畢竟，自己在北京也有足夠的關係網，威逼利誘雙管齊下，他們不乖乖離開才怪。

然而，出乎范金華意料的是，那位警官聽到范金華的話後，寒著臉道：

「少搞那些沒用的，別想試圖賄賂國家公僕，你現在立刻帶著這些物證跟我們走一趟！同時，我們已經安排好了轉基因檢測中心的工作人員對你們的黃金玉米進行檢測，如果你有合法的手續證明，可以通知你的手下拿到我們派出所來。

「范先生，請你配合我們的工作。你可以保持沉默，但是你所說的每一句話，都將作為呈堂證供。」

這位警官也太不講情面了，范金華差點被氣得吐血。見來軟的不行，范金華臉色一沉，露出王霸之氣說道：「這位警官，我和區分局的馬濤馬副局長是鐵哥們，要不我讓他和你們聊聊，具體的情況他知道。」

為首的那位警官點點頭：「可以，你給他打電話吧。」

范金華立刻撥通了馬濤的電話，把這邊的事說了一遍，他特別強調對方是受了柳擎宇的挑撥前來搗亂的。

說完，范金華得意的把手機遞給那位警官道：「馬局長讓你接電話。」

這位警官接過手機，便聽到電話那頭傳來一個十分嚴肅的聲音：

「我是區分局副局長馬濤，請問你是哪位同志？你知不知道華恆大酒店的試吃典禮是怡海集團這家跨國集團主辦的？這家集團一向都是守法經營，為我們的農業發展做出了很大的貢獻，你現在去找他們麻煩，是十分不友好的行為，這件事如果處理得不好，甚至可能會鬧出外交糾紛，萬一出了什麼問題的話，誰來負責？」

馬濤一開口就來了個先聲奪人，在他想來，對方頂多是下屬派出所的某個小隊長，級別肯定比自己要低很多，所以，他直接用以勢壓人的辦法打算震懾住對方。

卻沒料到那位警官聽了馬濤的話後，絲毫沒有驚慌，沉穩地道：

「馬濤同志，你的話我聽到了，我可以明確的告訴你，如果這件事會引起你所謂的外交糾紛，我田海峰願意承擔一切，絕對和你沒有任何的關係！

「馬濤同志，聽范金華的意思，你們關係似乎不錯啊，你對怡海集團很照顧嘛。不過，我得提醒你，不要忘了你是國家的公僕，所做的一切必須要對得起你帽子上的那枚警徽；時刻牢記你做的事直接關係到幾千萬老百姓的切身利益和食品安全！這件事，回頭我會在區委常委會上提出討論，我會建議區紀委調查你與怡海集團的關係，希望你好自為之！」

電話那頭的馬濤當場傻眼，臉上寫滿了恐懼之色，原來和自己通話的人竟然是區分局局長、區政法委書記、區委常委田海峰。

田海峰在局裡一向很有威信，做事謹慎，對屬下的要求非常嚴格，對腐敗官員更是零容忍，馬濤立時嚇得渾身冷汗嗖嗖直冒，說話也開始哆嗦起來：

「田……田局長對不起，我……我不知道是您在處理此事，我…我和怡海集團其實並不是太熟，只是……」

馬濤還想解釋什麼，卻被田海峰直接打斷了：

「好了，馬濤同志，你不需要向我解釋什麼，到時候向調查小組解釋就行了。我還有公務需要處理，有什麼話，你自己和范金華說吧！」

范金華聽了兩人的對話，頓時一愣，他沒有想到一向和自己稱兄道弟的馬濤在這個警官的面前竟嚇得語無倫次，心中不由得大駭，這個警官到底是什麼身分啊，怎麼馬濤這麼怕他?!

接回電話，范金華惴惴不安的問道：「馬局長，這到底是怎麼回事？這位警官怎麼那麼囂張？」

就聽電話那頭傳來馬濤的怒吼聲：

「范金華，我他媽的被你害死了！囂張？人家有囂張的本錢啊！哼！我完蛋了你也別想好過！」

說完，馬濤火大地掛斷了電話，開始心急火燎的活動起來，他必須想辦法在田海峰對付他之前找到化解危機的辦法，否則一旦等到田海峰處理完怡海集團的事情後，自己可就真的要倒楣了。

聽到馬濤一連串的咒罵之聲，范金華的臉色再次變得難看起來，凜然的看了面前這個警官一眼，臉上再次露出花一般燦爛的笑容，諂媚地說道：

「這位警官，不好意思，我真是有眼不識泰山，如果有冒犯之處還請您見諒，您看能不能這樣，我先讓我們集團一個副總跟您去警察局配合調查，我這邊準備好相關的資料，馬上就送過去？」

范金華感覺到對方似乎有些來頭，硬抗肯定不行，便決定先讓自己脫身，來個李代桃僵，讓手下先應付一下，自己好在後面進行公關周旋。

然而，田海峰卻沒上當，面色端正地問道：「范先生，請問在現場，你們怡海集團誰的權力最大、官位最高？」

范金華苦笑道：「是我。」

田海峰點點頭：「那不就得了，你是這次典禮的直接負責人和主辦者，這一點我們早已經掌握了，所以，只有你去才是最合適的。而且不僅僅是你，你們集團今天在場的所有工作人員都必須要跟我們一起去派出所配合調查！走吧！」

說完，田海峰做出一個請的姿勢。范金華一看形勢，知道今天肯定得去一趟派出所了，只好照田海峰的要求向外面走去。

當范金華經過柳擎宇身邊時，見到柳擎宇一臉鄙視地看著他，不禁火冒三丈，用手指著柳擎宇罵道：「柳擎宇，真沒有想到你小子竟然敢陰我，你給我等著，我早晚會好好的教訓你！」

柳擎宇聳聳肩道：「好啊，我等著你，不過得等你從拘留所裡走出來再說了！范金華，一路走好哦！記住，在中國的土地上，一定要奉公守法哦！」

范金華被柳擎宇氣得再也說不出話來。

范金華和怡海集團的工作人員全都被警方給帶走了，而那些專家教授和媒體記者們見勢不妙，也立刻腳底抹油溜之大吉，剩下的人三三兩兩地紛紛散去。

柳擎宇走到正準備離開的周慧瑤面前，攔住了她的去路：

「周慧瑤，有時間嗎？我想和你談談。」

周慧瑤望著柳擎宇那日漸成熟和堅毅的臉龐，顯得有些陌生又有些心慌，她感覺到**站在自己面前的柳擎宇和以前那個年輕稚嫩的小夥子已經發生了很大的變化，他要和自己談什麼呢？**

柳擎宇望著周慧瑤，心中也是感慨萬千。如今的周慧瑤美麗依舊，但是美麗的容顏下卻多了幾分滄桑，讓柳擎宇感到揪心的是，周慧瑤眉宇間隱含著一抹憂色。這種表情在以前她的臉上是從來沒有過的，看來周慧瑤似乎是到了什麼難事。

周慧瑤猶豫了一下，最終點點頭：「好吧，去哪裡？」

柳擎宇用手一指樓上：「去三樓咖啡廳吧。」

一旁的莫里斯看到柳擎宇不僅搞砸了今天的試吃典禮，更使得自己失去了與怡海集團進一步合作的機會，心中對柳擎宇早已恨之入骨，此刻見他竟然敢過來和周慧瑤搭訕，還想把周慧瑤給帶走，頓時氣不打一處來，看向周慧瑤道：

「周小姐，我有重要的工作要和你談，請你現在立刻跟我回公司去。」

柳擎宇看向莫里斯，一眼就看出這傢伙是故意為之的，他沒有說話，把決定權交給周慧瑤。

莫里斯心想，他可是周慧瑤的頂頭上司，周慧瑤雖然是商場女強人，但是畢竟是女人，尤其是現在她母親重病，她不敢失去這份工作，一定會順從地跟他回去。

一直以來，他就沒有把中國籍的員工當人看，將自己視為是上帝，因為自己主宰著這些人的升職加薪，所以可以為所欲為。反正中國人性格大多軟弱，對自己的作為敢怒不敢言，只能默默忍耐。

誰知周慧瑤回道：「莫里斯，有什麼事你可以發電子郵件給我，如果是工作的事，等明天上班後再談，現在是下班時間，我有權支配我自己的時間，你無權過問。」然後看向柳擎宇道：「柳擎宇，前面帶路。」

柳擎宇笑了，這個時候的周慧瑤才是真正的周慧瑤！柳擎宇邁步向前走去。

莫里斯整個傻眼，他沒有想到一向被自己頤指氣使的周慧瑤，今天竟然當著外人的面敢頂撞自己，頓時大怒：

「周慧瑤，如果你今天不跟我走的話，我明天就讓你失去工作。」

周慧瑤絲毫不懼地冷聲道：「隨便你！如果我丟掉工作，我會如實的把你對我的騷擾和威脅向總公司彙報，我就不相信總公司會讓你這樣一個整天就只知道騷擾女員工的總裁繼續留任。」

說完，周慧瑤跟在柳擎宇身後向前走去，留下了目瞪口呆的莫里斯！

華恆大酒店三樓咖啡廳。

柳擎宇與周慧瑤面對面的坐在沙發上，面前放著一杯香濃的拿鐵咖啡。

柳擎宇看著周慧瑤顯得有些蒼白的臉龐，柔聲道：「這些年來，你在美國過得還好嗎？」

周慧瑤嘆道：「普普通通，你也知道，美國的種族歧視很嚴重，在那邊求學還可以，一旦求職，就處處碰壁了。」

「所以你就回國內工作了？」

「是的，回來後，我就到了布雷爾集團。」

柳擎宇皺著眉頭說道：「剛才那個老外是你的上司吧，我看他對你似乎十分不友善啊？」

周慧瑤頭：「他一直想要染指我，對我圖謀不軌，我不理會他，他就找我的麻煩。」

柳擎宇道：「需要我幫你擺平他嗎？」

周慧瑤搖頭：「不用，你這個攪局大王到哪裡，哪裡就亂套。」

周慧瑤忍不住把大學時對柳擎宇的評價給順口說了出來。

柳擎宇苦笑道：「周慧瑤，我看你的上司是想要你拿下范金華，還提到了你母親，這到底是怎麼回事？」

聽到柳擎宇提到自己的母親，周慧瑤苦澀地說道：「我媽病了，正在醫院治療，醫院說，她的病要想治好至少需要一百萬，我十分煩惱，莫里斯知道了後，就要我拿下范金華，讓他和我們集團合作，說只要此事成功，就給我一百萬的報酬。」

周慧瑤臉上露出濃濃的悲戚之色。

自古紅顏多薄命！一個女人，尤其是一個絕色美女，在社會上要想單純的生存下去，實在是太難了。

柳擎宇聽到這裡，沒有絲毫猶豫，直接從皮包裡掏出支票，在上面寫了起來，然後把支票遞給周慧瑤：「這裡是兩百萬，你先拿去給你母親治病吧，有了錢，你就可以把腰桿挺起來，不用再忍受那些不公平的待遇和無恥的要求了。」

周慧瑤一下子呆住了。她只知道柳擎宇很有才華，但是並不清楚柳擎宇的家世如何，此刻見柳擎宇一出手就是兩百萬，十分震驚，連忙擺手道：

「不行，我不能要你的錢，我會自己賺的。」

柳擎宇正色道：「你的確可以自己賺，但是你母親的病能等嗎？你總不能看著母親一直痛苦下去吧。」

柳擎宇的話觸及到周慧瑤內心深處最柔軟的部位，她猶豫了一下，小心翼翼的把支票收好，感激地說：「柳擎宇，謝謝你，沒想到我當年對你那麼壞，你還這麼幫我。」

柳擎宇豪爽地說：「我們是同學嘛！這不過是伸一下手的事情。」

周慧瑤道：「柳擎宇，你放心，我會儘快把這筆錢還給你的。」

柳擎宇笑了笑，沒有說話。對這筆錢，他並沒有收回的打算。

隨後，兩人又聊了些大學和分開後的往事，便各自分開了。

站在酒店門口，看著柳擎宇搭計程車離開，周慧瑤有些呆住了。

她的心裡突然升起一絲悔意：「我當初那麼殘忍的離開柳擎宇，是不是做得有些過了？否則，柳擎宇為什麼會對我如此冷漠，連一句表達愛意的話都不跟我說呢？難道是我現在變醜了，他看不上我了？」

周慧瑤心中波瀾起伏，對自己的魅力產生了深深懷疑。

對於情感，人往往是失去了以後才懂得珍惜，然而為時已晚，只能徒留遺憾。

柳擎宇離開周慧瑤，心中卻是一片平靜，對周慧瑤，他其實早已沒有當初那樣的悸動和瘋狂，只把她視做一個普通朋友，因為他已經決定要追求慕容倩雪了。

男人對於情感，只有在經歷刻骨銘心的愛戀之後，才能變得成熟。

如果柳擎宇和周慧瑤就這樣平淡的分開，彼此無牽無掛，也許他們就會向兩條平行線一樣，越走越遠，再也沒有見面的機會，他們之間也就沒有任何故事了；然而，**命運這東西總是弄人，當他們在日後出現多次交集，彼此的人生也因此發生了改變**。

柳擎宇在北京又逗留了一天，便搭飛機趕赴南華市。

南華市是白雲省的經濟大市，在白雲省排在前五名，可是柳擎宇即將上任的瑞源縣，卻偏偏在整個南華市墊底。

為了在上任前多瞭解一下瑞源縣的實際情況，柳擎宇故意早來兩天，在南華市展開調研。他想透過一些側面訊息，對瑞源縣的情況有一個直觀的瞭解。

只是，經過兩天的調查後，柳擎宇頭大了。

因為在和很多當地人交談時，聽到最多的一句話就是：即使神仙去了瑞源縣也無法把瑞源縣給帶起來，除非他有能力把銀行搬到瑞源縣財政局去，無限量的提供資金。

更讓柳擎宇感到震驚的，是很多在南華市打工的瑞源縣鄉親們所說的話：

「寧可在外地餓死，也絕不在瑞源縣憋屈死！」

無數個想法浮現在柳擎宇的心頭：

「這個瑞源縣到底是怎麼了？為什麼老百姓們的怨氣如此之大，為什麼老百姓們寧可餓死他鄉也不願意回到故鄉？不都說落葉歸根嗎？」

帶著心中的疑問和老百姓的怨念，柳擎宇在兩天後正式到南華市市委組織部報到。

接待柳擎宇的，是市委組織部常務副部長牛振松。

牛振松對柳擎宇十分熱情，第一時間就吩咐秘書，把自己收藏的大紅袍拿來給柳擎宇泡上，隨即又拉著柳擎宇一起在沙發上坐下，表示出平等相交之意，也顯示了對柳擎宇的高度重視。

這讓柳擎宇感到有些詫異，心中又有些溫暖。畢竟自己剛到南華市，對這裡人生地不熟的，有人如此熱情接待自己，他還是很高興的。

牛振松先是拉著柳擎宇扯了幾句閒話，這才和柳擎宇切入正題。

牛振松滿臉含笑道：

「柳同志啊，你這次能夠直接從省裡空降到我們南華市來，這說明省委領導對我們南華市十分重視，我們南華市市委市政府領導對你也很重視，市長黃立海同志已經決定，要和我一起去瑞源縣送你上任。

「我跟你說啊，這在南華市過往的歷史上絕對是空前絕後、濃墨重彩的一筆啊！市委書記戴佳明同志也叮囑我一定要做好送你上任的工作，安排好每一個細節，絕對不能馬虎，因為你的身上擔負著重振瑞源縣經濟的重任。

「希望柳同志到了東江市以後，能夠在確保瑞源縣穩定的大前提下，把瑞源縣的經濟發展起來，同時，也要有政治頭腦，看清當前的形勢，和市委保持一致，千萬不要辜負市委領導對你的殷切重託啊。」

牛振松的話說得十分中肯，然而柳擎宇卻從牛振松的話中聽出了一絲異樣的味道。

首先，牛振松提到市長黃立海要送自己上任，這點讓柳擎宇頗為震驚，因為一般而言，市長是主管行政工作的，像這種人事問題，大部分是由市委組織部出一個副部長，頂多組織部部長去就可以了，但是黃立海卻親自出馬，**他為什麼要給自己如此高的規格呢？**

第二，牛振松提到了市委書記戴佳明對他的叮囑，這是牛振松在暗示他是戴佳明的人。而牛振松最後還說要自己認清形勢，與市委保持高度一致，這是在暗示自己要向戴佳明靠攏，有拉攏自己之意。

綜合牛振松這番話，柳擎宇意識到在南華市，**市委書記戴佳明和市長牛振松之間鬥爭得十分激烈啊**。

牛振松說完之後，目光直視柳擎宇，等待著他的表態。

柳擎宇淡淡一笑，不置可否地說：

「牛部長，請您放心，我到了瑞源縣以後，一定本著以民為本的原則，盡我所能發展瑞源縣，為瑞源縣的經濟出力獻策。也會遵照中央指示，照章辦事，不會辜負省委省政府和市委市政府的對我的期望和支持。」

柳擎宇這番話說得滴水不漏，沒有表示出任何立場傾向，這小子很圓滑啊。

這讓牛振松對柳擎宇不由得高看了一眼，暗道這個新任的縣委書記雖然人很年輕，但是政治智慧卻不可小覷。

不過，牛振松也沒有打算第一次見面就把柳擎宇拉攏到自己的陣營來，因為他相信省裡既然敢在這個時候派柳擎宇到瑞源縣這個大坑中任職，這說明柳擎宇絕對不是等閒之輩，他只要把市委戴書記有拉攏的意思向柳擎宇釋放出來就達到目的了。

辦理好相關的手續後，柳擎宇又前往市委書記戴佳明和市長黃立海的辦公室，分別拜會了一下南華市的這兩位大老，畢竟以後就要在這兩人的領導下展開工作，拜拜碼頭還是很有必要的。

由於這次只是報到性質的拜會，所以在這兩位大老的辦公室，柳擎宇只待了幾分鐘便離開了。

透過會面，柳擎宇對這兩位大老有了一個初步的瞭解。

戴佳明五十多歲，身高一米七五左右，身體很好，說話的聲音十分宏亮，與柳擎宇交談時，不時的釋放出善意，並且隱晦的指出市長黃立海是從瑞源縣出來的，曾經在瑞源縣先後擔任縣委辦主任、常務副縣長、縣長、縣委書記等職務，在瑞源縣有很深的基礎。

戴佳明話中之意，其實是在隱晦地指責黃立海在瑞源縣一手遮天，他根本無法插手進去，所以對黃立海頗多微詞。

戴佳明此舉也有挑撥離間自己和黃立海之嫌。這時候，柳擎宇明白為什麼戴佳明想要拉攏自己了，因為只要拉攏住自己，戴佳明就等於在瑞源縣釘上了一枚釘子，這對制衡黃立海有十分重要的作用。

柳擎宇隨口應付了一下，沒有明確表示立場，戴佳明倒也沒有表現出任何不滿之意。

柳擎宇告辭時，他特地把柳擎宇送到辦公室外，此時，在秘書辦公室內坐著好幾個等著向戴佳明彙報工作的領導，大家見市委書記竟然親自把柳擎宇送到他的辦公室門口，這種超高規格，讓大家對柳擎宇立刻高度關注。

當柳擎宇走出戴佳明的辦公室時，後脊背不禁濕了一片。

雖然戴佳明沒有任何言語，但僅僅是出門相送這個細節，就讓柳擎宇意識到這位市委書記是一個城府極深之人，因為通過此舉，他等於向眾人傳達了一個訊息，那就是他對柳擎宇十分關切，這也有向黃立海施加壓力之意。

這讓柳擎宇突然想到了四個字——**江湖險惡**！

接著，柳擎宇來到市長黃立海的辦公室。

黃立海滿臉含笑著站起身來，主動握住柳擎宇的手，熱情地說道：

「謝天謝地，柳同志，你終於來了，我們南華市瑞源縣終於要迎來一位實幹之才啊！希望你能夠在瑞源縣大展拳腳，為瑞源縣多多招商引資，促進瑞源縣經濟的發展，我們南華市市政府會對你的工作給予最大支持的。」

黃立海差不多四十六七歲的年紀，身高一七〇左右，身材微胖，肚子很大，猶如七八個月的孕婦一般。他穿著一身筆挺的西服，略顯稀疏的頭髮往後梳著，油光晶亮，典型的領導髮型，皮鞋一塵不染，一看就知道是個對於細節十分重視之人。

黃立海同樣對柳擎宇頗有拉攏之意，同時，黃立海在話語中只提到市政府，卻沒有提到市委，這讓柳擎宇明顯感到黃立海和戴佳明的對立似乎十分嚴重啊。

柳擎宇笑道：「雖然我還沒有上任，但是我代表瑞源縣的老百姓，對黃市長對我們的支持表示感謝，希望以後黃市長能夠多給我們瑞源縣一些優惠和實惠哦！」

柳擎宇這番話把黃立海給逗樂了，他用手指著柳擎宇道：

「柳擎宇啊，你這位小同志很有心機嘛，還沒上任就把主意打到我們市政府來了，不過你放心，我是從瑞源縣出來的幹部，對家鄉的父老鄉親們還是很照顧的，只要你擺正立場，把事情做到位，我保證讓市政府給你們的支持絕對夠力！」

同樣的，黃立海也是話裡有話。一個「擺正立場」便暗示了很多東西：如果柳擎宇擺不正立場的話，恐怕他所說的支持就沒有了。黃立海這是直接在給柳擎宇施加壓力，恩威並濟。

從和黃立海的這番話對話中，柳擎宇曉得這位市長也不是個省油的燈。

等柳擎宇出來的時候，黃立海更是直接把柳擎宇送到了秘書辦公室外面的走廊上，和柳擎宇握手告別，規格比市委書記戴佳明給的還要高。

這讓柳擎宇如芒在背。當眾人的目光都聚焦在柳擎宇身上時，柳擎宇意識到自己已經無可避免的捲入到了戴佳明和黃立海這兩位市委市政府大老的鬥爭中去了。

看來，以後在瑞源縣的為官之路恐怕不太好走啊！

柳擎宇並不知道，就在當天，兩位大老相繼送柳擎宇出門的消息，在整個南華市引起了軒然大波，大家都在納悶：

「為什麼一個縣委書記會引起兩位大老如此重視呢？難道僅僅是拉攏這麼簡單嗎？」

當天晚上，柳擎宇在南華市市委招待所住了一晚。

第二天上午八點整，他便準時來到市委大院內，先到市委組織部常務副部長牛振松那裡報到，隨後跟著牛振松一起來到市長黃立海的辦公室內，等黃立海安排好他的工作之後，三人乘坐兩輛汽車，再加上兩輛陪同人員車輛，組成了一個車隊，前面有員警開道，浩浩蕩蕩的前往瑞源縣。

南華市到瑞源縣的道路還是相當不錯的，有高速公路直到瑞源縣縣城邊緣。

一路上，柳擎宇望著高速公路兩邊的景色和風土人情，頻頻點頭，心想這個南華市的確不愧是經濟大市。

從南華市市區往郊區去的方向，道路兩側隨處可見塑膠大棚，一片一片的，蔚為壯觀。再往外走，則可以看到一些工廠分布在道路兩側，隔不了多遠就有一個。

然而，當進入瑞源縣境內後，柳擎宇卻發現了一個令他訝異萬分的事，那就是之前看到的成片的塑膠大棚幾乎消失不見了，至於工廠更是一家都沒有，一眼望去只有成片的農田，甚至還有不少一看就是不知道荒廢了幾年，枯草成片。

柳擎宇的心一點一點地在往下沉。即便道路兩側有護欄遮擋，但是依然可以看到都是低矮破舊的房子，偶而有一間磚瓦房出現，便顯得鶴立雞群。

在高速公路路口兩側，站著浩浩蕩蕩幾十個人，當這些人看到柳擎宇他們的車隊時，紛紛彎起腰來。

車隊停下來，迎接的人群中，一個四十多歲、滿臉帶笑的男人走到最前面市長黃立海的車旁，為黃立海拉開車門，黃立海從車上走了下來。

牛振松和柳擎宇也趕緊開門下車。

下車後，黃立海環視了一下四周，擺著臉對帶頭的男人說道：

「魏宏林同志，你身為瑞源縣縣長，怎麼能不遵守省委的指示，又搞迎來送往這一套呢？你這種行為是極其不正確的，你知道不知道？」

黃立海說話的語氣十分嚴厲，魏宏林連忙低著頭，露出一副十分愧疚的樣子說道：

「市長，對不起，這件事是我錯了，我一定改，但是我想您是我們瑞源縣的老領導了，您帶著我們瑞源縣人民創造了多年的輝煌，瑞源縣人民都很感激您，我們這些老部屬們只有用這種行動才能表達出對您的尊重和感激，我願意接受處罰。」

黃立海掃視了一眼眾人，沉聲道：

「既然你已經知錯了，那這件事就到此為止吧，不過你要記住，下不為例，如果再讓我發現這種情況，嚴懲不貸。」

魏宏林連忙點頭如小雞啄米：「好的好的，黃市長您放心，我們一定改。」

就在兩人對話的時候，站在柳擎宇身邊的牛振松饒富意味地小聲說道：「小柳，據我所知，像今天這種情形已經發生過好多次了，次次兩人都是這樣對話。」

牛振松的話讓柳擎宇身體一震。

如果牛振松的話屬實，這說明了幾個重點，第一，魏宏林這樣做是故意的，而且屢教不改，高規格的迎來送往給足了黃立海面子；而黃立海雖然每次都說要處理魏宏林，卻都只是說說，代表黃立海是十分享受這種迎來送往的，如果魏宏林不搞這一套的話，黃立海反而會不高興。

黃立海批評完魏宏林後，便把柳擎宇和牛振松給喊了過來，笑道：

「牛振松同志，你給柳擎宇同志引薦一下瑞源縣的各位同志們，大家先簡單見個面，有個初步印象。」

牛振松也不客氣，用手指著魏宏林道：

「柳同志，這位就是瑞源縣縣長魏宏林同志，以後他就是你的副手，你們兩個要一起率領瑞源縣縣委縣政府的同志搞好瑞源縣的工作。魏宏林同志，這位就是你們瑞源縣新任的縣委書記柳擎宇同志。」

魏宏林第一眼看到柳擎宇的時候，還以為他是牛振松的秘書呢，當他聽到牛振松喊出柳擎宇的名字時，不禁愣了一下。

柳擎宇比自己想像中還要年輕啊，魏宏林心中不由得起了一個疑問：

「上面領導是不是眼瞎了啊，派一個這麼年輕的人擔任縣委書記，能把瑞源縣的工作搞好嗎？別的不說，瑞源縣縣委常委班子裡，最年輕的常委都是三十九歲，柳擎宇這個堂堂的一把手看起來就像是個剛畢業的大學生，這樣的人能服眾嗎？能把瑞源縣的經濟搞起來嗎？該不會他以前那些招商引資的成果都是宣傳吹噓出來的吧？」

不過魏宏林是個老謀深算的主，雖然心中對柳擎宇起了輕視之心，但是在牛振松介紹之後，他趕緊趨步上前，用力的握住柳擎宇的手搖晃了一下，顯出十分熱絡的樣子說道：「柳書記，你真是年輕有為啊，以後我和我們瑞源縣的同志們一定會大力配合你的工作，咱們一起努力，把我們瑞源縣的經濟發展起來，招商引資這塊，我們瑞源縣可就指望您了。」

魏宏林話說得很誠懇，態度看起來也十分恭敬，不過，柳擎宇從他的話中聽出了幾分話外音：魏宏林總說讓他自己來引領瑞源縣的幹部們，這表示他自認為他可以代表瑞源縣所有幹部的意見；而招商引資則指望柳擎宇，這明顯是一個陷阱，如果自己做了許諾，一旦招商引資沒有成績，他這個縣長不需要承擔任何責任，反而他這個主管人事的縣委書記得負責。

第一次見面，柳擎宇便看出這個魏宏林絕對是一頭老狐狸，雖然滿臉帶笑，說話客客氣氣的，但是城府極深，不可小覷。

柳擎宇客套地回說：「魏縣長，你太客氣了，我初來乍到，對瑞源縣的情況還不熟悉，需要瑞源縣的各位同志多多給我提供資訊，我們一起把瑞源縣的工作搞上去。」

柳擎宇話說得也很含糊，對魏宏林的陷阱並沒有中招，同時在話語中化解了魏宏林想要一手主導其他幹部的意思。

魏宏林聽了，臉上笑容更濃，然而，笑容中卻多了幾分警惕之色。柳擎宇的話讓他意識到，這個年輕人十分不簡單啊，三言兩語間就破解了自己的陷阱，看來以後對待這個年輕的縣委書記還真不能掉以輕心。

隨後，牛振松又用手指著魏宏林身邊不遠處一個五十多歲，身材高大瘦削、滿臉嚴肅的男人說道：「柳擎宇同志，這位是瑞源縣縣委副書記孫旭陽同志。」

孫旭陽立刻上前兩步，握住柳擎宇的手說道：

「柳書記你好，歡迎你到瑞源縣工作。」

孫旭陽說話依然不苟言笑，那張臉似乎永遠都是板著的，這與魏宏林那笑眯眯的模樣形成了鮮明對比。

柳擎宇笑道：「大家一起努力。」

柳擎宇感覺這位縣委副書記也不是簡單之人，喜怒不形於色，讓人看不出他心中真實的想法，說明此人在素養上的修煉已經達到一定深度，**越是這樣的人越是厲害。因為你看不穿他，對方卻能夠看穿你**，使自己一開始就處於劣勢。

當柳擎宇在觀察孫旭陽時，孫旭陽也在觀察著柳擎宇，他看到柳擎宇眼神中對自己的防備，對柳擎宇暗暗提高了警惕。

隨後，在牛振松的引導下，柳擎宇紛紛與其他縣委常委們一一握手致意，有了初步的認識：瑞源縣一共有十一名縣委常委。除了縣長魏宏林，縣委副書記孫旭陽，還包括縣紀委書記沈衛華，縣委組織部部長黃俊毅，常務副縣長許建國，常委副縣長方寶榮，縣政法委書記朱明強，縣委辦主任宋曉軍，縣委宣傳部部長唐睿明，縣人武部部長張洪剛。

介紹完，大家各自上車，車隊浩浩蕩蕩來到瑞源縣縣委大院內。

一路行來，柳擎宇的眉頭快要皺成一塊大疙瘩了。因為這個瑞源縣雖然號稱是「縣」，實際上，縣裡面沒有幾棟高樓，整座城給柳擎宇的第一印象便是三個字——髒、亂、差！

沒錯，就是髒亂差！

放眼望去，街道破舊，好多地方都坑坑窪窪的，有的甚至露出黃土，汽車一經過，頓時灰塵漫天飛舞。街道兩側隨處可以看到廢棄的垃圾、塑膠袋，也沒人管理。

最讓柳擎宇感到觸目驚心的，則是穿城而過的那條河。

河水漆黑如墨，上面漂浮著塑膠袋、死貓、死老鼠、垃圾等物品，河道兩側更是垃圾成堆，有的垃圾堆還冒著燃燒的青煙，即便是坐在車裡也能夠聞到那刺鼻的氣味。

讓柳擎宇更感到震驚的是，河岸兩側竟然布滿了大大小小的豬圈，河道自然就成了豬糞最近的排放場所。

這還是在冬天，如果到了夏天，照這種情況，恐怕蒼蠅得漫天飛舞，臭味更是熏天。

城內的交通狀況也是一團糟，推車的、賣菜的隨處擺攤設點，任意橫穿馬路幾乎成了老百姓的常態，汽車穿梭其中，彷彿進入人行步道一般，艱難萬分。

看到這裡，柳擎宇不由得暗道：雖然他之前所在的東江市經濟不發達，但是城市管理得還算有章法，街道也沒有如此破舊，如果不是知道自己來的是瑞源縣縣城，柳擎宇還以為自己到了什麼鄉下小鎮呢。

車隊進入縣委大院，魏宏林和孫旭陽把黃立海、牛振松、柳擎宇一行人迎進了縣委大會議室，這邊，瑞源縣四套班子的主要負責人和瑞源縣各個局委辦的一二把手們都已經在等待著了。

一見魏宏林他們進入會場，現場頓時響起了熱烈的掌聲，所有人都站起身來使勁的鼓掌。

看到這種情況，黃立海滿意的點點頭，對魏宏林讚許道：「嗯，魏同志，你們瑞源縣的工作做得不錯嘛！」

魏宏林連忙道：「這都是老書記您給我們瑞源縣打下的底子好啊，我們這些後輩們都以您為榜樣呢。」

黃立海再次笑了，一邊往主席臺上走，一邊不斷地和相熟的幹部們揮手致意，還偶爾停下來和對方聊上兩句，熟稔得像是走進自家後花園一般。

牛振松心中暗道：「在瑞源縣，沒有人的影響力可以比得過黃立海，現在黃立海就已經暗暗給柳擎宇設置障礙了，恐怕柳擎宇在這裡也很難有所作為啊。」

牛振松轉頭看了眼身旁的柳擎宇，見柳擎宇面色如常，看樣子這小子似乎還沒有發現其中貓膩呢！

事實上，牛振松還真是小看了柳擎宇。

柳擎宇和牛振松一起走在黃立海的身後，怎麼可能摸不清黃立海的這些小動作呢?!

柳擎宇是個對細節十分重視之人，從黃立海進入會場後的表現來看，柳擎宇便立馬知曉他的意圖了──看來黃立海今天是想要喧賓奪主啊。

他的每一個動作，都在向自己暗示著：在瑞源縣，自己這個縣委書記只是個外人，只有他黃立海才是這裡真正的主人。

柳擎宇雖然臉上沒有任何表情，心中卻對這個黃立海多了幾分不滿。

等眾人都入座後，魏宏林主持了本次迎接儀式：

「各位同志，今天，我們尊敬的黃市長和牛副部長親自蒞臨我們瑞源縣指導工作，同時送柳書記上任，歡迎黃市長和各位領導的到來，下面，讓我們以最熱烈的掌聲歡迎黃市長講話。」

下面立刻掌聲響成一片。

黃立海接過麥克風，衝著下面做了一個壓手的姿勢，掌聲立刻消失。

黃立海沉聲道：

「各位瑞源縣的同志，我相信在座大多數人對我這個瑞源縣出去的老同志並不陌生，我在咱們瑞源縣工作了整整十七年啊，人一生能有幾個十七啊，在這裡，我獻出了我的青春，同時也結交了很多朋友，提拔了很多有才華、有能力的同志們，像魏宏林同志就是其中的佼佼者。

「在我離開瑞源縣前的那些年，我對我的工作還是很滿意的，只不過後來一些同志繼任我的位置後，表現得不盡如人意，十來年，我們瑞源縣的發展相對落後，對此我痛心疾首，沒日沒夜的在思考著如何讓瑞源縣發展起來。我擔任南華市市長期間，平時對我們瑞源縣我也頗多照顧，希望瑞源縣能夠發展得更快一些，然而結果令人很失望。

「好在現在省裡特地空降來柳擎宇同志，從柳同志的履歷中，可以看得出來柳同志是一個招商引資高手，希望柳同志在擔任瑞源縣縣委書記期間，能夠避免前兩任縣委書記的壞毛病，以積極、向上的姿態展開工作，通過大力招商引資把我們瑞源縣的經濟搞上去！最好能夠恢復當年我主政瑞源縣時的輝煌，如果柳同志能夠做到這一點，到時候我會親自為柳同志請功！」

說到這裡，黃立海看向柳擎宇道：「怎麼樣，柳同志，對於在瑞源縣的工作，你有沒有信心？」

所有的幹部都充滿希望的看向柳擎宇，所有人都知道，招商引資是最容易出政績的，如果柳擎宇真的能夠為瑞源縣大量招商引資的話，那麼，到時候大家都有政績可拿。

第三章

識人心得

柳擎宇找出老爸送給自己的那本筆記，認真的閱讀起來。筆記的內容記錄著劉飛從初入官場到如今的官海識人心得，筆記早已泛黃，但是保管得相當不錯，再加上劉飛那一筆漂亮工整的鋼筆字，柳擎宇看起來沒有任何障礙。

柳擎宇一直在仔細聽黃立海的講話，聽完黃立海的話，柳擎宇的內心卻更加不滿了，因為黃立海話中都在誇耀他在瑞源縣過往的成績如何，炫耀他曾經提拔過多少幹部，這些話的背後有著很深的用意，那就是將大多數幹部的情感不自覺地向他凝聚。

聽到黃立海詢問他，柳擎宇淡淡一笑：

「黃市長，對於任何工作，我都有信心。」

「好，非常好！大家看看，柳同志雖然年紀很輕，但是氣勢很足，也很有魄力，這說明柳同志很有衝勁，希望他能夠和魏宏林同志一起帶領瑞源縣人民走上高速發展之路。

「在這裡，我也得給柳同志提出幾點要求，第一，希望柳同志能夠在政治上積極主動，及時向上級領導彙報和反映工作，聽從上級領導指揮，確保大局的穩定；第二，希望柳同志能積極為瑞源縣招商引資，發展經濟；第三，希望柳同志廉潔自律，克己奉公，腳踏實地，不要好高騖遠、突進冒進。」

接著，黃立海又看向下面的幹部們說道：

「我也要對在座各位提兩點要求，一是積極配合柳同志的工作；二是要做好監督幫扶工作，柳同志對瑞源縣的情況還不太熟悉，萬一在做決策的時候出現一些失誤，大家要及時指出，幫助柳同志及時改正錯誤，也可以向市領導反映，大家齊心協力，把瑞源縣發展起來。好了，我的話講完了，下面請牛振松副部長講話。」

眾人亦是一陣熱烈的鼓掌聲。

黃立海說完後，目光看向柳擎宇，柳擎宇對他笑了笑，黃立海心道：「也不知道他聽沒聽出來我話裡的深意啊。」

不過黃立海根本不在意柳擎宇到底會如何想，他話說到位了，瑞源縣的幹部們自然會按照自己的指示行事，柳擎宇再怎樣也無法撼動自己對瑞源縣的影響力。

此刻，換牛振松致詞。

柳擎宇臉上沒有任何變化，心中卻起了波瀾，他已經感覺到，自己以後在瑞源縣的工作不會那麼順利。因為黃立海對瑞源縣的影響力不容小覷，看下面每個人看向黃立海的眼神都是那樣的熱切，這對自己將來展開工作絕對是一個巨大的阻力。

尤其是剛才黃立海竟然要求其他人監督糾正自己，這簡直就是在告訴瑞源縣的幹部們，如果他做得不對，你們可以當面和他拍桌子，也可以找我黃立海，我給你們做主！

這不是囂張是什麼?!如此一來，我的工作還怎麼做啊！

牛振松很快說完，輪到柳擎宇發言了。

眾人的目光都聚焦到柳擎宇的身上，十分好奇這位新來的縣委書記會說些什麼。

官場上，**通常新官上任的第一次發言都是在闡述自己的入職感言及施政理念，大家往往可以透過發言內容看出這個人性格是嚴是寬？做事是鬆是緊。**

黃立海也很關注柳擎宇的發言。

在眾人的注視下，柳擎宇侃侃說道：

「非常感謝組織的信任，讓我前來擔任瑞源縣縣委書記，我叫柳擎宇，請大家記住我的名字，記住我這張臉，畢竟以後我就要和大家一起共事，如果你們來個張冠李戴，那我可就鬱悶了。我的話講完了。」

現場響起一片哄笑之聲，大家都沒有想到這位新來的縣委書記竟然如此幽默。簡單的兩句話，很輕鬆的話題，讓大家對柳擎宇多了幾分好感，當然，也讓一些人對他多了幾分輕視。

魏宏林和孫旭陽則是一愣，因為他們曾經仔細研究過柳擎宇的經歷，從調查到的情況來看，柳擎宇是個非常強勢之人，每一次上任之初，都會發表一番措辭強硬的感言，以壓倒性的姿態出現。

今天柳擎宇卻沒有這樣做，發言不但簡短，語氣還很幽默輕鬆，兩人心中不禁狐疑起來：「這個傢伙玩這麼一手，到底意欲何為呢？」

同樣納悶的還有黃立海和牛振松，身為南華市的高層，自然對柳擎宇的情況掌握得更多，柳擎宇今天的表現和他們想像的大相徑庭。

在眾人的狐疑中，迎接儀式很快結束了，接著便是迎接午宴。

在宴會上，柳擎宇再次領教到了什麼叫喧賓奪主。

午宴上，柳擎宇坐在黃立海的右手，牛振松坐在黃立海的左手，然而，大部分人在敬酒時都集中在黃立海和牛振松的身上，隨後才是捎帶的敬柳擎宇一下。

而且敬兩人時，幾乎都是杯杯見底，但是敬柳擎宇時，大部分人都是輕輕抿一小口，有些人甚至只是做做樣子，似乎大家早就商量好了一樣。

最過分的是縣長魏宏林。

魏宏林好像是喝多了，端著酒杯向黃立海敬道：

「黃市長，沒有您，就沒有瑞源縣的今天，沒有您，就沒有我們瑞源縣大多數幹部的今天，以後，瑞源縣的幹部們會上下同心，謹遵您的指示精神，大刀闊斧的向前發展，絕不辜負您對我們的期望。這一杯我乾了，您隨意！」

說完，魏宏林一飲而盡。

黃立海對魏宏林這番忠心效命的話十分滿意，舉起酒杯道：

「魏同志是個好同志，希望同志們多向魏同志學習，咱們做人不能忘本啊。我也乾了！」把酒給一口喝盡。

眾人聽了這番鼓勵的話，頓時心情激動，紛紛再次過來向黃立海敬酒，以示效忠，這讓牛振松和柳擎宇感到十分尷尬。

牛振松是市委書記戴佳明的人，柳擎宇是新上任的縣委書記，這些人卻偏偏當著他們的面向黃立海表達忠心，這和當面打臉沒有什麼兩樣。

牛振松一邊應付著酒局，一邊暗自觀察柳擎宇的表情。在他想來，柳擎宇面對如此形勢，肯定會心生不滿，畢竟這些人的行為實在有些過分。

然而，出乎牛振松意料的是，柳擎宇自始至終一直滿臉含笑，每一位來敬酒的，他都是一視同仁，只抿一小口；對那些向黃立海敬酒之人，也沒有露出任何的不滿之意。

黃立海其實也在暗自觀察柳擎宇的一舉一動，當他看到柳擎宇對自己的舉動完全無動於衷之時，心中原本浮現的那種興奮之意立時消失了，取而代之的是深深的忌憚。

黃立海是個在宦海沉浮多年的老油條，他非常清楚，一般的官員在柳擎宇這個年紀，在自己如此強勢、欺人的手段之下，幾乎很難再保持淡定。然而，柳擎宇這小子卻神色平靜，絲毫看不出動怒，這說明了兩種可能，一是柳擎宇天生不適合當官，因為他缺少最基本的政治敏感性。

第二則是黃立海最忌憚的，就是柳擎宇城府很深，年紀雖輕，卻有喜怒不形於色的功夫，這樣的人一旦主政瑞源縣，那麼他的手段肯定會很不一樣，這對自己能否繼續全面掌控瑞源縣有著十分重要的影響。尤其是現在戴佳明對柳擎宇拉攏的力度不小，如果他要是真的投入到戴佳明的懷抱，這對自己來說更是個極大的挑戰。

想到此處，黃立海不禁向柳擎宇看了過去。

這時，柳擎宇也發現黃立海看向自己的眼神十分微妙，便舉起酒杯道：

「黃市長，我敬您一杯，感謝您不遠千里，紆尊降貴來送我上任，您對我的關懷，我沒齒難忘。我柳擎宇是個恩怨分明之人，有恩必報，有仇不饒，您如此真誠待我，我必定熱情回報。您以後就看我的表現吧！」

說著，柳擎宇將酒杯裡的酒一飲而盡。

聽到柳擎宇這番話，黃立海心頭卻是一震。柳擎宇的話表面上聽著溜光水滑，充滿了感激和恭維之意，然而在黃立海聽來，卻**帶著幾分諷刺，似乎蘊含著深意**。

坐在旁邊的牛振松聽到柳擎宇這番話後，神情也是一凜。

他也從話中品出了一番滋味，心中暗道：

「黃立海啊黃立海，這次你恐怕要偷雞不成蝕把米了，你想要借著送柳擎宇上任的機會給柳擎宇來個下馬威，讓他在瑞源縣老實一些，但是你絕不會想到，這小子可從來不是一個安分的主啊，他剛才的話已經明確表達了有恩必報有仇不饒的意思，也就是說，你如何對他，他就會怎樣加倍奉還給你。真希望快一點看到柳擎宇對你採取反擊啊！坐山觀虎鬥的感覺真是不錯啊。黃立海，你會如何應對呢？」

黃立海顯得十分淡定，說道：

「嗯，柳同志很有想法，希望你能夠把你的本職工作做好，尤其是招商引資方面，我們南華市市委市政府的領導們可都在等著你的捷報呢。」

黃立海的話軟中帶硬，順帶將了柳擎宇一軍。意思是說，你可以有想法，不過你要想獲得上面認可，必須得在招商引資上有所建樹才行。

他的潛臺詞其實是：你能夠拉到投資，就可以給瑞源縣帶來利益，至於最終誰能夠獲利，可未必是你柳擎宇說了算！然而你如果無法在招商引資上有所建樹，那就說明你的能力不行，到時候南華市就有足夠的理由把你給換掉！

柳擎宇臉色終於變了。他已經忍耐黃立海和魏宏林很久了，這兩個老傢伙自從自己到了之後，就一直在招商引資上做文章，想把自己給拉進招商引資的陷阱中去，好像如果自己不能在招商引資上有所建樹就愧對瑞源縣鄉親父老似的。

如果自己這個縣委書記把精力都放在招商引資上，瑞源縣真的就能夠發展起來嗎？

柳擎宇放下酒杯，抬起頭來環視一下眾人，最後目光落在黃立海的臉上，說道：「黃市長，既然您和魏宏林同志一直提到招商引資這件事，那麼我在這裡先表達一下我的看法。我認為，招商引資並不是一個地區經濟發展起來的主要關鍵，我認為，要想發展一個地區的經濟，必須要因地制宜，權衡多方面的因素，做出最正確的決策。

「如果需要招商引資，我自然會努力的去做好這方面的工作，但是，如果時機不成熟，我自然不會把精力都浪費在這方面。我認為現在最需要做的，是沉下心來，好好的瞭解一下瑞源縣的情況，做好調研工作，之後再考慮瑞源縣該如何發展。黃市長，您說呢？」

宴會大廳一下子沉寂下來，就算再笨的人也聽得出來，柳擎宇這是在發洩對黃立海的不滿，甚至還有幾分叫板的味道。

宴會廳內，眾人的目光全都聚焦在了黃立海的臉上。

黃立海面對柳擎宇的還擊，臉上波瀾不驚，笑道：「嗯，柳同志果然是個很有想法的同志，看來柳同志並不願意把所有的精力都放在招商引資上，這也無可厚非，畢竟柳同志說得沒錯，沒有調查就沒有發言權嘛。」

黃立海對柳擎宇的話給予了肯定，這讓很多人詫異不已：**黃市長是怎麼回事？柳擎宇都這樣叫板了，怎麼還肯定他的說法呢？**

這時，黃立海又說道：「柳同志，既然你說要先對瑞源縣的情況有個詳細的瞭解後才去招商引資，不知道你需要多長的時間對瑞源縣進行瞭解？有沒有一個具體的計畫呢？」

會議室的氣氛再次緊張起來，眾人不由得暗讚：老領導果然不愧是老領導，面對柳擎宇的叫板，反擊十分犀利啊，**輕輕一個太極推手，便把問題又拋給了柳擎宇**，逼得他不得不在老領導限定的框架內進行選擇。

就聽柳擎宇不慌不忙的說道：

「黃市長，調研這種東西可是說不準啊，具體要多長時間我也無法確定，但是我認為現階段招商引資肯定是不合適的，畢竟瑞源縣只有在軟硬體環境都達到招商引資基本條件的時候，才能真正展開招商引資。現在整個瑞源縣給我的第一個感覺就是又髒又亂又差，就這樣的環境，即便是招商引資也只會無功而返。」

柳擎宇的直言無諱，讓瑞源縣的幹部們都皺起了眉頭，看向柳擎宇的目光中多了幾分不滿之色，因為這番話相當於對他們工作的一種否定。

柳擎宇毫不顧忌地接著說道：「我認為，招商引資只是發展經濟的一種手段，但不能認為招商引資就一定是萬能的。據我所知，瑞源縣這些年來，年年都在喊招商引資，而且，我看瑞源縣官網每年公布的招商引資項目都有幾千萬，但是瑞源縣的經濟為什麼到現在為止還是一直發展不起來呢？黃市長，您是市領導，不知道對我的這個疑問，您能不能給解答一下？就當是我現場做個調研好了。」

柳擎宇說完，現場再次陷入沉寂，所有人都放下了手中的碗筷，對柳擎宇的不滿更為加深了，因為柳擎宇這話直接指向了瑞源縣的核心問題——資料虛假！

這在瑞源縣是屬於不能公開，但是所有人都知道的秘密。

瑞源縣的領導為了讓各種資料好看，在資料上造假是常有的事，柳擎宇的前任，是黃立海以前在瑞源縣工作時的秘書長高震，後來黃立海高升，高震便被提拔到縣委書記的位置上。

但是他在瑞源縣，連年資料造假，終於在審計廳的一次查核中被發現資料存在嚴重問題，只好引咎辭職，柳擎宇這才被空降到瑞源縣來的。

柳擎宇指出數據造假，明顯是在向高震開炮，也就是向高震身後的黃立海開炮啊。

黃立海的眼睛眯縫起來，眼底深處一抹寒光掠過，冷冷說道：

「柳同志，你的這個問題我還真沒有辦法回答你，畢竟，你現在是瑞源縣縣委書記了，很多事情需要你自己去實際調研才行。不過，有一點我必須要提醒你，從今往後，我不希望看到瑞源縣在經濟發展資料上有任何虛假之處，希望你能夠實實在在的把瑞源縣給發展起來。這是省委省政府、市委市政府以及瑞源縣老百姓最殷切的期盼。」

柳擎宇一笑：「黃市長，您儘管放心，我柳擎宇在進入仕途之前就已經下定決心，不管我在任何地方為官，都要做到為官一任，造福一方，至於資料造假，那不是我的風格。」

緊接著，柳擎宇的目光環視眾人說道：

「我也希望在座的各位同志們監督我、支持我，在任何資料進行上報的時候不要造假，否則的話，一旦發現，立刻嚴懲不貸。」

牛振松一直對柳擎宇和黃立海間的暗戰冷眼旁觀，他發現兩人的交鋒已經到了一定程度，不能再讓這種情形繼續下去了，不然一旦雙方鬧僵，不僅對柳擎宇在瑞源縣的工作十分不利，就是對他也十分不妙，畢竟這次送柳擎宇上任，自己算是主要負責人，出什麼事，責任首先要落在自己的身上。

所以，牛振松立刻插口說：「好了，好了，黃市長，柳同志，我看工作上的事，咱們還是不要在酒宴上進行討論吧，先喝酒吃飯，吃完，大家還得趕回市裡工作呢！」

牛振松這麼一攪和，柳擎宇和黃立海便順勢偃旗息鼓，又好像沒事人一樣繼續喝酒吃飯。

不過這之後，基本上沒有人再給柳擎宇敬酒了，柳擎宇一下子清閒起來；相反，黃立海那邊卻再次忙碌起來，瑞源縣的幹部們用他們的實際行動表達著對柳擎宇的不滿。

柳擎宇暗自冷笑，並不在意這些。

午宴後，柳擎宇和眾人一起把黃立海、牛振松送上車。看著他們離開後，縣委辦主任、縣委常委宋曉軍立刻來到柳擎宇身邊，滿臉陪笑道：「柳書記，您的辦公室我們已經準備好了，您看您是如何安排？是立刻去縣委展開工作，還是明天再說？」

柳擎宇略微沉吟了一下，說道：「這樣吧，你通知四套班子成員、法院、檢察院的主要領導，讓大家明天上午九點整，準時到市委大會議室集合開會，你在通知中一定要告訴大家，絕對不能遲到，我不希望看到有人用遲到這種幼稚的方式來表達他們心中某些不滿的意見。」

宋曉軍神情一凜。他沒有想到這個年輕的縣委書記說話如此直截了當，不過他還是點點頭道：「好，我一定把您的意思轉達到位。那我現在送您去縣委招待所休息一下吧，您的住處暫時先安頓在縣委招待所，縣委大院內，您的住處正在進行裝修，估計您要住進去的話還得等一段時間。」

柳擎宇點點頭，跟著宋曉軍一起來到縣委招待所安頓下來。

安頓好後，宋曉軍再次請示道：「柳書記，您看你在秘書人選上有沒有什麼指示？」

柳擎宇擺擺手道：「這個問題先不急，等會兒再談吧。我這邊沒事了，宋主任你先去忙吧。」

宋曉軍轉身告辭。

看著宋曉軍離去的背影，柳擎宇緊鎖雙眉，思考著一個十分棘手的問題。

作為一個縣委書記，柳擎宇身邊沒有任何一個稱心可用的人手，這是他當前最為窘迫的問題，尤其是現在對瑞源縣的情況兩眼一抹黑，又找不到一個可以信得過的人詢問，這是絕對不行的。

那麼，**這個可以信得過的人，要去哪裡找呢**？

對一個縣委書記來說，如果縣委辦主任不是一個和自己一條心的人，工作很難展開，從目前的情況來看，宋曉軍明顯是屬於前任縣委書記高震的人，而高震引咎辭職後，他反而混得更好，其中的深意可就很值得玩味了，要麼宋曉軍市裡或者省裡有人，要麼有人力保宋曉軍。

這就有些意思了。**宋曉軍的背景是誰**？或者說，**這個力保宋曉軍的人到底是誰呢**？

從宋曉軍的種種表現，令柳擎宇有些猜不透他。

首先，在酒宴上，宋曉軍和其他的人一樣，只有第一輪給自己敬酒，隨後便再也沒有他的影子；至於他給黃立海敬酒的頻率則少一些，這代表什麼？

更讓柳擎宇感到納悶的，是宋曉軍對自己的態度。自從宴會結束之後到現在，宋曉軍的每一個細節都可圈可點，既沒有過分的阿諛奉承，也沒有刻意的疏離或者搞小動作，十分自然。

宋曉軍心中是什麼打算呢？一時間，柳擎宇陷入了沉思。

柳擎宇非常清楚，身在官場，尤其是**身在一把手的位置上，最重要的工作就是要用好人，用對人**，而要想做到這一點，最關鍵的則是**認識人**！而要想認識一個人，必須要對一個人進行全面的剖析，從心理、動機、性格、背景等多方面因素來進行綜合分析。

想到識人，柳擎宇突然眼前一亮，腦中閃現出老爸劉飛送給自己的一本筆記，那是一本專門記錄老爸關於如何識人、用人的一些細節和做法。

以前，柳擎宇認為識人用人是一件輕鬆簡單的事，尤其是以前在軍中，自己做得相當好，他對識人用人方面頗有自信，然而，今天宋曉軍卻讓他頗感頭疼，因為宋曉軍的身上疑點重重，所以，他必須要弄清楚宋曉軍這個人，如果可用，他再下功夫去收服；如果不可用，他也會想辦法打壓。

柳擎宇翻出隨身攜帶的旅行包，從裡面找出了老爸送給自己的那本筆記，認真的閱讀起來。

筆記的內容記錄著劉飛從初入官場一直到如今浩瀚二十多年的宦海識人心得，筆記早已泛黃，但是保管得相當不錯，再加上劉飛那一筆漂亮工整的鋼筆字，柳擎宇看起來沒有任何障礙。

雖然筆記本前前後後只有不到一百五十頁，但是柳擎宇卻看了整整一下午。

當柳擎宇闔上筆記本時，天色已經黑了下來。

讀完老爸識人的心得，柳擎宇感覺收穫很大。老爸二十多年的宦海生涯一共總結出了三十六種方法，讓柳擎宇大開眼界。

每一種方法都是對宦海中種種細節的深刻認識和思辨，看完心得後，柳擎宇對於如何了解宋曉軍有了充分的信心，他相信，只要自己能夠綜合運用這些識人法，便可以對宋曉軍有一個大概的瞭解，確定此人是否可用。

就在這時候，房門被敲響了，柳擎宇打開房門，宋曉軍就站在門外。

柳擎宇滿臉含笑地打開門，把宋曉軍迎了進來，道：「宋主任，請進請進。」

宋曉軍請示道：「柳書記，吃飯的時間到了，魏縣長已經安排好晚宴，說是瑞源縣縣委班子給您接風洗塵，可是魏縣長剛才通知我，說他突然有些急事趕不過來了，讓其他常委陪您，改天他給您補上。您看晚飯如何安排？」

柳擎宇聽了淡淡一笑：「如果是公款的話，我看晚宴就不必了，上級一直在講要杜絕公款吃喝，就從我做起，一會兒你通知大家一聲；至於晚飯，如果宋主任你晚上有空的話，咱們就一起在市委招待所的食堂裡隨便吃點，我請客，不要嫌寒酸哦！」

宋曉軍一愣，柳擎宇剛上任就要請自己吃飯，雖然只是去縣委招待所的食堂去吃，但是柳擎宇可是瑞源縣的一把手啊，他請吃飯，這份殊榮可不是誰都能夠獲得的。

同時，宋曉軍也有一絲疑問，柳擎宇拒絕和其他縣委常委們一起吃飯的機會，卻偏偏要和自己一起吃飯，**難道他對自己有拉攏之意**？如果是這樣的話，**這個縣委書記也太沒有城府了吧？他憑什麼相信自己呢**？

宋曉軍心中懷著種種疑問，回道：「好的，柳書記，那您稍等片刻，我馬上去通知其他常委們您的決定，等會兒再和您前往招待所的食堂，不過咱們得說好了，今天晚上我請客。」

柳擎宇自然不會在這種細節上和宋曉軍糾纏，意思表達到就行了。

宋曉軍離開後，柳擎宇立刻閉起眼睛，仔細回憶著剛才宋曉軍進入房間後，和自己說話間的種種細節。

在老爸的識人心得中，其中有一條，就是**聞聲辨人**，亦即透過聽對方的聲音和觀察對方的臉色來識人。柳擎宇腦海中浮現出劉飛筆記上的綜述：

「人類的聲音，由於健康狀況不同，生存環境不同，先天稟賦不同，後天修養不同，而有很大差異。所以聲音不僅在一定程度上表現出一個人的健康狀態，而且也表現出一個人的文化水準——他的雅與俗，智與愚，貴與賤，富與貧。

「由聲音的內容可以識辨出一個人心中所想的事情，構成聞聲辨人的一個部分。聞聲辨人，還可以判斷一個人的心胸、職業、身高等情況。之所以通過聲音可以辨人，是因為聲音**與說話者當下的心理活動密切相關**，大小、輕重、緩急、長短、清濁都有變化，這與人的特性也是息息相關的，這就是聞聲辨人的基礎。心胸寬廣、志向遠大的，聲音有平和廣遠之志，而且聲清氣壯，有雄渾沉厚之勢。

「從身高來看，身高的人由於丹田距聲帶、共鳴腔遠，氣息衝擊的距離加長，力量弱化，因此聲音顯得清細弱，振盪輕；身矮的人，往往聲氣十足，因為距離短，氣息衝擊力大，聲帶與共鳴腔易於打開。」

在最後，老爸劉飛寫了一句：「**官場之上，對那些身材矮小但是聲音洪亮之輩，千萬不要輕視。**」

回想著這段筆記，柳擎宇不由得拿這段內容與眼前的宋曉軍相比。

宋曉軍身高差不多有一米六五左右，在市委常委中算是低的，但是他說話的時候中氣十足，聲音洪亮，和自己說話時，語氣中沒有絲毫的恭維拍馬之意，但也沒有蔑視、不恭的樣子。

他的每一句話、每一個細節，都讓柳擎宇感覺到他和瑞源縣的其他常委們格格不入，卻又處處融入。

柳擎宇不禁想起筆記中所寫的識人第二招：**察言觀色**。

「每個人內心所積蓄的想法，往往表現在面色上，即使對方城府極深，善於掩蓋，但只要認真觀察，還是可以發現一絲端倪。

「人有喜悅、憤怒、欲望、恐懼、憂愁五種情感，五種情感真實地存在於心中，表現在外在的神情上。喜悅時，神色會不知不覺地表現出雀躍之情來；生氣時，神色很激動，就像要傷害人似的；有欲望時，滿臉充滿著討人喜歡的和悅苟且之色；恐懼時的神色似乎是被逼迫得低聲下氣；憂愁悲傷時的神情，好像很疲憊一樣想安靜會兒。

「一個人的性情本應是潔白無暇，固定而泰然的，虛偽的神色則是紛雜零亂而煩躁的，雖然想把真實神色隱藏在內心深處，但神色上卻會不由自主看出來。」

柳擎宇可以楚清地感覺到宋曉軍和自己說話時，神色十分平靜，無欲無求，就好像自己這個新任縣委書記的到來也不可能威脅到他縣委辦主任的位置一般。

柳擎宇綜合聲音與面色這兩種識人要點，判斷出這個宋曉軍不是一般人，此人要麼超級有才，性情驕傲到了骨子裡，以至於他對一切都表現出這種無所謂的神態，要麼超級自信，或者有所依仗，認為在瑞源縣沒有任何人可以威脅到他的地位。

如此看來，不管宋曉軍到底是屬於哪種人，都應該不是屬於與魏宏林同一路人馬，也許他和黃立海也不是一路人，對這一點，柳擎宇現在基本上已經可以確定了。

既然如此，柳擎宇心中暗道：

「看來這個宋曉軍倒是可以爭取一下，只不過要想爭取他，難度恐怕不小，他能夠在前任縣委書記引咎辭職後依然保住他縣委辦的位置，足以說明此人頗有手段。要想把他收編到帳下，自己必須要表現出超越一般人的才華和能力。」

想到這兒，柳擎宇心中又多了幾分疑問：**如果宋曉軍真的很有能力，為什麼偏偏要窩在瑞源縣縣委辦主任這個位置上呢？他為什麼不謀求一個更好的位置呢？**

就在這時候，房間的門再次被敲響，宋曉軍推門從外面走了進來。

宋曉軍報告道：「柳書記，一切都安排妥當了，咱們出發吧。」

柳擎宇點點頭，由宋曉軍在前頭帶路，來到招待所食堂。

宋曉軍找來招待所主管後勤的主任，讓他吩咐廚房炒幾個瑞源縣的特色菜，又上了一瓶瑞源縣的特產：瑞源大麴。

酒菜全部上齊，宋曉軍給兩人的酒杯滿上，然後笑著說道：

「柳書記，沒有想到今天晚上只有咱們倆個在一起喝酒，來，這第一杯酒我敬您，算是給您接風洗塵。」

柳擎宇端起酒杯一飲而盡，宋曉軍也乾了杯中的酒。

宋曉軍再次要去倒酒，卻被柳擎宇把酒瓶給搶了過來，替宋曉軍和自己滿上，然後端起酒杯道：「老宋，這第二杯酒我敬你，感謝你忙前忙後，為我安排妥當。」又是一飲而盡。

宋曉軍見到柳擎宇如此禮遇，眼神中多了幾分詫異之色。

在他所認識的縣委領導中，要說給屬下倒酒的人，他還真是第一次看到。從來都是當領導的大馬金刀的坐在那裡等著手下給他倒酒，這個柳擎宇年紀輕輕就能有如此心胸，看來頗不簡單啊。

第三杯酒，宋曉軍手腳很快，把酒杯搶了過來，倒滿後道：「柳書記，這第三杯酒還是我敬你，希望你能夠帶領我們瑞源縣老百姓，走上一條真正的致富之路。」

柳擎宇再次一飲而盡。

到了第四杯，換柳擎宇搶過酒瓶，給兩人倒滿後，他沒有馬上舉杯，而是看向宋曉軍，神態真摯誠懇的說道：

「老宋，不瞞你說，我既然到了瑞源縣，就沒有想要全身而退，我已經做好了破釜沉舟的心理準備，在瑞源縣不成功便成仁，我希望在瑞源縣開創的，是屬於老百姓的致富之路，而不是官員富得流油、老百姓卻面黃肌瘦的那種。我不會提什麼響亮的口號，只想踏踏實實、一步一步的向前走。」

接著，柳擎宇話風一轉：

「不過，我人生地不熟，想要做事很難，現階段，我需要一個有能力、有魄力、有勇氣的幫手，透過我的觀察，我認為你很符合這個條件，不知道你能不能告訴我，對於你，我是否能信任呢？」

柳擎宇這番話說出來，宋曉軍當時就是一愣，他沒有想到柳擎宇竟然開門見山直奔主題，如此直接地表明對自己的欣賞。

宋曉軍猶豫起來。

包間內異常安靜，柳擎宇默默看著宋曉軍，宋曉軍則在暗自沉思著。

就在這種沉默的氣氛中，兩人的心卻是波濤洶湧。

對柳擎宇而言，通過對宋曉軍的觀察，他意識到一件事，那就是如果真如自己所猜測的那樣，這個宋曉軍非等閒之輩，是縣長魏宏林的人，或是其他派系人馬的話，那麼他一定會第一時間回絕自己，但是他沒有，這說明他對自己是有所期待的，只是對自己的實力有所疑慮，或是對自己的前途並不看好。

想清楚這點，柳擎宇的目光愈發淡定起來。

而此刻的宋曉軍，內心卻展開了激烈的心理交戰。

他看出來自己的回答將會決定未來他在瑞源縣的地位甚至是前途，雖然自己的確有些背景，但是如果頂頭上司不肯重用自己，想架空自己還是有很多辦法的。

宋曉軍曾經仔細研究過柳擎宇之前的履歷，他發現柳擎宇對對手的打擊從來沒有絲毫的手軟，如果自己拒絕他，那麼自己的下場會不會也是那樣？

但如果不拒絕他，他對柳擎宇卻是一點信心都沒有。**如此年輕的縣委書記，能鬥得過瑞源縣那些老狐狸嗎？**別的不說，僅僅是魏宏林這個黃立海的死忠派，就夠柳擎宇頭大了。因為魏宏林身為瑞源縣縣長，控制著整個縣政府，財政大權更是牢牢的握在他的手中。

而另一隻老狐狸——縣委副書記孫旭陽，他雖然為人低調，但是身為縣委辦主任，宋曉軍卻非常清楚，在高震時期，整個瑞源縣，魏宏林能夠當家做主二分之一，而孫旭陽能夠做主三分之一，另外六分之一才輪到高震，而這些也是和最終的利益分配掛鉤的。

雖然孫旭陽的實力不如魏宏林，但是在宋曉軍眼中，他認為孫旭陽比魏宏林更難對付。因為魏宏林對利益過於看重，讓他的弱點很容易暴露，反而是孫旭陽因為低調行事，有任何風險的時候都安然渡過，有利益時卻不會放過。

柳擎宇能夠在這兩個已經佔據各種資源百分之八十以上的情況下，把瑞源縣的情勢給徹底改變嗎？宋曉軍臉上露出了凝重之色。

現在，他在家族中陷入十分尷尬的境地之中，對面有宋天星這個嫡系新秀強勢上位，上面宋家大老正直鼎盛之年，如果自己這個旁支子弟不能在瑞源縣突圍而出，恐怕很難獲得家族的重視。

眼前柳擎宇卻偏偏要求他選邊站，自己該怎麼辦？

就在宋曉軍內心交戰之際，柳擎宇先打破沉默道：

「老宋，我看你似乎對我的問題感到很為難，我看這樣，這個問題呢，你不妨考慮考慮，我不急著知道答案，我大概也能猜到你的想法，這樣吧，你先看看我新官上任之後這三把火燒得怎麼樣，等我三把火燒完，你再給我你的答案，如何？」

柳擎宇說完，笑著看向宋曉軍。

宋曉軍長出了口氣，點點頭道：「好，柳書記能夠給我一些時間去考慮，那是最好不過的了，希望柳書記能夠理解我。」

柳擎宇笑道：「理解理解，老宋啊，我有一個問題想要問問你。」

「有什麼問題您儘管問，我知無不言。」宋曉軍道。

柳擎宇聽到宋曉軍這樣回答，十分滿意，他現在最需要的就是關於瑞源縣實際情況的真實報告。於是問道：

「老宋，你認為明天的會議上，在我已經三令五申的強調不能遲到的情況下，會不會有人故意遲到呢？」

柳擎宇的問題讓宋曉軍感到十分意外。他原本猜測柳擎宇問的肯定是關於縣委常委內部的各種複雜關係，結果竟是明天會議的事。

宋曉軍沉思了一下，隨即說道：

「我看很有可能會發生這種情況，瑞源縣這麼多年已經沒有外部勢力能夠進來，你應該算是第一個，恐怕各方勢力都會通過這次會議試探你的為官風格。「柳書記，據我所知，您以前就曾經拿會議遲到做過文章，這一次您該不會又想故技重施了吧？如果真是這樣的話，我想大概不會有什麼效果！因為我在通知了大家之後，就聽到有人在議論這件事，他們好像也做了相應的準備，打算給你一個下馬威！」

聽到宋曉軍提供的情報，柳擎宇愣住了。

沒想到瑞源縣的幹部們對自己研究得倒是挺透澈的，而且這些人在知道自己對開會遲到十分反感的情況下，還決定要藉這個來**挑釁自己的耐心和底線**，這顯然是對他權威的一種挑釁和漠視，如果自己不能在第一次會議上就把這種不好的風氣給打掉的話，以後他將沒有什麼威信可言，一旦政令不通的窘況發生，距離自己被調職也就不遠了。

身為官員，柳擎宇對仕途風險有著敏銳的評估。他已經意識到對方在會議遲到這個問題上挑戰自己背後所隱藏的深層陰謀。

想到此處，柳擎宇看向宋曉軍道：「老宋，你認為我明天應該怎麼做？」

宋曉軍搖搖頭：「柳書記，這個得您來拿主意啊，我還真想不出什麼好辦法來，他們這些人看重的是法不責眾啊！」

柳擎宇聽到「**法不責眾**」四個字，臉上露出一絲淡淡的微笑，有所領悟地說：「呵呵，法不責眾，那就明天會議上見分曉吧！我倒要看看這些人準備玩什麼樣的花樣出來。」

第二天上午七點二十左右，宋曉軍準時來到柳擎宇的住處，帶柳擎宇先去食堂吃了早點之後，便一同趕往縣委縣政府。

縣政府與縣委的辦公大樓同在一座大院內，而瑞源縣委的辦公大樓是院內所有辦公樓中最高、最氣派的，裡面配備有電梯，裝修相當不錯。

進入大樓內部，柳擎宇更是頻頻點頭，這個瑞源縣雖然經濟發展水準比起東江市差得很遠，但是縣委辦公大樓內部的裝修卻比東江市的辦公大樓要奢華得多，柳擎宇還以為自己進了四星級酒店呢。

當柳擎宇隨著宋曉軍走進自己的辦公室，徹底驚呆了。

整個辦公室分為內外兩層，是一個套間。外間是秘書的辦公室，差不多四十多平米，裡面是自己的辦公室，面積足足有一百平米，其中劃分為辦公室，一個小臥室，還有一間休閒室，雖然裡面的傢俱都是舊的，但是看起來卻也十分奢華。

進入辦公室後，宋曉軍臉上露出為難之色說道：

「柳書記，這間辦公室是前任縣委書記高震同志的辦公室，裡面的傢俱也是他留下來的，如果您覺得這間辦公室和裡面的這些傢俱不合適的話，我可以再為您調換，不過傢俱可能需要一些時間，我已經向魏縣長那邊打了報告，還沒有批下來。我會儘量加強協調的。」

柳擎宇聽了，立刻明白了一件事，那就是宋曉軍在這件事情上，並沒有太大的主導權，因為魏縣長那邊不批經費，他就只能讓自己暫時棲息在高震的舊辦公室。

官場中有一個不成文的習慣，那就是如果前任官員高升了，那麼繼任官員就會非常樂意繼續待在前任官員的辦公室內，因為這說明這個房間的風水很好。反之，如果前任官員因為種種原因落馬或者失勢，那麼繼任官員多半會選擇換一間辦公室。

柳擎宇看了眼辦公室的擺設，道：「辦公室我就不換了，傢俱也不用換，我就在這裡工作吧。對了，老宋，是不是魏縣長的辦公室也跟我的辦公室差不多，都是這麼大呢？」

宋曉軍點點頭：「是啊，基本上所有縣委常委的辦公室配置都和您的辦公室差不多，魏縣長的辦公室比您的辦公室還要大二十平米左右。所以，如果您對這間辦公室不滿意的話，隨時可以調換，就是設備需要時間。」

柳擎宇點點頭：「嗯，那就這樣吧！」

說著，柳擎宇隨手打開桌上的兩台電腦，隨意的掃了眼裡面的東西，眉頭不由得一皺。他用手指著電腦螢幕說道：

「老宋，是不是每個常委辦公室裡都配備兩台電腦？」

宋曉軍回說：「是的。」

柳擎宇眉頭皺得更緊了：「老宋，這兩臺電腦全都連到互聯網上了，到底哪一臺才是內部用的電腦呢？其他常委們的辦公室，是不是也是兩臺電腦都連到互聯網上了？」

宋曉軍思索了一下，道：「據我瞭解，大多數常委們辦公室裡的電腦都是如此。」

柳擎宇臉色沉了下來：「老宋，你是縣委辦主任，我不知道你對於互聯網的瞭解有多少？難道在內外網隔離這個問題上，縣資訊中心都沒有提出過意見嗎？」

宋曉軍聽柳擎宇問起這個，不由得苦笑道：

「柳書記，不瞞您說，縣資訊中心編制人員包括主任一人，副主任一人，工作人員五人，但是這七個人都是透過關係來的，學歷最高的是大專，縣裡的網站到現在基本上是處於癱瘓狀態，要想讓他們搞懂內外網隔離的問題，恐怕很難啊！而且縣資訊中心那邊常年只有兩三個人在崗。」

柳擎宇眼睛立刻瞪大了。他雖然知道縣裡在公務人員的編制和任用問題上，比起市裡和省裡要鬆散的多，但是像瑞源縣這樣糟的卻還沒有看到。

柳擎宇直接站起身來說道：「這樣吧，老宋，你帶我去資訊中心轉一轉，我看看那邊的情況到底如何。」

宋曉軍遲疑地說：「柳書記，縣資訊中心是屬於縣政府下屬的部門，您剛剛上任就過去視察，這是不是不利於您和魏縣長之間的團結啊？」

柳擎宇擺擺手道：「無妨！身為一名縣委領導，大家必須要時刻注意資訊安全，要有資訊安全意識，這一點非常重要，為什麼美國對我們中國的很多事都瞭若指掌，以至於我們在和美國人進行談判時總是處於十分被動的地位，就是和美國對我們無孔不入的資訊監控有十分重要的關係。」

宋曉軍咋舌道：「柳書記，沒有那麼誇張吧？網路真的有這麼厲害？」

宋曉軍大學學的是工商行政管理，所以對網路這塊並不是太懂。

柳擎宇嘆道：「實話跟你說吧，美國對我們中國的監控，尤其是資訊監控，無處不在。我可以給你舉幾個例子。

「第一，網路監控。中國大部分電腦使用的作業系統都是美國人發明的，想要在上面安裝一些後門輕輕鬆鬆，你還覺察不到。只要電腦連通網路，一些在監控系統中設定好的關鍵字一旦出現，電腦系統就會自動啟動傳輸功能，將一些機密資訊發送出去，神不知鬼不覺。

「第二，手機監控。在現今智慧手機日益普及的時代，不管是晶片定位還是人肉搜索，只要人家想要監控你，你的任何個資都會毫無保留的外洩到人家的監控平臺上。

「第三，汽車監控。很多汽車上都安裝了ＧＰＳ導航系統，通過遠端監控手段，就可以對車內乘客彼此間的談話進行監聽。

「尤其是縣委常委或者是市委常委們所乘坐的汽車，大多都是國外品牌的，如果人家想在車上做些手腳，暗中嵌入一些監控和通信軟體，誰能看得出來？人家只需要設定一個定向傳輸系統，就可以對所有的領導們進行監控了。」

宋曉軍不禁嚇得說道：「柳書記，該不會我們現在也被監聽了吧？」

柳擎宇哈哈笑道：「咱們級別還不夠，你就是想要讓人家監聽，人家也未必有興趣，而且咱們這裡暫時沒有利益衝突，所以人家也不會監聽。但是，對於資訊的安全，我們必須要重視，尤其是網路安全，要盡可能的控制所有可能洩密的途徑！走，去資訊中心。」

說著，柳擎宇便邁步向外走去。

第四章

見面禮

「從現在開始，開會的時候遲到一次，全縣通報批評；遲到兩次，給予嚴重警告處分；遲到三次，縣委主管的官員直接免去其職務，縣委管不了的官員，我會直接將其調離瑞源縣！這就是我送給大家的第一份見面禮。」

宋曉軍見柳擎宇似乎要有大動作，忍不住說道：「柳書記，現任資訊中心主任是魏縣長的小舅子，您看要不這事再緩一緩？」

柳擎宇聽到宋曉軍說資訊中心主任是魏宏林的小舅子，立時眼前一亮，不過臉上卻沒有表現出來，只是問道：「這個資訊中心主任叫什麼名字，工作多長時間了？什麼學歷？」

宋曉軍道：「魏縣長的小舅子叫杜向傑，今年三十多歲，初中畢業，後來不知道從什麼管道弄到了一張專科畢業證書，在魏縣長的運作下，當上了資訊中心主任。不過他平時很少在單位，只有在縣裡有資訊類的項目需要運作的時候，他才會十分勤奮的上班。」

話語間，宋曉軍表露出對這個杜向傑的不屑。因為這個杜向傑根本就是個半吊子，除了知道在項目中上下其手之外，一點專業知識都不懂，以至於瑞源縣的資訊工程全都做得十分差勁，沒有一個成型的。

柳擎宇聽到宋曉軍的評論後，心中的想法就更加明確了，對宋曉軍道：「老宋，前頭帶路，我要去資訊中心和這位杜主任好好的聊聊。」

宋曉軍看柳擎宇去意堅定，知道阻攔已經不可能了，便帶著柳擎宇向縣政府辦公大樓走去。

邊走宋曉軍心中邊琢磨著：**柳擎宇去資訊中心做什麼呢？難道他想要找杜向傑的麻煩不成？難道他不擔心會引起魏宏林的反彈嗎？柳擎宇連腳跟都還沒有站穩呢，現在就**

出手是不是太倉促了？而且杜向傑可是魏宏林的小舅子，如果動了他，魏宏林不跟他拼命才怪?!

縣委大樓和縣政府辦公大樓雖然屬於兩棟大樓，但是在兩棟樓之間有空中走廊相連，柳擎宇他們走進縣政府大樓的時候，並沒有引起太多人的注意。

宋曉軍領著柳擎宇來到資訊中心的大辦公室內。

這個辦公廳足有一百多平米，偌大的辦公廳內擺放著五張桌子，旁邊還有會客沙發、電視等設備。在辦公室的南側，則是兩間獨立的辦公室，一間上面掛著主任的牌子，一間掛著副主任的牌子。

柳擎宇和宋曉軍走進來時，辦公室內只有兩名工作人員坐在電腦前，正在十分興奮的玩著遊戲，兩個都戴著耳機，全神貫注的盯著電腦螢幕，絲毫沒有注意到柳擎宇他們的到來。

柳擎宇和宋曉軍默默的走到兩人的身後，站在兩人後面看了一會。

兩人在玩的是一款名為「穿越火線」的槍戰遊戲。柳擎宇也是玩這個遊戲的高手，看了兩人的分數，不由撇了撇嘴。這兩個人看起來絕對是老手，一舉一動很是熟練，不過水準卻不是很高。

柳擎宇輕輕咳嗽了一聲，宋曉軍則是拍拍兩人的肩膀。

兩人沉浸在遊戲中，還以為是同事在拍他們呢，異口同聲的說道：「別鬧，現在正是關鍵時刻。」

宋曉軍沉著臉道：「兩位，你們玩多久啦？」

聽到宋曉軍的聲音，兩人這才反應過來，趕快拿下耳機站起身來，臉上露出驚惶之色說道：「不好意思啊宋主任，沒有想到是您來了。」

宋曉軍冷冷的看了兩人一眼，用手一指柳擎宇道：「這位是咱們新上任的縣委書記柳擎宇，我們是過來視察的。」

一聽是來視察的，兩人臉色立刻變了。

他們雖然有些背景，但是站在兩位縣委常委面前，他們的那點背景就顯得有些不夠看了，再加上被柳擎宇和宋曉軍抓了個現形，腦門上的汗不禁滴滴答答的往下掉。

柳擎宇不由得問道：「你們平時是不是都這麼清閒啊？」

其中一個高個的連忙說道：「不是的，柳書記，平時我們很忙，這兩天才閒一點。」

他想在柳擎宇面前打馬虎眼，糊弄過去。

「哦？是嗎？那你跟我說說，你們忙的時候都做什麼工作？」柳擎宇追問。

高個只能繼續往下編造：「平時像縣委縣政府的電腦維修，省、市有關電子政務的方針、法規和規劃；縣裡網路的架設、管理和日常檢查……」

高個兒看著牆上「資訊中心主要職責」的牌子，十分順溜的念道。

「看來你們的工作還挺多的嘛，這樣吧，你們當著我的面打開咱們瑞源縣的官網，我看看架設得怎麼樣？」

柳擎宇這個問題一出，高個兒和矮個兒雙腿都顫抖起來，冷汗狂冒，誰也不敢動作。

柳擎宇皺著眉頭道：「怎麼？我這個縣委書記說話不管用嗎？要不我自己來開？」

矮個兒忙道：「管用管用，我馬上登入。」

說著，矮個兒輸入了一個網址，心中默默的祈禱著今天的網站能夠正常些。

然而，當他敲下按鍵之後，出現在面前的是一串英文提示：Error404-Not Found，網頁根本就打不開。

看到這個結果，高個兒和矮個兒都垂頭喪氣的低下頭去。

柳擎宇問道：「網站怎麼打不開呢？你們能夠把網站給修復嗎？」

矮個兒說道：「我們已經跟維修公司說過了，他們過兩天就會過來把網站給修復的，據他們判斷，我們網站是受到駭客攻擊，中毒了。」

宋曉軍在一旁補充道：「這個網站自從上線後，就時常會出現這個問題，到現在三四年了，一直就沒有好過。」

柳擎宇看向兩人道：「既然問題有三四年了，為什麼你們不向上級彙報維修呢？」

高個兒無奈地說道：「柳書記，這個問題我們早就向領導反映過，不過領導說沒有維修經費。」

柳擎宇不禁瞪大了眼，一個縣政府的官方網站竟然因為沒有維修經費而癱瘓三四年之久，這個資訊中心的領導也混太兇了。

柳擎宇又問：「沒有經費的話，是哪個領導說的？」

高個兒回道：「是杜主任說的。」

「杜主任在哪間辦公室，帶我去見見他。」

高個兒為難地道：「杜主任沒有來。」

「那他啥時候會過來？下午會來嗎？」

高個兒倒是老實，說道：「杜主任已經有好幾天沒來了，估計下午也不會進來。」

柳擎宇的臉沉了下來：「你立刻給他打電話，就說我在這裡等他，要他馬上趕過來，我要和他好好談談。」

說完，柳擎宇拉了把椅子坐了下去。

高個兒一看柳擎宇這架勢，不敢耽擱，趕忙拿起手機撥通杜向傑的電話：

「杜……杜主任，縣委柳書記過來視察了，讓您趕快過來。」

杜向傑此刻正在自己家的公司裡盯著股市開盤呢，接到高個兒的電話，不由得多了幾分怒氣：「我說夏宇強，你不知道老子現在正忙著嗎？我沒有時間，讓他找別人去談吧！」

說完，杜向傑便掛斷了電話。

柳擎宇在一旁把杜向傑的話聽了個一清二楚，高個兒看了眼柳擎宇，臉上露出尷尬的表情，說道：「柳書記，杜主任說他很忙。」

柳擎宇笑了笑：「嗯，很忙是吧，那你們這裡的副主任在嗎？」

夏宇強苦笑著搖搖頭。

柳擎宇不敢置信地說道：「好啊，一個七人編制的單位到現在這個時間了，竟然只有兩個人到崗，這個資訊中心還真是夠奇葩的！」

柳擎宇不禁搖搖頭，邁步向外走去。

宋曉軍看到柳擎宇並沒有採取任何措施，心中感覺到納悶，趕緊也跟著向外走去，一邊心裡琢磨著：「這個柳擎宇是怎麼回事？都把杜向傑抓個正著了，為什麼不採取一些措施？他心中到底是怎麼想的呢？」

柳擎宇和宋曉軍離開後，這倆傢伙可急上火了，因為柳擎宇並沒有任何表示，這讓他們有些拿不定主意，所以夏宇強立刻再次撥通了杜向傑的電話：

「杜主任，剛才柳書記過來視察，發現您不在，一開始的時候非常憤怒，不過後來並沒有任何表示，和宋曉軍主任一起離開了，您看這事是不是有些蹊蹺啊！」

杜向傑不屑的撇撇嘴道：「憤怒？他一個光桿司令還能把我怎麼樣，即便他是縣委書記，他想動我，也得問問我姐夫同意不同意！人事工作也不可能搞一言堂不是？不用擔心，沒什麼大事。」說完，杜向傑便直接掛斷了電話。

對於資訊中心的工作，以前的縣委書記也曾經提出過嚴厲批評，甚至還曾經在常委會上提出要罷免自己，不過最終還是沒有能夠通過，自己依然在資訊中心主任這個位置上穩穩的坐著。

杜向傑對於仕途並沒有什麼野心，他只想占個閒差，什麼事都不用做，有項目了，隨隨便便弄個招標會，走個形式，然後轉包給小公司，讓他們去做，自己裡裡外外賺得盆滿缽滿，既安全又穩定。

夏宇強看杜向傑絲毫不擔心這件事，有些上火，杜向傑可以不怕柳擎宇，但是他不行啊，他可是上班時間打遊戲直接被柳擎宇抓個正著，為了多拉幾個墊背的，他立刻給資訊中心副主任張克峰打了一個電話，把這邊發生的事立刻向張克峰進行了彙報。

張克峰和杜向傑可不一樣，他對仕途之路是很上心的，雖然資訊中心副主任這個位置，權力並不是太大，但是他還是希望在仕途之路上有所晉升。

而他之所以經常不在單位上班，是因為他沒事就去活動中心陪著老幹部們一起下棋、打橋牌，想要贏得老幹部們的關注，從而獲得晉升的機會。

他之所以要這樣做，一是因為他沒有什麼背景，能夠走到副主任的位置上，完全是靠著熬資歷、靠著自己是唯一一個科班的電腦專業大專生學歷上來的。

本來以為在這個位置上可以有所作為，卻沒有想到杜向傑這個人太黑，又有縣長姐夫作靠山，所以他什麼都幹不了；但是有好處時，他連湯都喝不到多少。

他也曾經想過，要不要給領導送點錢，調到一個好點的位置上去，但是這些年來他都只拿一個死工資，要送禮都找不出錢來，所以只能悲催的來一招曲線救國了。

張克峰接到夏宇強的彙報後，嚇得滿腦門是汗。

正在和張克峰一起下棋的前常務副縣長莊海傑看到張克峰的緊張樣子，詫異的問道：「小張，你怎麼回事啊？」

張克峰便把柳擎宇剛到任，第一時間就去資訊中心視察的事跟這位老領導說了，隨後滿臉憂慮的說道：「老領導，您說我該怎麼辦啊？」

莊海傑聽了，嚴肅地說道：「我說小張啊，這事情你還真不能等閒視之，柳擎宇作為新上任的縣委書記，正常情況下，肯定是要玩新官上任三把火那一套的，如果這第一把火從你們資訊中心燒起來的話，你這個副主任就很容易成為替罪羊，因為人家杜向傑有背景啊，所以，你現在只有一條路，那就是立刻倒向柳擎宇；這樣的話，你或許還有一線生機，否則，柳擎宇一旦出手，以你們資訊中心的現狀，你必然會被拿下。」

張克峰對這位老領導平時很尊重，下棋時總是故意輸給他，聽了莊海傑的這番分析，深覺十分有道理。

這位老領導人雖然退休十幾年了，但是思維卻沒有退休，對大局的把握還是相當到位，他剛才因為驚慌失去了方寸，這位老領導的話很有見地的點醒了他。

他仔細想了想，發現自己要想毫髮未傷，唯一的出路也只有倒向柳擎宇了。

他唯一自信的，便是他和貪污、受賄沒有沾邊，所以，猶豫了一下後，看向莊海傑道：「老領導，謝謝您的指導。」

莊海傑笑道：「小張啊，你這個人雖然很有上進心，但是問題卻不少，其中最大的毛病就是缺乏魄力；不過呢，你也有自己的長處，那就是你做事情有耐性，有恆心，就拿你天天過來陪我們這些老人下棋打牌來說吧，你以為我們這些老傢伙都眼瞎了，看不出你的真實目的？

「其實，我們心裡都清楚著呢，但是為什麼我們不幫助你呢？這裡面的原因很複雜，我就不和你細說了，但是有一點大家的態度都是一致的，那就是要好好的考察考察你，看看你的人品如何。

「通過這一年多來的觀察，我們對你的評價都不錯。我早就聽說你的棋力在咱們瑞源縣是數一數二的，但是你和我下棋的時候卻往往輸多贏少，而且還讓我看起來贏得非常自然。實際上，我對自己的棋力是很有自知之明的，所以你在我這裡已經通過考驗了。因此，我要給你指條明路。」

聽到莊海傑這番掏心的話，張克峰瞪大了眼，有些尷尬又有些安慰。

既然老領導都和自己推心置腹了，他也把自己的想法說了出來：

「老領導，據我所知，柳擎宇是孤身一人來到瑞源縣的，咱們瑞源縣的局勢，我相信您應該清楚，以年紀那麼輕的一個縣委書記，他能夠鬥得過魏宏林和孫旭陽嗎？我投靠他會不會風險太大呢？萬一柳擎宇輸了，我就再也沒有起來的機會了。」

莊海傑指點道：「小張啊，我之所以說你沒有魄力，就在這一點，你要知道，你手中沒有任何牌可以打，甚至在整個瑞源縣這盤棋上，連做一枚棋子的機會都沒有，但是，柳擎宇這次視察資訊中心，給了你一個成為棋子的機會。如果不把握住這個機會，你的結局註定只能以悲劇收場。所以這時候，你必須要拿出魄力，做出決定。」

莊海傑接著又語重心長地道：

「小張，我這回破例幫你分析一下柳擎宇這個人。雖然我沒有研究過他的資料，但是我從你剛才說的那些事情中，可以分析出一些東西。

「首先，柳擎宇剛上任就去資訊中心視察，資訊中心主任是杜向傑，而杜向傑又是魏宏林的小舅子，這說明柳擎宇很可能已經知道了這層身分，而且還知道資訊中心的狀況。你想想，如果柳擎宇是個愣頭青，當他看到整個資訊中心只有兩名工作人員在，肯定會當場發飆，怒斥杜向傑，甚至要處理包括你在內的相關失職人員。

「更不用說他還讓人把杜向傑喊回去，杜向傑卻沒搭理柳擎宇，按理說，這種情況下，柳擎宇應該是震怒不已，也非常沒有面子，這時候，他至少可以拿下一些人，稍微找回一點面子，但是，柳擎宇卻偏偏沒有那樣做，你想想，這說明什麼？」

張克峰一聽，心中再次一驚，這位老領導分析問題的角度果然很不一般，這完全是逆向思考，如果順著莊海傑的思路想下去，得出的推論很可能是柳擎宇必定留有後手，所以老領導才會說這恰恰是自己成為棋子的最好機會。

想到此處，張克峰站起身來，向莊海傑深深地鞠了一躬：「老領導，真是太感謝您的指點了，否則，我一輩子都想不通這些事。」

張克峰放下棋子，往前一推笑道：「去吧，趕快去找柳擎宇彙報一下工作，要知道，機會往往稍縱即逝，**你只有先成為棋子，能夠給別人帶來價值，你才能獲得生存和發展的機會**，那樣，**也才有可能最後成為下棋的人。**」

張克峰深深點頭，再次向莊海傑表示感謝之後，立即站起身來，向外走去。

這時，柳擎宇坐在辦公室內，卻不慌不忙的喝起茶來。

經過在資訊中心的這一折騰，今天第一次四套班子大會開會的時間馬上就要到了，柳擎宇想要看看，這次會議上，這些老狐狸們會玩什麼花樣。

柳擎宇上任第一天。

上午八點五十七分。

柳擎宇出現在會議室內，坐在主席位上，目光從下面眾人的臉上一一掃過。

主持席兩側，十一名縣委常委來了九名，常務副縣長許建國和常委副縣長方寶榮還沒有來，主席臺下，四套班子成員大部分人都已經到了，坐在第一排位置上，但是副縣長周服山、王延翔以及縣政協副主席金蕾、縣人大副主任王宏岩，以及四個縣局一把手、七個縣局的二把手都沒有來。

雖然人看著不少，但是依然給人一種稀稀落落的感覺。

柳擎宇看看時間，已經是八點五十九分了，這些人依然沒有一個到場，柳擎宇的臉色開始陰沉起來。

看到柳擎宇的表情，魏宏林和孫旭陽對視了一眼，兩人都從對方的目光中看到了興奮之色。

這一次，在挑釁柳擎宇這個一把手的問題上，兩人配合得十分默契。因為兩人都非常清楚，柳擎宇在職務和權力上有著他們無法比擬的優勢，但是他們兩個在瑞源縣經營多年，羽翼眾多，卻是柳擎宇比不上的。

柳擎宇這一次讓宋曉軍提前通知他們不准遲到，顯然是想要給他們一個下馬威，他們便決定以其人之道還治其人之身，給柳擎宇一點顏色瞧瞧，讓他老實一點。

九點鐘到了。

魏宏林看向柳擎宇道：「柳書記，時間差不多了，我們開會吧。」

柳擎宇假裝看了看手錶，臉色不怎麼好看地說道：

「嗯，時間的確到了，但是開會呢，先不急，還有那麼多同志沒有到呢，我們再等會兒吧，等人都到齊了再開。」

魏宏林皺了皺眉，沒有說話。

時間一分一秒的過去。五分鐘後，常委副縣長方寶榮邁著大步從外面走了進來，看到會議室內一片沉默，他衝孫旭陽點了點頭，便坐在自己的位置上。

十分鐘後，常務副縣長許建國匆匆走了進來，對魏宏林笑了笑，然後入座。

孫旭陽見狀說道：「柳書記，常委們都到齊了，現在可以開會了吧？」

柳擎宇搖搖頭，用手一指臺下說道：「還有那麼多重量級人物沒有到呢，現在開的話，就顯得對他們不太尊重了，再等等。」

孫旭陽吃了個軟釘子，心中很是不爽，但是柳擎宇話裡帶著坑，他無法反駁。如果他否定柳擎宇的意思，那豈不是在說臺下的那些人不夠分量？那樣會犯眾怒的。

孫旭陽心中暗罵柳擎宇心眼不少，只能默默等待著。

這一等就是三十分鐘，後面陸陸續續又來了三個人，但是，仍是有七八個還沒有到場。魏宏林帶著幾分不耐的語氣說道：

「柳書記，我看時間差不多了吧？縣政府那邊我還有好多事情需要處理呢！以前開會，都是一邊開一邊等，否則太耽誤時間了。」

柳擎宇從善如流：「好吧，既然如此，我們就不等那些人了，現在正式開會。」

柳擎宇目光環視眾人，聲調提高了幾度道：

「今天我召集大家開會的目的，本來是想要和大家相互再認識認識，熟悉熟悉，加深彼此間的瞭解和默契，為以後的工作做好鋪墊。不過，經過這半個多小時的等待，我突然發現我們瑞源縣也存在官場上一種非常不好的風氣，那就是開會遲到！

「各位同志，大家看看，離約定的時間都過去半個多小時了，竟然還有好幾位同志沒有到，而且這些人也沒有請假，那麼我不禁想要問問那些遲到以及沒有到的人，你憑什麼遲到？是你太忙，還是你根本就沒有時間觀念？憑什麼讓大家等你那麼久？難道就你工作忙，別人工作就不忙？

「我相信那些遲到的人可以編出很多理由來回答我的問題，但是，不管你有任何理由，你們想要表達的意思無非只有一個，那就是你認為自己的時間比別人的時間寶貴，你認為自己需要處理的事比別人的事重要。」

說到這裡，柳擎宇狠狠一拍桌子：

「你們這是對在座其他同志們的不尊重！這是對瑞源縣整個班子的一種輕蔑！」

眾人不禁目瞪口呆，柳擎宇這頓連珠炮的批評，給眾人一個分量十足的下馬威。

柳擎宇接著說道：

「各位同志，尤其是那些遲到的同志們，我記得我讓宋曉軍同志通知大家的時候，特別囑咐過，希望大家不要遲到，但是仍然有這麼多人不配合，大家是不是對我這個縣委書記有什麼意見啊？

「其實，我這個人挺好打交道的，如果大家真的對我有什麼意見，大可直接當著我的面指出來，告訴我哪裡做得不對。如果你說得有道理，我會改正，但是，希望各位同志們不要採取這種方式來發洩你們的情緒。這是一種十分讓人討厭、非常低級的方式。」

接著，柳擎宇看向魏宏林與孫旭陽：

「魏縣長、孫副書記，你們對今天這件事怎麼看？你們認為，我們瑞源縣有沒有必要加強對官員們紀律和作風的約束？」

魏宏林沒有想到柳擎宇會突然對自己發問，這老傢伙自然明白柳擎宇的意思，心想柳擎宇倒是挺狡猾的，在提問時，事先設定好是與非的閉合式問題讓自己回答，自己怎麼可能上當呢？

魏宏林笑道：「柳書記，這些人遲到自然是不對，但是，我認為有些話你說得不太妥當，比如說他們對你有什麼意見，這個我是非常不贊同的，畢竟你才剛來瑞源縣，和大家沒有任何的矛盾衝突，大家不可能對你有什麼意見。所以，我看今天這事就算了吧，咱們下不為例！」

魏宏林的主意打得非常好，他想要在其中大和稀泥，只要自己把這件事給消解了，那麼柳擎宇不僅會因為這件事在瑞源縣威信大跌，縣委書記的權威喪失殆盡，自己還會因為主動為幹部們出頭而獲得大家的尊重，可謂是一舉兩得。

魏宏林還沒說完，孫旭陽便猜測出他的意圖，立刻跟進道：

「我同意魏同志的意見，柳書記啊，我們瑞源縣官風淳樸，民風向善，心中沒有什麼花花腸子，雖然有些人遲到，他們可能有什麼理由。當然，他們遲到肯定是不對的，但是我們也沒有必要逮著個蛤蟆就攥出尿來，應該給他們改正錯誤的機會。要他們以後注意就是了。」

柳擎宇眼中寒芒一閃，這個孫旭陽的確是個城府極深、算計極準的傢伙，他這番話聽著沒有什麼力量，似乎只是在為那些遲到的官員們說好話，但實際上，這傢伙是話裡有話，蘊含機鋒。

如果自己順著孫旭陽的話去做，那就等於承認了自己有小題大做之嫌，便會給眾人一種感覺：自己這個縣委書記十分嚴厲、苛責，立即引起眾人的反感；如果自己不按照他的意思去做，那就是否認了孫旭陽所說的官風淳樸，民風向善的說法，還是要得罪人的。孫旭陽這是給自己設下了一個連環套，不管向前向後，都無法討得好。

陰險，真是夠陰險的！看來不管是魏宏林還是孫旭陽，都是極其陰險的主。

此刻，眾人的目光都落在柳擎宇身上，大家都想看看柳擎宇到底會如何應對。

柳擎宇的目光在魏宏林、孫旭陽的臉上冷冷的掃過，魏宏林面帶微笑，看起來人畜無害，孫旭陽臉色淡然，平靜如常。

「我要送給大家一個見面禮。」柳擎宇突然語出驚人的說道。

「見面禮？」

明明說的是遲到的事，怎麼又搞出什麼見面禮了？

在眾人錯愕、不解的目光中，柳擎宇沉聲道：

「各位，我送給大家的見面禮，就是關於工作紀律方面的，對今天有人遲到之事，我這一次可以不追究，但是從現在開始，只要是我柳擎宇在瑞源縣當一天的縣委書記，我所召開的會議，任何人不允許出現遲到的狀況，哪怕是一分鐘一秒鐘都不行！

「我也會從我自己開始做起，每次開會我會提前三到五分鐘趕到會議室！如果我做不到，自願請辭這個縣委書記的位置，大家都可以監督我！凡是我柳擎宇做不到的事，我不會要求大家做到；但是我柳擎宇做得到的事，你們也一定做得到！

「從現在開始，任何人在開會的時候遲到一次，全縣通報批評；遲到兩次，給予嚴重警告處分；遲到三次，縣委主管的官員直接免去其職務，縣委管不了的官員，我會向市委和省委申請直接將其調離瑞源縣！

「這就是我送給大家的第一份見面禮。」

震驚！憤怒！錯愕！

各種複雜與不安的神態出現在每個幹部的臉上，尤其是孫旭陽和魏宏林，兩人臉上充滿了意外和凝重。

柳擎宇竟然玩起這種狠招！**他自己遲到一次就要自動請辭縣委書記的職務，這一招可真是夠狠的啊！這簡直是破釜沉舟了啊！**

魏宏林心中不由得升起了一個疑問：「如果柳擎宇真的遲到了，他會不會兌現自己的諾言呢？」

同樣的疑問也出現在孫旭陽的心中，只不過孫旭陽想得更加深刻，在他看來，柳擎宇這一招表面上是破釜沉舟，實際上卻含著**深刻的政治智慧**；也就是說，**如果有人再在這個問題上做文章，那麼柳擎宇絕對敢直接下黑手**。

假如柳擎宇的這個提議真的得到了貫徹執行，恐怕柳擎宇的威望一下子就會攀上頂點。想到此處，孫旭陽看向主席臺下坐著的一個嫡系手下——縣政協副主席姜文國，對他微微點了點頭。

姜文國看到孫旭陽的示意，便立刻狠狠一拍桌子，大聲說道：

「柳書記，我不接受你的這個見面禮，我認為你這個要求實在是太苛刻了，開會遲到又不是什麼大不了的事，在任何地方都是司空見慣，憑什麼你如此嚴格要求我們，難道你認為我們大家都沒事很閒嗎？誰能夠保證自己不遲到？誰能夠保證自己不會有些急事需要處理？照你這樣操作，我們恐怕根本就沒有辦法當官了！我堅決反對！」

說完，姜文國站起身來就向會議室外走去。

隨著姜文國這一帶頭，臺下立刻有二十多人拍案而起，一邊說著絕不接受，一邊向外走去，整個會議現場立刻一片大亂，陸陸續續有人跟著向外走去。

孫旭陽和魏宏林對視一眼，眼中顯現出興奮之色，這也是他們今天為柳擎宇準備的見面禮。

柳擎宇見狀，臉色不由得沉了下來，嘴角上露出一絲不屑的冷笑。

柳擎宇看了看孫旭陽和魏宏林，發現兩人臉色十分淡然，魏宏林的臉上還掛著一絲幸災樂禍的表情，就明白這件事很可能是瑞源縣的本地派在搞鬼，而本地派的兩大勢力就是以魏宏林和孫旭陽兩人為首的。

也就是說，之所以發生這樣的事，和這兩個人絕對脫不開關係。

柳擎宇看著不斷往外走的那些官員，沉聲道：

「既然大家對我的意見這麼大，對不能遲到的這個規定這麼反感，那麼我無話可說，如果誰想要以這種藉口為難我，或是向我發難的話，你們盡可以離去，我柳擎宇絕對不會挽留。」

柳擎宇的話讓眾人大吃一驚，沒想到柳擎宇竟然不挽留，這也就意味著一旦離開，柳擎宇的面子可就徹底栽了。

然而，柳擎宇又說道：

「我雖然不反對各位離開，但是我必須提醒大家一件事，這間會議室前後都有監視器隨時錄影，一切情形皆已記錄在案。散會後，我會考慮要不要拿錄影存檔去南華市找戴書記和黃市長彙報一下今天會議上發生的事，我相信，戴書記和黃市長一定會給我一個很明確的交代。

「我說過，我做不到的事，不會要求你們做到，但是，我做得到的事，你們也要能夠做到。因為我們是公務員，要嚴格遵守國家制定的各項規章制度，否則還制定這些規範做什麼？我們身為官員，自己都無法遵守相關的制度和法規，如何要求老百姓也去遵守？如果人人都不遵守，那麼這個社會會變成什麼樣子？」

柳擎宇又看向魏宏林和孫旭陽：

「魏縣長，孫副書記，我剛剛到任，對瑞源縣的情形還不熟悉，讓這些人回來的事就交給你們了，我相信，即便是他們不給我柳擎宇面子，離開了，市委市政府也不會找我柳擎宇的麻煩，認為我柳擎宇不行。」

說完，柳擎宇拿起茶杯輕輕的喝了口茶，一副好整以暇的樣子，顯然柳擎宇已經決定放手不管了。

聽到柳擎宇這番話後，那些已經打開會議室門想要離去的人，腳步一下子收住了，他們的目光落在會議室四個角落裡的監視器，臉上露出憂色。

此刻，最不爽的要屬魏宏林和孫旭陽兩個人了。

他們親自導演了這場**逼宮之舉**，想要藉由拍案離席的手段讓柳擎宇徹底失掉面子，卻沒有料到柳擎宇先是拿監控視頻做文章，隨後又輕輕一個**太極推手**，把勸回的任務丟給了自己去負責。

然而，心中不爽歸不爽，卻又不得不承認柳擎宇的話說得還是有些道理的，柳擎宇畢竟是剛剛到任，如果上級要是追究起責任來，他們兩個還真是難辭其咎。

魏宏林心中暗罵道：「他奶奶的，柳擎宇，你也太卑鄙無恥了吧，怎麼玩起太極推手來了。」

孫旭陽知道事已至此，再作怪也沒有用了，不如順勢照柳擎宇的要求去做，於是他當機立斷，立刻一拍桌子，衝著那些往外走的人呵斥道：

「你們這是幹什麼？你們眼中還有沒有紀律？有沒有縣委領導？都給我滾回來！誰今天要是走了，以後就不要回來了！」

孫旭陽的表態讓想要離開的人大吃一驚。尤其是那些孫旭陽的嫡系人馬們，見孫旭陽以這種語氣說話，就代表他改變態度了，這些人只好訕訕地回到自己的座位上，低頭不語。

而屬於魏宏林的人馬都猶豫了起來，他們不敢走，也不敢不走，目光看向魏宏林，舉棋不定。

此時魏宏林氣得鼻子都快歪了，孫旭陽竟然臨陣倒戈，這讓他很是不滿。

魏宏林是個十分要面子的人，他思索了一下，還是決定和柳擎宇掰掰手腕。在他看來，柳擎宇那番話，虛張聲勢的機率更大些，畢竟他對縣委會議室不了解，根本不知道會議室的監視系統基本上處於癱瘓狀態，無法運作，所以他想靠錄影存檔要脅大家，無異於癡人說夢。

他認為孫旭陽的倒戈服軟並不是明智之舉，如果自己趁這個機會打掉柳擎宇的威風，那以後孫旭陽在瑞源縣的位置恐怕就沒有以前那麼穩固了，到時候自己再對孫旭陽的手下多加拉攏，沒準可以全面掌控瑞源縣。

心裡有了這種打算，魏宏林也就沒有說話，繼續保持沉默，甚至還給自己的人馬使了個眼色，嘴角往門口處努了努。

看到魏宏林的暗示，他的這些嫡系人馬們立刻毫不猶豫的向外走去，消失在走廊裡，腳步聲越來越遠。

看到魏宏林的動作，孫旭陽不由得暗自冷笑起來，雖然他也懷疑柳擎宇有虛張聲勢之嫌，但是柳擎宇畢竟是縣委一把手，就算監控系統是假的，但是有一點不會假，柳擎宇剛剛上任，必定心高氣傲，對於這樣的年輕領導，他認為完全沒有必要與之硬碰硬，那樣弄不好就有可能被傷到。

尤其是自己的實力比之魏宏林差了不少，如果自己實力受損的話，受益最大的肯定是魏宏林。與其這樣，不如先保存實力，靜觀其變，魏宏林願意和柳擎宇硬碰硬，他反而求之不得，樂得坐山觀虎鬥，他想看看柳擎宇會如何應對。

不僅僅是孫旭陽，其他縣委常委們也在觀察。

這可以說是縣委一把手與縣委二把手間最為強勢的碰撞，從局勢上看，現在柳擎宇明顯落於下風，很多人已經以一種蔑視的眼光看著柳擎宇。

這個時候，沒有人認為柳擎宇還有反擊的餘地，哪怕是柳擎宇向省委市委彙報此事，也無法避免丟人現眼的窘態。畢竟，上級領導能夠支持你一次兩次，卻不可能老為這些屁大點的小事就為你出頭。

就在眾人鄙視、不屑的目光中，柳擎宇淡淡問道：

「各位還有沒有要揚長而去的啊？」

眾人都低頭不語，畢竟身分不同，行事方式就不同，到了縣委常委這個層面，就不能像下面那樣無所顧忌了。

柳擎宇等了片刻，看到沒有常委離席，這才沉聲道：

「好，我們接著開會。本來我今天開會的目的，只是想要強調一下有關開會的紀律性，並沒有其他的想法，不過，我發現到目前為止，資訊中心的主任杜向傑同志還是沒有到場，不巧的是，就在會議開始之前，我去資訊中心視察了一下，發現偌大的資訊中心竟然只有兩個工作人員在崗，而且這兩個人還坐在那裡玩遊戲，更誇張的是，縣委縣政府的官方網站竟然癱瘓了好幾年，這不得不讓我懷疑資訊中心的同志們到底在做什麼？有沒有在做事？」

說到這裡，柳擎宇的語氣變得更加嚴厲：

「讓我更為傻眼的是，我讓工作人員給杜向傑同志打電話，請他儘快趕回資訊中心，想和他當面談談工作上的事，然而，杜同志回覆他現在很忙，沒有空回來。我想問問在場的各位領導們，如果是你們遇到這種事該怎麼辦？」

柳擎宇說完，現場一片倒吸冷氣的聲音。

在場的人誰不知道杜向傑是魏宏林的小舅子，前面魏宏林當著所有人的面狠狠的打了柳擎宇一個大嘴巴，讓柳擎宇威信掃地，現在柳擎宇竟然翻過手來，狠狠地打了回去。

而且柳擎宇這翻手一招可是夠狠的！**魏宏林的那一招只是讓柳擎宇丟人現眼，柳擎宇這一手卻直指杜向傑的官位。**

此刻，魏宏林的臉色變了，一陣青一陣白的，難看至極。

他萬萬沒有想到，柳擎宇竟然利用那麼短的時間跑了一趟資訊中心，而他卻沒有聽到相關的彙報。

讓他生氣的是，那個混帳小舅子竟然敢說他很忙，這簡直就是在找死啊！

杜向傑是什麼級別啊，居然也敢跟柳擎宇叫板，柳擎宇不收拾他才怪！而且他也不知道向自己通報一聲，讓自己有所準備。現在可好了，被柳擎宇打了個措手不及。

一時間，魏宏林有些頭疼。

一旁的孫旭陽卻是心情大好，同時也多了幾份凝重。沒想到柳擎宇的反擊竟然是從魏宏林的小舅子身上展開的。

孫旭陽是個老謀深算之輩，以他的智商，立刻就意識到一個問題：柳擎宇剛剛到任，今天才第一天上班，他怎麼可能知道杜向傑是魏宏林的小舅子呢？他又怎麼可能想得到魏宏林會向他發難呢？

順著這個思路往下分析，他立刻想到一件事，那就是柳擎宇和縣委辦主任宋曉軍之間的關係。

因為柳擎宇到任後，和他接觸最多的人就是宋曉軍，很有可能是宋曉軍把杜向傑是魏宏林小舅子的事告訴柳擎宇的，而宋曉軍肯定知道資訊中心的一堆爛事，如此一來，柳擎宇才有了直撲資訊中心突襲檢查的動作。

想到這裡，孫旭陽再次有了一個大膽的猜想，那就是杜向傑之事爆發出來的時機。按理說，以柳擎宇的脾氣，早就該對杜向傑發作了，他卻到現在才把這件事爆出來。凡此種種異常的表現，足以說明柳擎宇絕非是外界所形容的那樣魯莽，更不是一個意氣用事之輩，這傢伙很有心計，對於出手時機把握的相當到位。

如果開會的時候，柳擎宇一上來就談杜向傑的事，隨後再談遲到紀律，那麼今天柳擎宇的人算是丟到家了；但是柳擎宇把這兩件事情的順序調整了一番，效果卻是大相徑庭。

一番思慮之後，孫旭陽看向柳擎宇的目光中多了幾分警惕之色。看來以後對待這個年輕的縣委書記還真不能掉以輕心啊，否則很有可能陰溝裡翻船。

此刻，主席臺上，縣委常委們一片沉寂。

柳擎宇在默默觀察著，臉上寫滿了淡定之色，絲毫沒有因為那麼多官員的離場受影響。魏宏林在沉思，算計，憤怒，鬱悶著，卻也不得不謀劃著自己在這件事情中該如何下臺階。

其他的常委們這時候都一言不發，畢竟這是兩位大老的較量，這時候參與進去實在是太危險了。

時間一分一秒的過去，柳擎宇不慌不忙的等著。

過了足足有三分鐘的時間，魏宏林突然抬起頭來道：

「柳書記，咱們開會也有段時間了，有些同志們身體並不是太好，長時間坐著可能堅持不了，我看咱們要不先休息一會，讓大家放鬆放鬆，十五分鐘之後再繼續開會？」

柳擎宇點點頭：「好，那就先休息十五分鐘，散會吧，大家不要走遠，十五分鐘後接著開。」便起身向會議室外走去。

魏宏林緊跟在柳擎宇身後。

其他人都沒有動，他們看出魏宏林似乎想要和柳擎宇談事情，所以大家暫時坐在位置上等待著。

果然，一出會議室，魏宏林便對柳擎宇道：「柳書記，咱們借一步說話？」

柳擎宇點點頭，和魏宏林一起來到旁邊一個小會議室內。

魏宏林憋著一肚子氣，努力擠出一絲笑臉道：

「柳書記，杜向傑的確是有點事，是我安排他下去各個鄉鎮調研的，而且這個同志工作起來太過認真，所以在接電話的時候可能有些分心，你看他這件事，是不是我們應該多多理解一下？」

柳擎宇使勁的吸了口氣，道：「魏縣長，今天會議上，那麼多同志離場，讓我很為難啊，我雖然並不想把這件事上報給市領導，但是他們如此蔑視規章制度，不僅無故遲到，還有人拍案離去，這是對咱們縣委領導權威的一種挑釁，是對各種規章制度的一種蔑視，對這些同志，我認為很有必要給這些人一個教訓啊，否則以後我們縣委班子的威信何在？沒有規矩不成方圓啊！」

柳擎宇這完全是答非所問，然而，魏宏林這老狐狸怎麼可能不懂柳擎宇的意思呢。柳擎宇這是在向他暗示，我如何處理杜向傑的事，關鍵在於對那些離席之人的處理，如果這件事的處理結果讓我滿意，那麼我也可以在杜向傑的事情上有所讓步，我們還可以談，否則的話，那就公事公辦。

魏宏林心中差點罵娘：「奶奶的，這個柳擎宇，心眼倒是不少，竟然跟老子玩起了高深，你小子才幾年官場閱歷啊，竟然學起那些老油條來了。」

表面上，魏宏林卻不得不應和：「柳書記啊，這些離席的同志做法的確有些欠妥，不過呢，我看他們也是太心急了，情有可原，畢竟以前開會的時候他們已經習慣了，而且他們遲到也是為了在自己的工作上盡心盡力，出發點還是好的，我看這件事就口頭批評一下就行了，你看怎麼樣？」

柳擎宇沒有說話，眉頭微微皺了起來，手指輕叩著桌面，發出篤篤篤的響聲。

魏宏林一看，真想狠狠抽柳擎宇幾個大嘴巴：「口頭批評都不行啊？那些都是我的人，都是按照我的意思離場的，他們執行我的指示卻受到嚴肅處理，讓我魏宏林的面子往哪裡放？以後還怎麼帶隊伍？」

魏宏林的臉上多了幾份怒氣，目光也漸漸變冷，看向柳擎宇說道：「柳書記，這件事你看怎麼處理合適？」

魏宏林決定試探一下柳擎宇的底線。

柳擎宇沉聲道：「在開會前我三令五申提醒大家不能遲到，卻有人到現在還沒有到場，現在又有這麼多人鬧場，這是十分嚴重的違紀行為，必須要從嚴從重處理，我認為最起碼也得全縣通報批評，對那些拍桌子離場的，應該給予記大過處分。」

柳擎宇說出了自己的條件，魏宏林頓時瞪大了眼睛：

「開什麼玩笑？全縣通報批評？記大過？真要是這樣處理了，自己的名聲也栽了。不行，絕對不行！」

魏宏林冷靜下來，琢磨著柳擎宇此刻的心理到底是怎麼想的，自己有沒有其他的辦法和柳擎宇達成一致意見。**身為官場中人，不僅要有發現問題、挑起問題的能力，更需要有隨機應變分析問題、解決問題的能力。**

魏宏林在沉默，柳擎宇也在沉默。

過了一會兒，魏宏林抬起頭來看向柳擎宇說道：

「柳書記，我看咱們各退一步如何？遲到之人和離席之人全部口頭批評，每個人寫一份報告，同時，縣委常委會上通過相關的文件，每次會議任何人不許遲到，遲到的話，就按照你在會議上所提的處理方案來執行。」

聽到魏宏林提出條件，柳擎宇略微沉吟了一下，露出勉為其難的樣子，點點頭道：

「好吧，既然魏縣長都這樣說了，這個面子我得給。不過呢，在你所說的這些條件之外，必須加上一條，杜向傑不能再在資訊中心待著，這樣下去，資訊中心的工作全都荒廢了。你應該知道，我們縣的官方網站一直處於癱瘓狀態。

「另外，再跟你說一個讓我十分震驚的發現，很多領導和工作人員的辦公室，內外網混用的情況十分嚴重，嚴重違反了政府部門資訊網路的使用規範，這件事我在會議上並沒有提，但是並不代表沒有問題。所以，我認為很有必要找一個真正懂資訊技術，而且有管理能力的人來出任資訊中心主任這個位置，這個人必須要通過我的面試才行。」

魏宏林的眉頭一下子皺緊了，柳擎宇竟然要把自己的小舅子從資訊中心給踢走。

本來他不想同意柳擎宇的條件，畢竟資訊中心每年的項目不少，很有些油水可撈，而且那裡的利益關係沒有其他縣局那麼激烈，以自己小舅子的能力在那裡當個甩手掌櫃還可以，但是，柳擎宇提到的內外網的問題卻讓他一下子緊張了起來。

雖然魏宏林不懂網路，但是對於國家機密資訊保密的問題還是十分清楚的，這種事可大可小，如果自己不同意的話，柳擎宇一旦拿這個問題來做文章，弄不好小舅子連一官半職都撈不到了。

只是柳擎宇提出資訊中心主任需要他面試通過才行，也就是說，柳擎宇想要拿下這個位置。魏宏林心中頗為惱怒，柳擎宇這小子也太會趁火打劫了，自己要不要答應他的要求呢？柳擎宇在瑞源縣根本無人可用，他要這個資訊中心主任的位置做什麼用呢？

魏宏林在飛快權衡著。

雖然他心中已經有了決斷，但是他並沒有急於向柳擎宇攤牌，他想再好好的晾一晾柳擎宇，讓柳擎宇多幾分對自己的忌憚，所以沒有言語。

柳擎宇心中冷笑一聲，看了看錶，站起身來說道：「休息的時間差不多了，魏縣長，我們得回去開會了。」

魏宏林的計畫又一次落空，只能說道：「柳書記，我看你的提議很有見地，那就照咱們剛才說好的辦法操作吧！」

柳擎宇點點頭，不置可否，走了出去。

第五章

不破不立

柳擎宇突然話鋒一轉，說道：「各位同志，看到瑞源縣滿街髒亂差的環境，我這個縣委書記心理很不是滋味啊！不破不立，為了徹底整頓瑞源縣的環境衛生，我認為是到了我們縣委縣政府的同志們真正出力的時候了。」

會議再次開始。

柳擎宇掃視眾人一圈後，說道：「好，會議正式開始。我們還接著剛才的話題。大家認為，對於杜向傑的問題，和剛才那些拍案離席的幹部們應該如何處理？」

現場再次鴉雀無聲。

瑞源縣的兩位實力派大老不表態，誰敢表態啊，如果說得好還好，要是讓兩位大老不滿意，那以後的日子可就難過了。

孫旭陽此刻也不急著發表意見，因為這些要被處理的，都不是自己的人，和自己沒有半毛錢的關係，他完全沒有必要去表態，讓柳擎宇和魏宏林兩個人去掐吧。剛才這兩個人出去密談，也有可能會達成什麼協議也不一定。

此刻最為鬱悶的是魏宏林。

本來魏宏林以為柳擎宇會在重新開會後，直接說出處理辦法，自己再順水推舟表示同意就行了，這樣一來，既保住了小舅子，又保住自己的面子和那些嫡系人馬，卻不想柳擎宇如此狡猾，採取了反問的形勢，如果自己不出頭表態的話，萬一哪個傢伙不知輕重的說了什麼話，到時候未必能完美收場。

尤其是孫旭陽那隻老狐狸，絕對是個敢於火中取栗的主，肚子裡的壞水多著呢。

猶豫再三，魏宏林只能硬著頭皮說道：

「柳書記，我發表一下我的看法吧，我認為杜向傑已經不適合繼續擔任資訊中心的主任了，我看就直接把他調到老幹部局擔任副局長吧！」

眾人都詫異萬分地瞪大了眼睛。眾人都知道魏宏林是個從不吃虧的主，對他這個小舅子更是照護有加，但是這一次他竟然主動提出要動他，難道剛才魏宏林真的和柳擎宇達成了什麼協議不成？

這時，魏宏林又接著說：「至於那些離席的幹部們，他們的行為嚴重擾亂了正常會議秩序，行為非常不當，我提議給予這些人口頭警告處分，同時，每個人要交一份報告上來，深刻檢討自己的錯誤行為。另外，對柳書記處理遲到人員的提議我完全贊同，任何人開會的時候遲到一次，全縣通報批評，遲到兩次，給予嚴重警告處分；遲到三次，縣委主管的官員直接免去其職務，絕不姑息。」

魏宏林的話，再一次令滿場震驚。

堂堂瑞源縣實力最為強大的魏宏林縣長，竟然向柳擎宇一個剛到任的縣委書記服軟，這個柳擎宇很有手段啊。

然而，孫旭陽卻對這種想法嗤之以鼻：

「魏宏林這個老傢伙，為了保住小舅子和那些嫡系人馬，竟寧願捨棄自己的面子，他此舉表面上看是向柳擎宇示弱、妥協，實際上，這乃是真正的高明之舉，通過這次的示弱，魏宏林雖然丟了面子，卻保全了小舅子和自己的人馬，讓眾人感受到魏宏林對他們的維護，穩固了自己的利益同盟，讓手下們更加放心大膽的去為他賣命。好手段！當真是好手段啊！柳擎宇啊柳擎宇，你雖然暫時勝了一籌，但從長遠來看，你反而輸了！恐怕你以後在瑞源縣的日子不會好過。」

有了魏宏林的表態，魏宏林的嫡系人馬們自然紛紛表示贊同魏宏林的意見，孫旭陽也毫不猶豫的順水推舟表示同意，最終，柳擎宇拍板這件事情就這樣辦，散會後，由縣委辦擬定公文，報請柳擎宇和相關領導簽字後正式生效。

會議開到這裡，柳擎宇直接宣布散會。

回到辦公室內，柳擎宇滿臉凝重的站在窗前，望著窗外陷入沉思。

經過今天的會議，讓柳擎宇看穿了很多東西。

第一，瑞源縣各方勢力構成很複雜，且多數人屬於桀驁不馴之輩。這一點從許多人拍案離去就可以看得出來。

第二，魏宏林和孫旭陽在瑞源縣有著相當大的權威，而且這兩個都不是省油的燈，從他把他的人馬招呼回來，便可以看出這個老傢伙屬於小心謹慎之輩，想要找他的弱點十分困難。

魏宏林雖然表面上看起來做事大開大合，甚至有時候還有些小小的魯莽，然而，這個人卻是暗藏錦繡乾坤。表面上他在今天的會議上輸給自己一籌，實際上，他的收穫並不比自己小，對他以丟面子的方式收買人心之舉，柳擎宇又怎麼可能不知道？

但是，即便他知道這老小子的打算，也只能按照自己的計畫去做，因為他剛到任瑞源縣，必須要藉著這第一把火把自己的威信給樹立起來，要讓瑞源縣的大小幹部們知道，自己不是軟弱之輩，任何人要想當面鑼對面鼓的和自己對著幹，後果就得自行承受。哪怕有魏宏林和孫旭陽作靠山也不行。

柳擎宇已經清楚的認識到，今天的會議上，**他和魏宏林、孫旭陽三人各有各的收穫，**但是，**這也恰恰為以後瑞源縣的風雲變幻埋下了種子。**

大家都是聰明人，都已經意識到對方不是等閒之輩，那麼**以後的較量中必然會手段更加隱蔽，手法更加狠辣，一旦出手，必定雷霆萬鈞。**

沉默，長時間的沉默。

柳擎宇思考起以後自己在瑞源縣的工作方針。

瑞源縣的局勢和之前自己所工作的東江市完全不同，在東江市，孫玉龍一家獨大，而自己的職務也只是個紀委書記，所以可以做的事情有限；在瑞源縣，自己是一把手，自己的主動權要大得多，但是相對的，自己的對手比起孫玉龍來要狡猾得多，而且對手還不是一個，是兩個甚至更多。

尤其是黃立海，身為從瑞源縣走出去的老人，他對瑞源縣的影響力絕對不容忽視；而引咎辭職的前任縣委書記高震雖然如今賦閒在家，但是他在瑞源縣的影響力，也不是自己能夠與之相比的。

可以說，現在的他幾乎處於四面楚歌的局面，但是自己身上卻又肩負著省委領導的殷殷重託，肩負著帶領瑞源縣老百姓走向富裕之路的艱巨使命，在政令不通的情況下，自己怎麼樣才能把經濟給發展起來呢？

柳擎宇有種一籌莫展、無從下手的感覺。

就在這時候，柳擎宇的手機響了起來。

柳擎宇接通電話。是鄭博方打來的，一開口便問候道：

「柳書記，瑞源縣那邊的工作還順利嗎？」

柳擎宇苦笑道：「你說呢？」

鄭博方笑道：「我估計肯定是很不順利，如果瑞源縣的事容易搞定的話，省委就不會把你給空降下去了，我託朋友收集了一些關於瑞源縣的情形，資料我已經發到你的郵箱了。我有一些想法和建議，說出來給你聽聽，希望能夠對你有所幫助。」

鄭博方這番話，令柳擎宇頓時心頭一暖。姑且不論他給自己的資訊有多少，建議是否管用，至少這份心意就夠讓柳擎宇感動了，更不用說柳擎宇對鄭博方的看法相當重視，因為這個人的思維一向很是超前，而且常有獨特的思維視角，往往能夠一針見血。

柳擎宇高興地道：「好啊，老鄭，我也正打算諮詢一下你的意見呢，你說。」

鄭博方也不和柳擎宇客氣，直接說出自己的看法：

「我聽說瑞源縣局勢十分複雜，且地方派系眾多，利益關係盤根錯節，比東江市要難纏得多，尤其是瑞源縣經濟一直發展不起來，而省委領導派你去瑞源縣的目的卻是發展經濟。以我的分析，如果當地的領導歡迎你，一定會創造出好的環境讓你一展所長，發展經濟，這樣是最好的情形，可說是三贏，你得到政績，領導也沾光，而老百姓又可得到實惠。

「但是，如果當地領導不歡迎你，那麼一定會為你製造種種障礙，讓你處處掣肘，但是呢，對方為了掩飾真實目的，肯定會要求你一定要想辦法招商引資，一來，他們既可以對省委領導交代，又可以讓你陷入繁忙的工作中，無法去做別的事。然而一旦你真的招商引資成功了，卻未必能夠讓投資商獲利，因為以瑞源縣的現狀，恐怕投資商剛落地，就會被各種吃拿卡要的醜態給嚇跑。」

鄭博方的分析讓柳擎宇頻頻點頭，尤其是對對方在招商引資動機上的分析，就如同親眼看到一般。

柳擎宇請益道：「老鄭，那你說我現在應該怎麼在瑞源縣展開工作呢？」

鄭博方聽柳擎宇說話的語氣，猜測說：

「我想柳書記你肯定已經規劃得差不多了吧?!如果我是你的話，我會先整頓瑞源縣的吏治。我研究過古今中外很多成功官員的案例，我發現成功的官員都是同時擅長吏治與經濟的，而**一個地方要想發展，關鍵便在於能夠幹事的官員是否真正的被放在最適合他的位置上**。對一個已經病入膏肓的地方而言，最重要的，應該就是官吏的問題，因為當地之所以病入膏肓，與官吏的思想和能力極有關係，尤其是腐敗問題上更須要徹底解決。這在明朝宰相張居正、大清陳廷敬的身上體現得淋漓盡致。」

柳擎宇滿意的笑了。鄭博方說的和他所想的基本上差不多，他也認為，瑞源縣要想發展，整頓吏治勢在必行，這從今天的會議上就可以看到端倪。

瑞源縣的幹部多半把大部分的精力放在了派系鬥爭或者利益的爭奪上，從來不去思考瑞源縣該如何發展，更糟糕的是，瑞源縣的幹部們至今依然沿用黃立海主政時所用的那套思路。

他們這樣做可以在黃立海那邊得到交代，可以對黃立海溜鬚拍馬，但是，黃立海時期的經濟發展思路和當前社會的經濟發展趨勢早已大相徑庭。

雖然後來瑞源縣提出要大力發展工業，招商引資，但是這些官員們的能力又不足以撐起整個招商引資的工作，更無法引入真正具有發展潛力的項目，所以瑞源縣至今依然是一灘死水。

「老鄭，咱們是英雄所見略同啊，就像你所說的，現在的瑞源縣如果不在吏治上所有改善，想要發展恐怕十分困難。」柳擎宇嘆道。

鄭博方道：「是啊，整頓官場的本質就是整頓吏治，就是要打擊腐敗，弘揚正氣。不過，我認為你在瑞源縣整頓吏治的時候，必須要注意一點，**不能為了整頓吏治而去整頓，而是應該通過整頓吏治，物色一批真正可用之才，組建一個核心發展團隊，**通過這個團隊帶起整個瑞源縣官場上的正氣。

「還有一點也必須要注意，那就是對瑞源縣幹部們的思想觀念進行改造，許多幹部的思維十分僵化，要讓他們充分意識到經濟發展的新趨勢，讓這些人學習中央有關經濟發展的各種報告，在這些報告中，對各地的發展都給予了高瞻遠矚的分析，如果他們能夠好好靜下心來去學習的話，肯定會有所收穫的。」

鄭博方的意見再次點到了根本上，很多地方幹部口口聲聲說要學習中央指示的精神，但往往是為了應付而學習，甚至論文還是秘書代筆的，所以仍是原地踏步，這是不少官員的通病。

隨後，兩人又討論了一些其他的問題。掛斷電話後，柳擎宇再次陷入了沉思。

通過和鄭博方的通話，柳擎宇更加堅定要先整頓吏治再去發展經濟的思路。不過對於如何整頓吏治，柳擎宇卻抱持著慎重的態度。

如今在瑞源縣，魏宏林和孫旭陽兩大勢力盤據，自己一點根基都沒有，貿然下重手整頓吏治，只怕不出幾個月便會陷入困境，甚至還會攪亂原有的局勢，這不是柳擎宇想要看到的。

有些地方，可以作風彪悍一點，但是有些地方，必須要穩中求進。以瑞源縣的情況，整頓吏治必須要**循序漸進，還得有技巧**。

現在新官上任三把火的第一把火，自己已經燒過了，算是立威成功，那麼這第二把火，自己該怎麼燒呢？怎麼樣才能既可以整頓吏治，又能夠保證瑞源縣的穩定？柳擎宇不由得頭大起來。

突然，一陣陣臭味從窗外飄了進來，柳擎宇不禁眉頭一皺，向窗外看了一眼，立刻便看到縣委大院三百米外的瑞源河。

瑞源河水漆黑如墨，河面上漂滿了各色漂浮物，河岸兩側，豬圈、雞圈林立，不時還會有一兩聲殺豬時豬隻所發出的淒厲嘶吼聲。

柳擎宇判斷出剛才飄進來的那股異味應該是從河那邊飄來的。

柳擎宇想起自己在網上所看到有關瑞源縣的資料，瑞源縣因為瑞源河而得名，據說以前的瑞源河，河水清澈，魚蝦成群，河流兩側的土地十分肥沃。可是看看如今的瑞源河水，哪裡還有一點清澈的樣子，簡直就是一個臭水溝！

再想到自己第一天到瑞源縣時所看到的那種髒亂差的景象，柳擎宇突然心中一動。

整頓吏治是一個十分艱巨的任務，也是一個十分棘手的問題，這牽扯到各方面的利益，尤其是很可能會觸動本地派和既得利益團體的利益，貿然出手肯定風險極大；萬一出師不利，被對方潑上一盆髒水，甚至鼓動老百姓去找自己的麻煩，到時候弄不好搞得灰頭土臉的。

既然如此，不如先從事關老百姓切身利益的問題抓起，先給老百姓們創造一個舒適的生存環境，這樣一來，不管自己將來整頓吏治的行為是否成功，也算是給瑞源縣的老百姓們做了一點好事。

想到這一點，柳擎宇心中便有了主意。

柳擎宇立即打電話給宋曉軍，讓他通知縣環保局局長、縣衛生局局長和縣城管局局長到自己的辦公室來。

宋曉軍接到柳擎宇的電話十分納悶，柳擎宇為什麼突然要找這三個局的局長談話呢？縣環保局局長高國強、縣衛生局局長方海峰和縣城管局局長胡立江，分別是魏宏林和孫旭陽的人，柳擎宇難道想要拉攏他們三個人不成？

納悶歸納悶，宋曉軍還是照柳擎宇的意思通知了三人。

三人接到通知，也感覺到十分納悶，不知道柳擎宇找自己到底要做什麼？

自從發生了會議上的那一幕之後，沒有人敢在時間上和柳擎宇耍花樣。三人準時地來到柳擎宇的辦公室。

高國強滿臉陪笑道：「柳書記，您找我們？」

柳擎宇看了看三人，說道：「是啊，今天找你們來，是有事情和你們商量一下。」說著，柳擎宇帶著三人到會客沙發上坐下。

「高局長，身為環保局局長，你對於瑞源河的環境如何評價？」柳擎宇首先質問高國強。

高國強心頭一凜，瑞源河的環境他自然心知肚明，苦笑道：「柳書記，瑞源河河水現在品質很差。」

柳擎宇點點頭：「高同志，你說得沒錯，現在的瑞源河河水品質的確很差，而且不是普通的差，我打開窗戶，就可以聞到從河那邊飄來的臭味。高同志，身為環保局局長，你難道沒有考慮過如何治理瑞源河的水質？據我所知，瑞源河在十幾年前是清澈見底的，何以才十幾年的時間變成如今這個樣子？這難道就是你們環保局的工作成果嗎？」

高國強腦門上的汗珠滴了下來，找了個藉口說道：

「柳書記，您可能有所不知，瑞源河的河水之所以被污染到如今這種地步，並不是因為工業污染，最主要的污染是來自動物的汙水，尤其是那些養豬養雞的人，他們在沿岸搭建豬圈雞圈，各種污水、糞便直接排入河中，才造成如今這種情況。」

柳擎宇皺著眉道：「這些可以作為理由嗎？你們這些部門都是幹什麼吃的？難道你們就不管一管嗎？」

柳擎宇冷冷的看著三人。

這時，城管局局長胡立江苦笑著道：「柳書記，不是我們不管，而是瑞源縣的老百姓實在是素質太差，而且民風彪悍，我們管也管不了啊！」

柳擎宇的目光落在衛生局局長方海峰的臉上：「方局長，你怎麼看？」

方海峰道：「我同意胡立江同志的意見，瑞源縣的老百姓素質實在是太差了！根本就沒辦法管啊！」

柳擎宇搖搖頭說：「你們三人的態度有些問題，為什麼把所有的責任都推到老百姓的身上，難道你們就沒有責任嗎？老百姓在河兩岸私搭亂建，你們城管局不應該管一管？大街小巷垃圾成堆，污水橫流，衛生局和環保局難道不應該去管一管？哪怕你們只是稍微管一下，瑞源縣會是如今這個樣子嗎？」

三人全都不說話了。

看到三人沉默下來，柳擎宇沉聲道：「我今天把你們三個人給喊來，是要交給你們一個任務，希望你們三個部門聯合行動，把瑞源縣的環境大力整頓一下，還給百姓們一個乾淨、整潔的環境。你們可以做到嗎？」

三人聽了，心中都充滿了不屑的冷笑：「你是在開玩笑嗎？這麼多年了，還沒有哪任領導能夠把這裡的環境問題給搞定，你一個剛上任的縣委書記就想讓這裡改頭換面？這不是天方夜譚嗎？」

胡立江是個很有想法的主，一聽柳擎宇想要把這個擔子丟給他們，沉吟了一下，立刻想出一個十分陰險的主意：

「柳書記，整頓沒有問題，但是需要資金來支持啊！比如說清理河裡以及街頭巷尾的垃圾，要雇用工人去撿；還有拆除兩側的違章建築，也需要各式各樣的拆遷設備，這些都要人力和財力來支持才行。」

柳擎宇反問道：「那你認為要想做好這件事，需要多少錢？」

胡立江心中盤算了一下，誇大地說：「我看至少得五百萬左右，這還是保守估計，如果沒有五百萬恐怕很難搞定。」

胡立江雖然一臉嚴峻之色，其實心中早已得意的暗笑起來：「哼，我看你怎麼囂張！想給我們壓擔子是吧，沒問題，只要你能夠把五百萬的經費給籌集了，我立刻給你解決問題，到時候只需要拿出三分之一往外面一撒，就會有大把大把的人去辦這件事。」

柳擎宇看到胡立江閃爍的眼神，便摸透了他心中的想法，看向另外兩人：

「你們怎麼看？」

高國強和方海峰也都點點頭。

高國強附和道：「我贊同胡同志的意見，我們雖然不需要五百萬，但是三百萬總是需要的。」

方海峰說：「我們這邊也需要兩百萬左右，才能把這件事情落實到實處。」

柳擎宇聽完後，露出為難之色道：「照你們這樣說的話，要把瑞源縣的環境搞上去，至少要一千萬以上的資金投入啊？難道就沒有別的辦法了嗎？」

胡立江使勁的搖頭道：「柳書記，根據我的估算，就算是真的投入一千萬，也未必能夠真的把環境清理得十分徹底啊，畢竟瑞源縣的環境問題積弊甚久，很難透過一次清理行動就全部搞定，還需要陸續投入人力財力才行。之前縣委縣政府的領導也曾經討論過此事，但是最後全都不了了之，因為投入實在是太大了，而且投入與成效不成正比。所以最後都放棄了。」

胡立江這番話是有暗示意味的，這是暗示柳擎宇完全可以不用管這些事，則可以繼續當他的無憂局長。

柳擎宇卻堅持道：「那可不行，環境衛生問題關係到瑞源縣千千萬萬老百姓的身心健康，現在是冬末春初，天氣較冷，還不是特別明顯，要是等到夏天，瑞源河兩側肯定蚊子成群，臭味瀰漫，老百姓天天生活在這種環境中，身體怎麼能健康得了呢？」

高國強做出結論：「柳書記，如果您真的下決心要搞的話，唯一的出路就只是積極籌措資金了，只要有錢，問題就可以得到解決。」

「你們三人都是這個意思？」柳擎宇問。

三人都點點頭。

「好，那今天的談話就到這裡，你們先回去吧，回去的時候好好的琢磨琢磨，看看有沒有不用花錢又能夠把環境給搞好的方案，如果誰能夠想出來的話，可以交給我，我給他請功。」柳擎宇看向三人說道。

三人應付地點點頭，起身告辭。

三人離開後，柳擎宇不禁眉頭緊緊皺了起來。

從三人的表現來看，瑞源縣的官場風氣很成問題啊，按理說，整頓瑞源縣的環境衛生問題，他們三個局哪一個都跑不了，根本不需要自己說，就該積極展開行動去做事。然而他們三個竟然拿他們應該做的事跟自己談起了條件，居然還好意思說沒有資金就無法辦事，這哪裡是一個一把手應該說出來的話啊？但是，這三個人居然說起來是那麼自然，那麼理直氣壯，甚至還有絲絲暗暗的得意。

看他們的意思，是想要自己在這件事情上知難而退啊！

這怎麼可能呢！但是，如果自己不按照他們的要求去籌措足夠的資金，這瑞源縣的環境又如何去解決呢？這可是關係到老百姓的民生問題，身為縣委書記，時刻都該把老百姓的民生問題放在第一位！

柳擎宇感覺到很是頭疼。

然而，柳擎宇沒有想到的是，高國強他們三人出去之後不久，柳擎宇要在瑞源縣大搞環境衛生的事，便在瑞源縣縣委縣政府的大院以及瑞源縣的大街小巷內流傳開來。

縣委縣政府大院內很多人私下裡都在悄悄的討論此事。

「哥，聽說了嗎？新來的縣委書記要搞咱們瑞源縣的環境衛生啊？」

「當然，這麼刺激的事怎麼可能沒聽說！我看這個縣委書記也太缺心眼了，他也不想想，我們瑞源縣的衛生是那麼容易搞的嗎？光是河兩側的那些豬圈、雞圈，就不是一般人能夠擺平的，敢在那邊養豬養雞的人，哪個背後沒有點關係，柳擎宇要是敢動這些人，我佩服死他！」

「就是啊，我看柳擎宇這個縣委書記就是嘴上沒毛，辦事不牢啊！新官上任三把火他想燒一燒，可是燒錯地方了，最後肯定鬧個灰頭土臉！」

基本上，各種主流評論都認為柳擎宇根本不可能把這件事情搞成！

柳擎宇也沒有想到，他上任第一天便成了縣委縣政府公眾關注的焦點。

魏宏林自然也聽到了消息，因為高國強和方海峰離開柳擎宇辦公室後，第一時間便向他進行了彙報。

魏宏林十分滿意的點點頭：「嗯，你們很會辦事，繼續努力。」

高國強和方海峰聽到魏宏林的誇獎，心中立刻興奮起來，連忙恭敬的說道：「魏縣長您請放心，我們一定會唯您馬首是瞻。」

魏宏林更加滿意了，心中暗道：「柳擎宇啊柳擎宇，你在瑞源縣沒有一兵一卒，縱然你有書記權威又如何？沒有我的配合，你休想在瑞源縣展開工作。我倒真想看看，你不花錢如何把環境衛生問題給搞定，要知道這個問題縱然是我魏宏林花錢都無法搞定的啊！」

胡立江回去後，也立即向縣委副書記孫旭陽進行了報告。

孫旭陽聽到胡立江的彙報之後，略微沉吟了一下，隨即用手指輕輕叩擊著桌面說道：「嗯，有意思，真是有意思啊，看來這柳擎宇還真不是一個等閒之輩，這小子的確很有頭腦啊。」

胡立江一愣，驚訝的問道：「胡書記，您為什麼會這樣說呢？難道柳擎宇要搞環境衛生還有什麼深層的原因？」

胡立江是孫旭陽的嫡系人馬，所以對胡立江他並不隱瞞，說出自己的看法：

「老胡，任何事你都不能只看表面，要善於**透過現象看到本質**。柳擎宇提出要整頓瑞源縣的環境衛生，這沒有問題，但是，你仔細思考一下，他為什麼要搞環境衛生而不是去搞別的問題呢？他可是堂堂的縣委書記，人事工作才是他的主業啊，但是他卻偏偏沒有從人事方面入手！

「這說明柳擎宇對自身的實力有著清楚的認知，他知道如果一上來就從人事搞起，很容易造成與我和魏宏林之間的矛盾衝突。而且他現在並沒有什麼可用的人才，所以即便是他想要在人事上有所作為，也無將可用，只能為他人作嫁。」

聽了孫旭陽的分析，胡立江點點頭，問道：

「孫書記，柳擎宇這樣做只是說明他對自身的定位十分清楚，但是他為什麼要先搞環境建設呢？有什麼深意嗎？」

「當然，這一點恰恰是我最欣賞柳擎宇的地方。在我看來，柳擎宇要大力整頓環境應該是出於三點考慮。

「第一，如果他能夠把環境整頓好了，就可以贏得瑞源縣老百姓的尊敬，因為這的確是一件利國利民的大事，關係到老百姓的切身利益。平時老百姓對瑞源縣的環境就不少抱怨，只是至今還沒有人能夠解決這個問題，就連我都無法。如果柳擎宇真的能夠解決，絕對可以贏得不少的民意。

「第二，如果柳擎宇真的能夠解決環境問題，一定會引起市裡甚至是省裡的關注，這也算是一個小小的政績。

「第三，柳擎宇便可以因此獲得瑞源縣一部分中立人士的支持，這將會為他以後在瑞源縣建立屬於他自己的嫡系人馬打下堅實的基礎。」

胡立江瞪大了眼睛，豎起大拇指讚道：「高明，真是高明啊，這個縣委書記還真不能小覷啊，只不過我看他成功的機率並不大。」

孫旭陽聳了聳肩，對胡立江這句帶著試探性質的話未置可否。因為他現在也看不明白柳擎宇到底有什麼打算？

縣委書記辦公室。

柳擎宇把縣委辦主任宋曉軍給喊了過來。

宋曉軍有些納悶，今天這柳書記到底是怎麼了，剛剛會見完三個局長，難道又有什麼事需要自己出面嗎？

帶著疑惑，宋曉軍坐在柳擎宇的對面，請示道：「柳書記，您有什麼指示？」

柳擎宇笑道：「宋同志，我有件事需要你幫忙。」

宋曉軍心頭一驚。柳擎宇想要搞環境衛生的事，現在在縣委裡早已人盡皆知，宋曉軍暗道：該不會是讓我幫忙想辦法吧？

儘管心中疑慮重重，宋曉軍還是滿臉含笑地道：「柳書記，什麼事情您請說，我盡力而為。」

柳擎宇道：「宋同志，你應該知道今天會議上杜向傑被免職的事吧？」

宋曉軍點點頭。

「杜向傑被免職，資訊中心主任這個位置就空了出來，這個位置雖然看起來沒有多大的實權，但是卻十分重要，這關係到我們瑞源縣縣委縣政府資訊化建設的情況，甚至關係到縣委縣政府的資訊安全，所以，這個位置必須要有一個懂資訊技術又懂得管理的人來擔任。

這個問題，之前我已經和魏宏林同志溝通過了，這個人選必須要經過我的面試，合格後才能上崗。不過，我剛到瑞源縣，也不認識什麼人，不知道誰能夠勝任這個崗位，我想你應該對這方面的人員和資訊有所瞭解，所以想請你幫我推薦一個人品和能力都可堪當此任的人。」

宋曉軍心中一動，沒想到柳擎宇喊自己竟是為了這個。柳擎宇讓自己推薦人選，就意味著資訊中心主任這個位置，柳擎宇基本上已經十拿九穩了。

宋曉軍想到此處，便明白柳擎宇的意思，柳擎宇這樣做，一是向自己示好，想要拉攏自己，二則是向自己展示他新官上任三把火中第一把火的成果。

宋曉軍不得不承認，柳擎宇第一把火燒得的確很有技巧，很有手段，他只是聽自己那麼隨口一說，竟然就當場布局，隨後破局，搞了魏宏林一個突然襲擊，不得不簽下城下之盟。

宋曉軍心中略作盤算，說道：「柳書記，我們縣委辦秘書科的副科長楊澤成，畢業於西北科大資訊工程系，能力非常強，我看可以勝任。」

柳擎宇點點頭，當著宋曉軍的面便撥通縣委組織部部長黃俊毅的電話：

「黃部長，我是柳擎宇，現在資訊中心主任位置不是空缺出來了嗎？你們組織部儘快考察一下適合這個位置的幹部。我看縣委辦秘書科的副科長楊澤成同志畢業於西北科大資訊工程系，你們可以把他列為重點對象考察一下。」

黃俊毅不禁愣了一下，柳擎宇剛到任便要插手人事安排，而且還是先把魏宏林的小舅子給弄下去，然後再提拔人才上來。

雖然黃俊毅認為柳擎宇此舉可能會引起魏宏林的反撲，但是他暫時不想攪入兩人間的鬥爭中，既然書記有指示，他便點頭說道：

「好的，柳書記，我這就組織力量進行考察。」

黃俊毅說話很有分寸，只是表明會去考察，但沒有說是否會考察通過，給自己留下了充裕的迴旋空間，可以從容應對各種問題。

柳擎宇點點頭：「好的，你們那邊加緊考察，下次常委會上，咱們商量確定一下這個位置的人選問題。」

掛斷電話後，柳擎宇看向宋曉軍道：

「宋同志，還得麻煩你一件事，一會兒你通知一下各位常委們，讓大家發動各自主管的業務單位，舉行一次大討論，綜合大家的智慧，討論怎麼樣才能又快又好的解決瑞源縣髒亂差的問題，最好是不需要花費太多資金的建議。讓每個人都準備一份提案，下次開常委會時集中討論一下，確定一下最終的行動方案，爭取儘快把我們瑞源縣的環境衛生問題給解決了。」

宋曉軍聽到柳擎宇的第二個指示，一時間愣住了。柳擎宇真的要把整頓環境衛生這件事提到日程上來，難道他就不怕遭到失敗嗎？要知道，多少任領導到最後都是偃旗息鼓。柳擎宇能夠成功嗎？

就像宋曉軍所預料的，這個通知下達後不久，便引起了軒然大波。

這一次，在某些人刻意的推波助瀾下，瑞源縣的老百姓們都知道了這件事。大家對此褒貶不一。

柳擎宇絕對不會想到，輿論中最多的一句話就是：「哎，又來了一個虛頭巴腦的縣委書記！這些當官的，就會搞形式，怎麼就不能辦點實事呢！」

現在老百姓對這些當官的都已經不再抱有任何的期望了。

三天後，柳擎宇到達瑞源縣後第一次的常委會正式舉行。

這一次，柳擎宇按照他之前的承諾，在會議前四分鐘提前來到了會議室。

會議室內已經坐了好幾個人，這些人看到柳擎宇真的提前四分鐘到，都愣了一下，趕緊和柳擎宇打了招呼。

隨著時間的過去，到的人越來越多，到了九點廿九分的時候，縣長魏宏林和縣委副書記孫旭陽也邁著四方步先後走了進來。

全員到齊，沒有一個遲到！

柳擎宇坐在主持席上，環視了眾人一遍，開門見山的說道：

「各位同志，今天是我上任後第一次召開正式常委會，今天會議的主題，前兩天我已經讓宋主任通知大家了，不知道大家有關『如何解決瑞源縣的環境問題』的方案收集的結果如何了？下面大家一一說說吧。魏縣長，就從你開始吧？」

魏宏林坐在柳擎宇的左手邊，僅次於柳擎宇的排位。

魏宏林聽到柳擎宇點到自己，也不推辭，大聲說道：

「柳書記，我發動了我們縣政府各個層級的幹部，針對這個問題展開了廣泛的討論，最終收集的意見如下：

「方案一，向上級領導申請專項補助資金，通過招標的形式，聘請專業的環衛公司或者個人企業集中管理，我們縣委縣政府和有關部門注意把好關就可以了。

「方案二，積極展開宣導工作，發動轄區的老百姓主動衛生大清掃。

「方案三……」

魏宏林劈里啪啦的說了四五個方案，乍一聽，這位魏縣長似乎做了十分充足的功課。然而，在場的常委們聽完卻都會心的一笑，因為魏宏林所說的這些方案，都是以前各任的縣委縣政府的領導們曾經提出過的，這些方案執行的結果，到最後就是都不了了之，沒有一個行得通。

魏宏林說完，柳擎宇並沒有提出任何意見，看向排位第三的縣委副書記孫旭陽。孫旭陽也長篇大論說了一堆，仔細一聽，基本上和魏宏林的那些方案大同小異。

而後面的常委們就更加偷懶了，他們有的說同意魏宏林的方案，有的說同意孫旭陽的方案，只有宋曉軍精闢的講出重點：

「我認為我們不僅要發動群眾和向上級申請援助，自己也應該積極行動起來，盡可能的做好帶頭作用，同時也做好督促和督查工作。」

等眾人發完言，柳擎宇的眉頭已經皺成一團了。

柳擎宇不是傻瓜，從在座常委們的表情他能看出來，很多人都是憋足了勁想要看他的笑話，由此可知他們所拿出來的這些方案，事後證明是根本不管用的。

柳擎宇的嘴角不由得露出一絲冷笑，目光掃了一眼眾人：「大家都說完了？還有沒有誰需要補充的？」

眾人都搖搖頭。

柳擎宇沉聲道：「好，既然都沒有人要補充了，那麼我談談我的意見。我認為魏縣長和孫副書記的意見都非常不錯。但是僅僅靠大家所提出來的方案，恐怕很難真正的把環境衛生做好，如果我猜得沒錯的話，大家所說的這些辦法，以前應該都實施過，結果證明，並沒有達到預期的效果。當然，我只是猜測而已，大家也不用往心裡去。」

魏宏林和孫旭陽老臉一紅，沒想到柳擎宇竟然識破了他們的詭計。兩人對柳擎宇的政治智慧不由得高看了幾分。

柳擎宇突然話鋒一轉，說道：

「各位同志，看到瑞源縣滿街髒亂差的環境，聞著空氣中不時飄來的臭味，我這個縣委書記心理很不是滋味啊！不是有一句話嗎？不破不立，為了徹底整頓瑞源縣的環境衛生，我認為是到了我們縣委縣政府的同志們真正出力的時候了。

「我提個建議吧，這次的環境大整頓，就由我們幹部們首先做起，把瑞源縣分成十一個部分，每個常委負責一部分，縣裡四套班子、縣黨政機關全體人員、各個鄉鎮書記、鎮長以及企業單位負責人，也按照所在區域承包相應路段的衛生整頓工作。整體工作為期十天，我希望十天後看到一個乾乾淨淨的縣城。

「我初步劃分了一下區域，大家看看我劃分的有沒有問題？如果有意見，可以當場提出，如果沒有的話，我們立刻散會執行。」

說完，柳擎宇點擊了一下面前的電腦螢幕，正對面的投影布上立刻出現了瑞源縣的電子地圖，地圖上，柳擎宇已經用不同顏色標注劃分了每個常委的主管區域。

眾人一看，全都沒話說了。因為柳擎宇分配得相當平均，每個人所負責的區域面積基本上都差不多，至於最為艱巨的瑞源河沿岸地區，更絕，柳擎宇直接將瑞源河沿岸分成十一段，每個常委負責一段，現場隨機分配，誰也別想佔便宜，誰也不吃虧。

這種情況下，眾人只能捏著鼻子同意柳擎宇的方案，畢竟，這個時候誰也不敢說自己不要帶頭去打掃衛生，這事**可以做，但是絕對不可以說**，因為大家都是要面子的。

這個方案便以「縣委一號令」正式發出，很快便下達到各個常委、各個機關單位的手中。

一號令下發的當天，讓柳擎宇沒有想到的一幕出現了。所有縣委常委們竟然沒有一個人主動去帶頭清掃，各個機關單位也沒有一個人採取清掃行動。

一時間，到處都是嘲笑聲，很多人都嘲笑柳擎宇的一號令簡直就是一張廢紙。

當柳擎宇接到宋曉軍的報告後，他笑了。

當初他就想到了會有這種結果，但是他依然堅持公布一號令。因為他想要看一看，**瑞源縣的官場風氣到底壞到什麼程度**。

如此殘酷的結果，讓柳擎宇深深的被刺痛了。

宋曉軍心中充滿同情的看著柳擎宇，心想這個縣委書記恐怕在瑞源縣待不久了，因為幾乎沒有一個人把柳擎宇放在眼中，當成一回事。

柳擎宇實在是太可憐了！照這種勢頭下去，也許柳擎宇覺得沒有意思，自己就灰溜溜的離開了也不一定。

就見柳擎宇突然抬起頭來，看向宋曉軍道：

「宋主任，想不想真正為瑞源縣做點事？」

宋曉軍一愣，疑惑的看向柳擎宇。

「做什麼事？」

「打掃衛生。」

柳擎宇的語氣充滿了強烈的自信。

「打掃衛生？」宋曉軍不解的問道。

柳擎宇點點頭：「沒錯，就是打掃衛生，我們親自帶頭。」

宋曉軍狐疑的看著柳擎宇，一頭霧水。

雖然柳擎宇在常委會上提出要領導幹部帶頭去打掃的概念，但是他不認為柳擎宇真的會親自去，畢竟很多時候，都是領導提要求，下面的人照著辦，如今柳擎宇卻要去打掃衛生，是不是有些捨本逐末了？

柳擎宇看出宋曉軍的疑惑，笑道：「怎麼？你認為我不應該去打掃衛生嗎？」

宋曉軍尷尬地說：「那倒不是，只是您去打掃衛生，是不是有些大材小用了？」

柳擎宇笑道：「不管是大材小用還是小材大用，只要能夠真正為老百姓們做些事，那就是有用！你怕不怕髒？怕不怕苦？怕不怕累？不怕的話，就跟我上！」

說著，柳擎宇換上一身便裝，又換了雙工作鞋，拿起辦公室的掃把和簸箕便向外走去。

宋曉軍一看柳擎宇這個縣委書記都親自出動了，他這個縣委辦主任也不敢怠慢，一邊跟在柳擎宇身後，一邊給縣委辦的下屬們打電話，讓他們帶上掃帚和相關用具立刻到辦公樓下集合。

宋曉軍一聲令下，頓時縣委辦除了留下一名值班人員留守以外，其他人都拿上各種各樣的工具快速衝到樓下，這時候，柳擎宇也剛剛走到樓下。眾人看到縣委書記手中竟拿著掃把和簸箕都呆愣住了。

一行人來到負責的區域後，柳擎宇把第一個目標鎖定在路邊堆積許久的巨大垃圾堆上。他讓宋曉軍從環衛局調來一輛垃圾車，隨後帶頭把垃圾運往垃圾車上。有時候垃圾裡的湯湯水水撒在身上，柳擎宇也毫不顧忌，繼續清理著。

經過三個多小時的奮戰，終於把這個堆放了三四年之久、無人管理的垃圾堆給全部清空，並且初步把地面清理乾淨。

一開始，因為他們都衣冠楚楚的，尤其是宋曉軍，因為一直跟著柳擎宇，所以連身上的西裝都來不及換，直接穿著西裝來到現場。

很多圍觀的路人看著他們的行動，立時議論紛紛起來：

「看到沒？這些當官的又出來作秀了！清垃圾？開什麼玩笑？清垃圾哪裡有穿著西裝出來的！」

「沒錯，肯定是作秀！要不怎麼可能穿著西裝呢？快看看有沒有帶著記者出來，到時候再搞個記者直播報導，這秀做得就很全套了！」

對老百姓們的議論，柳擎宇聽得十分清楚，他只是淡淡一笑，因為的確是有一部分官員是在作秀，否則幹嘛領導出行要帶著攝影師呢？

柳擎宇這次出行，目的只有一個，那就是實實在在的為老百姓們幹點實事，至於老百姓怎麼說，那就讓他們去說好了，畢竟嘴長在他們身上，他們愛怎麼說，誰也管不了。

陽光越來越毒，柳擎宇早已大汗淋漓。

此刻，圍觀的老百姓已經越來越少，批評和質疑的聲浪也越來越少，越來越多的是老百姓們手中拿著掃把和工具也加入到清掃的隊伍中，有了老百姓的加入，清理起來就更快了。

隨後，第二個垃圾堆、第三個垃圾堆被清理完畢，一行人臉上早已是黑一塊紫一塊的，身上也污濁不堪，渾身上下散發著臭氣，但是柳擎宇無暇顧及這些，帶著眾人一堆接著一堆的繼續清理下去。

十一點……十二點……十三點……十四點……十六點……

時間飛快的流逝，柳擎宇上午十點左右出來，到現在已經是下午五點多了，天色漸漸轉暗，落日的餘暉照射在瑞源縣的大街小巷，留下一道道揮舞著工具辛苦勞動的影子。

柳擎宇一邊幹著活，一邊指揮著現場眾人分散開來，往不同的場地進行清掃，如此一來，垃圾的清理速度越來越快。

天色漸漸黑了下來，大夥兒也餓腸轆轆了。

不過饒是如此，他們依然沒有停止，因為柳擎宇在會議上說得很清楚，每個小組只有十天的時間去完成任務。時間十分緊迫，必須要抓緊每一分鐘。

柳擎宇是個喜歡做，多過於喜歡空談的人。**而老百姓最需要的就是官員去做事，而不是說得頭頭是道，天花亂墜，做起來卻是虎頭蛇尾。**

天色完全暗了下來，柳擎宇宣布今天的勞動到此為止，下面的人頓時歡呼起來，他們是真的累了。

第六章

違章建築

這個黃寶柱到底是什麼身分？為什麼連城管局局長和建設局局長都如此忌憚呢？

柳擎宇問道：「常同志，楊同志，你們來幫我分析分析，這些豬圈屬不屬於違章建築？按照相關的法律，這些違章建築該如何處理？」

就在柳擎宇帶著眾人幹得熱火朝天的時候，瑞源縣縣政府大院內。

縣長魏宏林正在聽著政府辦主任石建傑的彙報，石建傑正在向魏宏林講述柳擎宇今天帶著縣委辦的一群人清理垃圾的事。

魏宏林有些懷疑地說：「你確定柳擎宇的的確確是在帶頭清理垃圾嗎？」

石建傑點點頭道：「魏縣長，我非常確定，因為我當時聽到下面的人告訴我時也不太相信，我特地去現場看了半個多小時，柳擎宇和縣委辦主任宋曉軍帶著人一直沒有停下來，不少原本在圍觀的民眾也加入到清掃的隊伍中，柳擎宇和宋曉軍的衣服都髒透了，當時我看了都覺得挺感動的。」

魏宏林聽完，眉頭皺得更緊了：「柳擎宇今天幹了多少工作？」

石建傑道：「我最新得到的消息是，他們一直幹到天黑了才停止，整整清掃了瑞北路那段八百米長的街道，效率相當高。」

魏宏林頓時呆住了：「一天的時間就可以清理完一條街？瑞北路是相當髒的一條街啊，那裡可是垃圾成堆的！」

「是啊，據說現在清掃得相當乾淨！柳擎宇已經給縣委辦下達指示，說是明天除了必要的值班人員以外，其他人全都繼續到瑞南路集合，接著清掃。」石建傑道。

魏宏林突然問道：「柳擎宇有通知縣電視台的人進行拍攝嗎？」

石建傑搖搖頭：「這個還真沒有聽說。」

魏宏林沉吟起來，想了一會兒說道：

「通知司機開車到樓下等著，咱們現在去瑞北路看看到底柳擎宇他們清理得如何。」

…………

十分鐘後，魏宏林、石建傑上了汽車，直接來到瑞北路。

當他們的汽車駛入瑞北路後，兩人都驚呆了。

以前的瑞北路，他們可是非常清楚，這段路到了下班時間經常堵車，街道兩側垃圾成堆，不時散發著刺鼻的氣味。然而，現在汽車駛入瑞北路後，卻沒有發生堵車的現象。以前狹窄到只能容納兩輛轎車剛剛好擦肩而過的馬路，現在已經恢復成四線道的正常馬路。

道路兩側原本成堆的垃圾消失不見了，取而代之的是暫時用來吸納垃圾堆所留下的廢水、污漬之用的沙石，雖然街上依然可以隱隱聞到一些刺鼻味，但那是以前垃圾太多所留下來的，估計過段時間隨著雨水的沖刷，很快就沒有味道了。

汽車一路駛來，魏宏林臉上的表情從震驚變得越來越淡然。

等駛出瑞北路後，魏宏林對石建傑說道：

「你現在立刻通知縣政府裡的所有工作人員，除了留下一些核心部門的人員以外，其他人明天早晨提前二十分鐘到縣政府大院門口集合，準備參加清掃衛生行動。誰要是敢遲到，直接開除！」

說話間，魏宏林的領導霸氣顯露無遺！

石建傑頓時一愣，忍不住道：「魏縣長，咱們也要跟著柳擎宇那樣做嗎？這完全沒有必要吧？」

魏宏林搖搖頭道：「我不得不承認，柳擎宇這個年輕人真的很有魄力，很有手段，以前我們所採取的那些方案雖然聽起來很不錯，但是老百姓根本不買帳，原因很簡單，**我們這些當官的並沒有以身作則**！老百姓其實很現實，他們做什麼事，都是看我們這些當官的怎麼做！

「就照柳擎宇的方法去做吧，我倒想看一看，柳擎宇此舉到底能夠把我們瑞源縣變成什麼樣子！雖然我非常不希望柳擎宇這第一把火就燒成功，但是這件事關係到瑞源縣老百姓的切身利益，我不能太過自私，也不能因為和柳擎宇間的政治鬥爭而影響到瑞源縣的大局。畢竟，我也是瑞源人！」

說完，魏宏林輕輕的閉上眼睛，腦中開始思考起來，以後應該用什麼方式和柳擎宇鬥爭？

就在魏宏林這邊通知剛發下去之後不久，縣委副書記孫旭陽便得到了消息。

當他知道魏宏林做出如此安排的時候，臉上寫滿了震驚，暗嘆道：「魏宏林，真沒想到你的大局觀倒是蠻強的！既然如此，我孫旭陽也不能落在你的後面啊！」

孫旭陽又喃喃自語道：「柳擎宇，你真不簡單啊，對我們的不合作行動，你竟然用這種方式應對，還真有**無招勝有招**的意思啊。對你這種鋒芒畢露之人，我現在完全沒有必要和你真刀真槍的進行鬥爭，那樣的話反而會落入下乘，我可以讓魏宏林這個老狐狸先和你好好的鬥上一鬥，嘿嘿，等你一鼓作氣，再而衰，三而竭之後我再出面，那時候效果會更好一些，如果搞得好的話，沒準我可以一下子就坐上你的位置！」

第二天上午，在柳擎宇親自帶隊掃街的壓力之下，在魏宏林和孫旭陽的跟隨勞動下，瑞源縣其他的縣委常委們不敢再有絲毫怠慢之心，全都一邊心中暗罵著柳擎宇沒事找事，一邊卻又不得不拿著掃把親自上陣清掃垃圾。

常委們也是人啊！當他們看到柳擎宇都親自上陣了，於是，幾乎各個機關單位的公務員全都披掛上陣，參與到浩浩蕩蕩的清掃大軍中。

為了在規定時間內完成任務，從領導到街道辦事員，從局長到科員，都開始熱火朝天的幹了起來。

雖然不時有人叫苦，甚至有人破口大罵，卻無法改變這種悲慘的現實，尤其是當眾人看到領導們全都甩開膀子往前衝，誰敢落後?!領導都不敢偷懶，你敢偷懶，還想不想混了？

整整忙碌了五天的時間，瑞源縣大街小巷的面貌煥然一新，成堆成堆的垃圾山不見了，橫流的污水得到了疏通和治理，衛生死角基本消失殆盡，街道上的一些違章建築在常委們的聯合發力之下，全都不得不乖乖的拆除了。

晚上，忙碌了一天的柳擎宇和縣委辦的同志們先回單位洗了個澡，換了乾淨的衣服，隨後在柳擎宇的帶領下，找了家大排檔十分開心的吃了起來。

這頓飯是由柳擎宇掏錢請客。酒肉管夠，絲毫沒有縣委書記的架子，和眾人開懷暢飲，十分盡興。

通過這些天的勞動，縣委辦的人都發現，這位縣委書記並沒有眾人想像的那麼傲氣，相反，柳擎宇是個十分平易近人的領導，而且十分健談，不管是風花雪月還是陽春白雪都能聊得起來，這讓很多人對柳擎宇充滿了欽佩。

尤其是喝酒的時候，如果是一般的領導和他們這些小兵喝酒，往往是小兵一杯乾，領導卻只是抿一抿意思一下就行了，然而柳擎宇卻和那些人不一樣，只要對方乾了，柳擎宇不管對方的身分是什麼，照樣一杯乾掉，十分豪邁。

男人往往在喝酒的時候最容易被感動，看到領導如此給面子，更是讓眾人銘記在心。

酒足飯飽後，其他人都回家去了，宋曉軍卻沒有回家，跟著柳擎宇一起來到柳擎宇住的招待所內。

柳擎宇看向宋曉軍道：「宋主任，你跟著我過來，應該是有事要談吧？」

宋曉軍點點頭道：「是啊，柳書記，我是想要提醒您，雖然到目前為止，我們在街道的清理上效果非常好，但是從明天開始，我們才算是真正進入到攻堅戰的時期。」

柳擎宇立刻意識到，宋曉軍絕對是話中有話啊，便道：「你這話是什麼意思？」

宋曉軍擔憂地說：「柳書記，按照計畫，明天我們要清理的是河沿岸的那些養豬場、養雞場和一些小工廠。不知道你注意到沒有，在第一天您展開行動後，當天魏縣長和孫副書記便立刻跟進，第二天也開始親力親為的清掃行動了。」

「嗯，這件事你跟我提到過。這裡面有什麼問題嗎？」柳擎宇不解地道。

宋曉軍道：「這個階段是沒有什麼問題的，但是我注意到，那就是到目前為止，不管是魏縣長也好，孫副書記也罷，他們對明天的行動竟然沒有做出任何部署，要跟進您安排的清理沿岸那些違章建築及豬圈、雞圈。」

聽了宋曉軍的話，柳擎宇便明白這裡面恐怕有些問題了。

柳擎宇眉頭皺了起來，猜測道：「宋主任，問題是不是出在那些豬圈、雞圈和小工廠的身上？」

宋曉軍點點頭說道：「沒錯，在瑞源縣，凡是敢在河岸建豬圈、雞圈和小工廠的那些人，全都不是一般人，普通老百姓如果要是敢在那種地方建豬圈雞圈，早就被罰得傾家蕩產了。但是有一類人卻例外，那就是本身有些關係的人。這些人要麼是和城管部門的領導關係密切，要麼就是和建設局單位領導有親屬關係，甚至還有一些人和縣委縣政府的領導有關係。

「所以這些違章建築的背後，大多都有著十分複雜的關係網絡。清理大街小巷的垃圾容易，想真正清掉這些違章建築，卻是千難萬難。這也就是為什麼魏縣長和孫副書記他們沒有跟進的原因，我估計他們都想要看看你會得到什麼樣的結果，甚至打算看你的笑話呢！」

宋曉軍不忍見柳擎宇受到打擊，所以決定提醒柳擎宇一下，讓他有個心理準備，最好他能暫時放棄對瑞源河沿岸的整頓，畢竟，目前的清掃效果已經足以載入瑞源縣的史冊了。

柳擎宇笑了笑：「哦？有些人想看我的笑話啊，那就讓他們看好了，我們明天的計畫不變，依然準時在目標地點集合。我柳擎宇的字典裡沒有半途而廢這個詞。」

見柳擎宇不以為意的表情，宋曉軍只能暗嘆一聲：「柳擎宇為人還是有些傲氣啊，估計這一次肯定要碰個頭破血流了。」

隔天上午，就像宋曉軍所說的，讓柳擎宇意想不到的事情出現了。

當柳擎宇帶著縣委辦的人來到負責的瑞源河河邊，一處違建的中型養豬場外面的時候，就被養豬場的主人黃寶柱帶著十幾名工人給攔住了。

黃寶柱人長得五大三粗的，滿臉的橫肉，往那裡一站，猶如半截黑塔一般。

他臉上的橫肉顫抖著，一雙三角眼中露出兩道陰冷的寒光，看向走在最前面的柳擎宇說道：「你們到我們這裡來做什麼？這裡不需要打掃衛生，你們都回去吧。」

柳擎宇問道：「你是這個養豬場的老闆？」

黃寶柱冷聲回道：「是又如何？不是又如何？」

柳擎宇道：「如果你是這裡的老闆，那麼我希望你能夠儘快把養豬場搬離這裡。這個養豬場的位置是縣裡嚴令禁止建造的地方，你這個養豬場屬於違章建築，必須要拆除。如果你不是老闆的話，那就把你們老闆叫出來。」

黃寶柱三角眼翻了翻，不屑的看了柳擎宇一眼，冷笑道：

「我就是這裡的老闆，我也可以告訴你們，我不管你們來自哪個單位，從哪裡來你們就給我回哪裡去，我在這裡經營這個豬場七八年了，你們空口白牙說要我們搬就搬，這其中的損失算誰的啊！趕快滾蛋，我沒有閒工夫搭理你們！」

宋曉軍在一旁呵斥道：「黃寶柱，我告訴你，這位是我們瑞源縣新來的縣委書記柳擎宇，你說話的時候注意一點！」

在過來前，宋曉軍便已經做了一些功課，知道這裡的老闆叫黃寶柱。

這個黃寶柱在整個瑞源河沿岸十分有名，他是最早一批在河沿岸建豬圈和各種違章建築的人。不僅在瑞源河沿岸有好幾個豬場、雞場，還有兩個小工廠。

最重要的是，這傢伙以前是混黑社會的，頗有幾分痞子習性，十分難對付，再加上本身又有相當硬的關係，所以他的行為沒有人敢管。

黃寶柱瞥了眼柳擎宇，譏諷道：「縣委書記？就他這樣還縣委書記？我手下這些餵豬的，隨便拿出一個來都比他有氣質，穿得都比他好，再說了，他的年紀還沒有我兒子大呢，他要是能當縣委書記，我兒子都可以當省委書記了！」

黃寶柱說完，他那些手下們全都哈哈哄笑起來。

聽到黃寶柱居然敢如此沒有禮貌地貶損柳擎宇，宋曉軍頓時大怒，用手一指黃寶柱道：「黃寶柱，這的的確確是咱們瑞源縣新來的縣委書記，我是縣委辦主任宋曉軍，如果你要是再敢胡言亂語的話，後果自負。」

黃寶柱雖然頑劣，但還是有幾分眼色，宋曉軍這麼說，他便意識到宋曉軍不是在開玩笑。

黃寶柱抗議道：「就算你們是縣裡的領導，說話做事也不能上嘴唇一碰下嘴唇就要拆我的豬圈吧！你們這是要把我們這些老百姓往絕路上逼啊！」

說到這裡，黃寶柱直接從地上拿起一塊板磚，當著眾人的面，狠狠地砸在自己的頭上，鮮血頓時便流淌下來。

黃寶柱無視額頭上流淌的鮮血，拿著板磚在柳擎宇的面前畫了一條橫線，對柳擎宇說道：「我不管你們是什麼人，但是你們今天敢越過這條線，我就把你們視為擅自闖入私人禁地的非法分子，我就一板磚拍死誰！」

黃寶柱手持板磚傲然而立，再配上他這半截黑塔一般的身體，把現場眾人都給震懾住了，誰也沒有想到，這傢伙竟然玩得這麼狠。

眾人的目光都聚焦到柳擎宇的身上。

柳擎宇撥通救護車的電話，讓醫院立刻過來給黃寶柱包紮傷口。

黃寶柱卻不領情的看了柳擎宇一眼，說道：

「你不用跟我玩什麼貓哭耗子假慈悲這一套，我黃寶柱見得多了，我今天哪裡也不去，就守在這裡，我倒要看看，你們誰敢動我的豬圈！」

黃寶柱痞性十足，心眼也挺多的，他早就聽說柳擎宇要在十天內清理髒亂環境，他相當不爽，一旦這個地方的豬圈讓柳擎宇他們給拆了，那麼自己在瑞源河沿岸其他的那些盈利之地恐怕也很難保住。

瑞源縣的人很窮，即便是他有些人脈，想要找些賺錢的行當也不是那麼容易，所以，瑞源河沿岸的這些豬圈、雞圈和小工廠就是他唯一生財的行當，他可不想把這些地方給丟掉，因而一開始就打算用最強悍的方式來震懾住那些敢針對自己的人。

柳擎宇看了眼黃寶柱畫的那條橫線，嘴角露出一絲冷笑，對宋曉軍道：

「宋曉軍，讓大家把手機都拿出來，啟動錄影功能，我倒要看看，這瑞源縣的天是誰的，地是誰的，是不是任何人畫地自限就可以為所欲為！」

說著，柳擎宇向宋曉軍等人招了招手。

大家跟著柳擎宇工作的時間長了，對柳擎宇的作風十分瞭解，聽到柳擎宇的指示，立刻行動起來，一時間，華為、小米、三星、蘋果等各式手機紛紛拿了出來，全都對準了柳擎宇。

柳擎宇直接朝黃寶柱所畫的那條線走去。

黃寶柱站在橫線後，見柳擎宇竟然無視自己的威脅，要跨過畫定的那條線，眉頭便皺了起來。

黃寶柱是混黑社會出身，非常清楚在社會上混，**軟的怕硬的，硬的怕橫的，橫的怕不要命的！**你狠別人才怕你！在自己這樣玩命的手段下柳擎宇還敢前進，要是不阻止他的話，恐怕以後自己說的話，別人都不當回事了。

想到此處，黃寶柱心中一橫，雙眼惡狠狠的盯著柳擎宇，手中的板磚毫不猶豫的便舉了起來。

柳擎宇面不改色地伸出腳來踩在橫線上，用腳把線一點點的塗抹掉。

黃寶柱三角眼一番，牙一咬，大罵道：「我操你×的，既然你找死，我就成全你！」說著，黃寶柱手持板磚，便對準柳擎宇當頭砸下！

柳擎宇怎麼可能讓他給砸到，就在板磚快要砸到頭頂的時候，他猛的伸出右手，一把抓住這哥們的手腕，左手同時扣住板磚，雙手一用力，一個擒拿手便把黃寶柱的板磚給搶了下來，隨手丟在地上，然後用力向後一推，黃寶柱頓時身體向後退了幾步。

正巧腳下有塊板磚，這哥們一不留神，直接一屁股坐在了地上。

黃寶柱一看不妙，眼珠一轉，當即躺在地上，手捂著額頭滿地打滾，聲嘶力竭的吼道：「快來人啊，縣委書記打人了，縣委書記不講理，暴打老百姓啊，這是不讓我們老百姓活了！」

隨著黃寶柱一聲聲猶如殺豬般的吼聲，附近的老百姓們頓時被吸引了過來。

隨著看熱鬧的人越來越多，眾人便紛紛議論起來。

這時，救護車趕到了現場。

在宋曉軍的指引下，來到黃寶柱的面前，想要給黃寶柱查看傷勢，黃寶柱卻雙手捂住額頭說：「我不需要治療，我要留作證據，我還要給記者打電話，控訴柳擎宇，身為縣領導竟然毆打老百姓，簡直是喪盡天良，不配當這個縣委書記啊！」

宋曉軍見黃寶柱擺明了是耍無賴，教訓道：

「黃寶柱，你鬧夠了沒有？柳書記早就防著你這一手呢，我們每個人都有錄影存證，整個過程大家都看得一清二楚，誰都曉得你腦門上的傷是你自己拿板磚砸的，想要誣陷柳書記，小心我們告你誹謗罪！」

黃寶柱冷哼一聲：「哼，誰不知道你們這些當官的都官官相護，你們的話能夠做為證詞嗎？別忽悠我不懂法律！我告訴你們，我雖然是個粗人，法律也是略懂一二的。」

事情發展到這種程度，已經出乎宋曉軍的想像，眼看越來越多圍觀的人群，大家看著一直在那裡撒潑耍橫的黃寶柱，還真是有些束手無策，只能看柳擎宇如何處理。

柳擎宇問來救護的醫生道：「你們是醫生，我問問你們，如果腦部受傷流血，不儘快治療包紮的話，會有什麼後果？」

過來的兩個醫生是縣醫院的實習生，聽柳擎宇這麼問，其中一個回道：

「腦門流血如果不儘快止住的話，極容易造成大腦缺血，導致失血性休克；如果繼續流血的話，會因為大腦失血過多而死亡。要是傷口處細菌感染的話，極易導致諸多的腦部病變，嚴重的甚至會因為細菌感染而成為植物人或者癡呆！」

另一個醫生補充道：「腦部受傷的話，還要看有沒有腦震盪造成的腦部淤血，甚或中風等後遺症……」

柳擎宇詢問醫生時，黃寶柱一直在豎著耳朵聽著。

黃寶柱雖然喜歡玩狠鬥陰，但是現在他也算是有錢人了，對自己的命很珍惜，一開始他認為醫生是在忽悠人，但是仔細一琢磨，柳擎宇和他們並不認識，他們根本沒有必要忽悠自己。

聽醫生說得如此嚴重，他越聽越怕，立刻大喊道：

「哎呀，疼死我了，醫生，先給我包紮傷口吧，等包紮完，我要求驗傷！柳擎宇，我一定要把你給告上法庭。」

柳擎宇沒理會他。

等黃寶柱的傷口包紮完，柳擎宇問醫生：「他的傷勢如何？」

醫生回道：「沒事，就是擦破了點皮肉，沒啥大不了的，包紮下就沒事了。」

在場圍觀的人都發出笑聲，他們算是看清楚了，黃寶柱這傢伙雖然看起來是個莽夫，但下手卻有分寸。

這時，柳擎宇又對宋曉軍道：

「宋主任，立刻給縣城管局局長和縣建設局局長打電話，讓他們趕過來，我要問問他們，這裡屬不屬於違章建築，該不該拆除！」

柳擎宇這番話說完，不僅宋曉軍愣住了，就連一直在那裡叫嚷鬧事的黃寶柱也愣住了。他沒有想到，自己傷成這樣，周圍還有這麼多圍觀的民眾，柳擎宇竟敢把事情往大裡發展，這小子就不怕出事嗎？

不是說當官的就怕事情鬧大嗎？柳擎宇這個縣委書記難道是假的？

黃寶柱存心再鬧一場，便站起身來，罵道：

「柳擎宇，今天你不僅把我這個老百姓給打傷了，還敢誣陷我，反正被你們這些貪官污吏給盯上，我黃寶柱也沒好日子過了，索性我和你拚了！」

說著，黃寶柱抄起板磚向柳擎宇衝了過去。

「各位鄉親們，大家見證一下，我現在可是正當防衛。」柳擎宇看著黃寶柱，寒聲說道。接著，柳擎宇猛的抬起腳踹在黃寶柱的小腹上，把黃寶柱給踹翻在地，現場頓時響起一片哄笑之聲。

黃寶柱雖然鬧得很兇，但是老百姓都知道這傢伙不是善類，吃過他虧的人也不在少數，所以樂得見黃寶柱吃癟。

黃寶柱聽到哄笑聲很是不爽，火氣剎時竄了起來，見板磚不夠靈活，乾脆從腰間抽出一把明晃晃的匕首，朝著柳擎宇當胸便刺。

柳擎宇不閃不避，冷靜地看著黃寶柱是否真的敢刺下去。

黃寶柱看柳擎宇不閃避，眼中凶光大盛，調整了一下匕首的方向，瞄準柳擎宇的心臟部位刺去，他想要一匕首結果了柳擎宇。至於後果，他已經顧不得那麼多了，他腦中想的只有一件事，那就是把柳擎宇給搞定，好出這口惡氣。

他在瑞源縣混了這麼多年，還沒有一個人讓自己像今天這樣，在這麼多人面前丟人現眼。

匕首閃亮鋒利的尖部一點點的接近柳擎宇的心臟，很多人見狀嚇得閉上了眼睛，不敢看柳擎宇被刺得鮮血橫流的場景。

當匕尖離柳擎宇的心臟不到三釐米左右距離的時候，柳擎宇雙眼閃過兩道寒光，他看出來這個黃寶柱是真的要置自己於死地，已經接近瘋狂了！

柳擎宇動了！

他的右手猛的向上一架，阻滯了匕首向前的速度，隨即身體向側面一閃，避開了寒光閃閃的尖部，再抬起一腳，衝著黃寶柱小腹便是一腳，依然是小腹的位置，同樣倒飛了出去。只不過這一次，柳擎宇的力度加大了些，把黃寶柱踹出去三米多遠，這才噗通一聲掉在地上。

現場爆出一陣熱烈的掌聲！柳擎宇這幾下俐落的身手，出乎了所有人的意料，就連為黃寶柱包紮傷口的醫生都為柳擎宇鼓起掌來。

民眾的眼光是雪亮的，黃寶柱一而再再而三的蠻橫糾纏，無理挑釁，尤其是公然持刀行凶，更是激起了圍觀群眾的憤怒和正義感，因而對柳擎宇能夠在危急時刻反敗為勝，都充滿興奮和欽佩。

當然，其中也有一些是抱著看熱鬧的心態的人，他們感覺今天這個熱鬧看得實在是太不虛此行，太精彩了！簡直是高潮迭起啊！

黃寶柱摔倒在地上後，並沒有馬上爬起來。因為他覺得自己今天丟人丟到姥姥家了，憑他一個五大三粗的漢子，連一個文弱的縣委書記都打不過，實在是沒臉見人。

他忿忿地暗道：你們這些人給我等著，看待會兒老子怎麼收拾你們！但是柳擎宇這傢伙是學過武功嗎，怎麼動作這麼犀利啊?!

黃寶柱琢磨了一下，覺得事情發展到這樣，還真有點不好收場。他三角眼轉了轉，決定先躺在地上裝死。

黃寶柱的手下見老大躺在地上半天不動，忙起鬨道：「不好了，來人啊，報警啊，縣委書記打死人了！」

然而，這人的喊叫不僅沒有造成圍觀群眾的憤怒，對柳擎宇進行圍攻，反而引來一陣噓聲。

原來這哥們不提「縣委書記」幾個字還好，當他提到柳擎宇是縣委書記的時候，現場便有人認出了柳擎宇他們就是前些天在大街小巷清掃垃圾的人，眾人都向柳擎宇投去尊敬和欽佩的目光！

老百姓的眼睛是雪亮的！前些天的清掃行動中，老百姓親眼看到柳擎宇身先士卒的彪悍勁。當時還以為他是環衛局的清潔工呢，沒想到竟然是堂堂的縣委書記！

一時間，群情激奮，不時有老百姓聚攏到柳擎宇的身後，保護他不受到攻擊。

有一位七十多歲的老太太握著柳擎宇的手道：

「小夥子，你真是縣委書記？」

柳擎宇笑著點點頭：「是啊，只要人民認可我，我就是縣委書記。」

老大娘搖晃著柳擎宇的手道：「小夥子，好樣的，你放心，這個黃無賴別想訛你，我給你作證。」

「柳書記，我也給你作證！」

「我也作證！」

想替柳擎宇作證的人越來越多，都聚集在柳擎宇的身後。這讓躺在地上的黃寶柱心中鬱悶的要死！可是他現在裝死，想要跳起來怒斥這些人又不能，只能暗氣暗憋，鬱悶到不行。

又過了十多分鐘的時間。

兩輛汽車一前一後的在路邊停下，隨即車上各有三人走了下來。第一輛車上下來的是城管局副局長常江偉，後面跟著兩個城管局的工作人員；第二輛車下來的是建設局副局長楊光輝，後面也帶著兩名手下。

這兩個人下車後，快步走到柳擎宇的身邊。

常江偉恭敬的道：「柳書記，我是城管局的常江偉！」

「柳書記，我是建設局的楊光輝。」

柳擎宇看到兩人，眉頭一皺，問道：「你們兩個是局長嗎？」

常江偉道：「柳書記，我是城管局副局長。」

「我是建設局副局長。」

「你們的局長呢？」

「我們局長出差去了！」常江偉道。

「我們局長下去鄉鎮調研了。」楊光輝道。

柳擎宇聽兩人在那裡瞎掰，嘴角不由得露出一絲冷笑。

從兩人的表情，柳擎宇可以看得出來，這兩個心中也是不願意來的，只不過局長有令，不得不來。這個黃寶柱到底是什麼身分？為什麼連城管局局長和建設局局長都如此忌憚呢？

柳擎宇問道：「常同志，楊同志，你們是主管建設和城市這一塊的，你們來幫我分析分析，這些豬圈屬不屬於違章建築？按照相關的法律，這些違章建築該如何處理？」

常江偉結結巴巴地說：「柳書記，這個……這個似乎很不好評斷啊！我手中沒有相關的資料，不能立刻做出判斷。」

柳擎宇看向楊光輝：「你呢？」

楊光輝滑頭地說：「我手中也沒有帶相關資料，無法處理。」

柳擎宇點點頭：「好，既然如此，我給你們一個小時的時間，要怎麼做、需要什麼資料，你們自己去籌集，一個小時後，如果不能提出結果，直接就地免職！」

常江偉和楊光輝聽到柳擎宇的通牒，臉色立時大變。

兩人從接到命令時，就知道是個苦差事，否則局長就會親自過來了，現在不僅是苦差事，弄不好還是個要命的差事啊。

常江偉趕緊一邊往旁邊走去，一邊拿出手機開始撥打電話。

其實他電話是打給縣長魏宏林的，他把這邊發生的情形向魏宏林詳細的說了，特別提到鬧事的人是黃寶柱，最後問道：

「魏縣長，柳書記讓我們一個小時後做出評定結果，您看我該怎麼做？」

魏宏林心中權衡著。

柳擎宇要拿黃寶柱開刀，他是樂見其成的，因為柳擎宇如果真能把瑞源河給治理好了，對他這個縣長來說，也是一個很大的政績。但是顧忌到黃寶柱的身分背景，不敢對黃寶柱下手，所以只能睜一隻眼閉一隻眼，現在柳擎宇願意當前鋒去對付黃寶柱，魏宏林自然願意。

他笑道：「江偉，既然柳書記做了指示，那你就要老實照做。反正評定對你們來說只是一紙公文的事，真正要去攻堅的又不是你，有人願意衝在前面，你又何樂而不為呢？」

在常江偉給魏宏林打電話求教時，楊光輝也在一旁向縣委副書記孫旭陽報告了此事。

孫旭陽第一時間就給出了明確的指示：「照柳書記的意思去辦。」

楊光輝猶豫了一下，說道：「那評判結果上面，是不是需要做點手腳？」

孫旭陽一臉正色地道：「我們國家幹部必須要講究實事求是，絕對不能敷衍塞責，更不能造假。」

楊光輝心領神會地道：「好，孫書記，我明白了。」

掛斷電話，兩人一前一後來到柳擎宇面前。

常江偉首先說：「柳書記，據我讓有關人員查閱了相關資料之後，確定瑞源縣的確有明文規定河沿岸嚴禁擺攤設點，沿岸三十米內禁設任何建築設施，這些豬圈都屬於違章建築。」

「那麼照規定，這些違章建築應該如何處理？」柳擎宇問。

常江偉咬咬牙道：「應該儘快拆除。」

「楊副局長，你的意見呢？」

楊光輝回道：「我的意見和常副局長完全一致，這些都是違章建築，應該立即拆除。」

柳擎宇點點頭：「相關的文件你們局裡什麼時候能夠送達？」

常江偉連忙道：「目前正在擬定中，估計下午就可以送到了。」

柳擎宇批評道：「你們的工作效率這麼低嗎？給你們四十分鐘，如果在規定時間內送達不了，你們就等著調離原崗位。」

這一下，兩個人再次頭大了。

本來，他們的打算是口頭上承認這些是屬於違章建築，需要拆除，但是不給文件證明，如此一來，即便是柳擎宇真的把這裡給拆了，黃寶柱後面的大人物在追究責任的時候，也拿自己沒有什麼辦法，畢竟，自己並沒有給出任何白紙黑字的文件。

在官場上，做任何事都需要講究證據。沒有證據，誰也說不了事。

因此常江偉說文件下午送達，不過是推諉之詞罷了，一推二，二推三，三推五，最終來個一推二六九，事情就能推得和自己沒有什麼關係了。

哪曉得這個縣委書記還真是不好糊弄，竟然要求他們當場把公文送來，他們只好硬著頭皮再次給局裡打電話，讓局裡把相關公文給送到現場。

半小時後，公文相繼抵達，一式四份，柳擎宇一份，黃寶柱一份，常江偉和楊光輝各留了一份。

接著，柳擎宇轉頭對雙眼冒火看著他的黃寶柱說道：

「黃寶柱，你不是說我沒有證據嗎？現在證據來了，建設局和城管局都證明這些豬圈屬於違章建築，既然是違章建築，就得拆啊！你還有什麼話說？」

黃寶柱此刻被柳擎宇逼得忍無可忍，他不甘心就這樣損失巨大的利益，整個人瘋狂的喝道：「柳擎宇，我告訴你，我的豬圈不是那麼好拆的，我叔叔是南華市市長黃立海，我看誰敢拆我的豬圈？我弄不死他！」

現場一片靜默。這裡方圓百里的老百姓都知道黃寶柱的身分背景，因而不敢招惹他。此刻再次聽到他的有力靠山，那些圍觀的百姓害怕被黃寶柱給記恨上，便悄悄的溜走，不然也向遠處躲了躲，以免惹禍上身。

黃寶柱見他的話收到了強大的效果，十分得意，臉上露出傲慢之色，在他看來，只要一亮出叔叔的身分，瑞源縣所有人全都得嚇得屁滾尿流！瑞源縣上上下下幾乎都是叔叔的人，在瑞源縣誰敢惹自己?!就算是柳擎宇也得考慮一下他一個小小的縣委書記能否承受得了叔叔憤怒的火焰。

柳擎宇聽黃寶柱提到他的靠山原來是市長黃立海，十分訝異。

柳擎宇進入官場兩年了，這段時間內，他的職務調動了幾次，見識過形形色色的人，還沒見過像黃寶柱這樣悲劇的人。

一般有點頭腦的，如果有個市長叔叔作靠山，隨隨便便整點事業就能發財，根本不需要像這樣只能靠著野蠻行徑和違法手段才能賺外快。按理說，黃立海只需要指點一下，黃寶柱就可以賺得盆滿缽滿。他不禁深深的懷疑，黃寶柱到底是不是黃立海的親侄子？

不過看眾人的反應，可以肯定黃寶柱的確是黃立海的侄子沒錯，那麼黃寶柱混得如此糟糕，這裡面就很有些值得玩味了。

不過，柳擎宇眼前的難題並不是黃寶柱是否是黃立海的親侄子，而是接下來他該如何回應。

如果黃寶柱不表明身分，他可以繼續採取強勢手段進行處理，但是現在，他明知黃寶柱是黃立海的侄子後，還對他嚴厲處置的話，就擺明了是不給黃立海面子，要是黃立海知道的話，就算他再不喜歡這個侄子，不在乎他的死活，為了自己的面子，恐怕也不會善罷甘休的。

這時，宋曉軍湊近柳擎宇小聲說道：

「柳書記，黃寶柱說的是真的，他的確是黃市長的侄子，拆除豬圈的事，您可得三思而後行啊，黃市長是個極好面子之人。」

宋曉軍這番話是好意，怕柳擎宇初生之犢不畏虎，不知輕重受到傷害，卻不想當柳擎宇聽了之後，反而起了逆反心理。

柳擎宇暗道：他的侄子在瑞源縣如此囂張霸道，這個當叔叔的不知管束，還要讓人關照，這本身就已經違反我的原則了，我既然想要為老百姓做事，就不能懼怕任何挑戰和困難，如果今天不能把黃寶柱給拿下，以後沿岸的違章建築要想拆除就更不可能了！

「骨頭，必須要從最難啃的開始！」

心中有了決定後，柳擎宇沉聲道：

「黃寶柱，我可以明確的告訴你，我不管你身後的背景是什麼，也不會管你的叔叔是誰，就算你叔叔是省委書記，只要你在瑞源縣違法了，我也照樣處理你！

「我給你一天時間去遷移豬圈裡的豬和相關設備，明天，縣城管局和建設局會帶著拆遷設備過來進行拆除！你要是不按照規定執行，一切後果由你自行承擔！」

柳擎宇接著又對常江偉和楊光輝說道：

「你們立刻回去找好拆遷設備，明天早晨八點半，帶著拆遷設備及工作人員到這裡集合。」

說完，柳擎宇便轉身離開。

常江偉和楊光輝恨不得立時在人間消失！這個縣委書記為什麼說不通呢？他是逮住一隻蛤蟆就要攥出尿來啊?!讓他們帶著拆遷機具過來拆黃寶柱的豬圈，這和拆黃市長的臺、打黃市長的面子有什麼區別？

他們在瑞源縣混了這麼多年，怎麼會不知道黃市長在瑞源縣的人脈到底有多深厚？**和柳擎宇作對，頂多冒著一點政治風險，但是和黃市長作對，就不是丟官罷職那麼簡單了**。想到此處，兩人很有默契地對視了一眼，從對方眼中看出了決然之色。

柳擎宇離開了，現場看熱鬧的人也都散去了，黃寶柱這才回到自己在河畔臨時搭建的小房內，往沙發上一靠，開始鬱悶起來。

以前，碰到不長眼來找麻煩的，他只需要把叔叔的名號亮出來，便能把前來執法的那些人給嚇跑，然而今天，這個縣委書記一點都不通融，鐵了心要拆自己的豬圈，這可如何是好？

黃寶柱的老婆李秀芹看到黃寶柱愁眉不展、頻頻唉聲嘆氣的樣子，不由得怒道：「你光長吁短嘆的有什麼用？趕快給你叔叔打電話啊！現在只有他能救你了。」

黃寶柱罵道：「你個臭婆娘，你又不是不知道，我叔叔根本就看不起我，縣裡那麼多賺錢的生意都不讓我插手，市裡有好處的地方也沒有我的份，我現在惹事了找他，他能幫我嗎？」

李秀芹回嘴道：「你不跟他說，又怎麼知道他不幫你！再說了，現在這件事已經不是他幫不幫你的問題了，你都已經說出他是你叔叔的情況下，這個小官依然要拆咱們家的豬圈，就意味著他根本就沒有把你叔叔放在眼裡啊！

「他不是說了嘛：『別說你叔叔是市長，就算是省委書記也不管用！』你把這句話添油加醋的跟你叔叔說，把這件事上升到事關他的面子問題，到時候他不出手幫你都不可能了，除非他一點都不在乎自己的顏面。」

黃寶柱聽自己婆娘這麼一說，覺得很有道理。眼珠轉了轉，道：「嗯，有道理，我這就給叔叔打電話！」

說著，黃寶柱拿出手機撥通了黃立海的電話，十分委屈地說道：

「二叔，我被柳擎宇給打了！你可一定得給我做主啊！」

黃立海早已聽說柳擎宇的事，只不過他只知道大概，並不知道黃寶柱受傷了，所以暫時沒有過問這件事。

黃立海心裡對柳擎宇其實有些忌憚。原因是，在柳擎宇要來瑞源縣擔任縣委書記的消息確定後，黃立海便接到了老領導李萬軍的電話。電話裡，李萬軍暗示他要重點照顧柳擎宇。

對老領導的說話風格，黃立海很清楚，他真要是想讓你照顧某人，是絕不會說出「照顧」這個詞的，但是他說重點照顧，明顯就是要重點打壓了。

黃立海是個為人十分謹慎之人，做事步步為營，從李萬軍的話裡，他聽出李萬軍對柳擎宇的強烈不滿和敵意。

既然這樣，問題就出來了，李萬軍可是省委常委，而且還是遼源市市委書記，柳擎宇在東江市的時候，他還是柳擎宇的頂頭上司，如果李萬軍想收拾柳擎宇的話，為什麼那時候他不收拾？

有了這個疑問，黃立海在對待是否要收拾柳擎宇、如何收拾柳擎宇的問題上，便多了幾分小心，這也是柳擎宇一到南華市報到的時候，黃立海會表現出拉攏之意的原因。

他之所以那樣做，目的就是要試探一下柳擎宇到底是個什麼樣的人，如果柳擎宇能被拉攏過來，那麼以後就沒必要去打壓他了；但是，如果柳擎宇不接受拉攏，這就說明柳擎宇是一個十分有主見的人，對付這樣的人就得小心點了。

帶著這種想法，黃立海親自陪著柳擎宇去瑞源縣上任，他在瑞源縣之所以要喧賓奪主的目的有兩個，一是要試探柳擎宇的耐性如何，二是要告訴柳擎宇，瑞源縣是我的老窩，你在這裡最好給我老實一點，不要肆意妄為。

只不過黃立海沒有料到柳擎宇的個性那麼硬，敢在酒席宴上頂撞自己，這更讓他意識到，柳擎宇是一個不容易掌控的人，所以，要如何打壓柳擎宇，黃立海一直在審慎地盤算思考中。

此刻，接到侄子的電話，他的眉頭皺了起來。

雖然對這個侄子他並不怎麼喜歡，但畢竟是自己的親侄子，於是問道：「到底是怎麼回事？」

黃寶柱便添油加醋的把柳擎宇要強拆豬圈、又把自己打傷的事說了；還不忘把那些省委書記來了也不管用的話都狠狠的加工了一番。

黃寶柱這番話，三分真，七分假，但越是這樣，聽在黃立海的耳中卻越感真實。

從黃寶柱的描述，黃立海一一分析後，便認定柳擎宇的行動，其根本目的就是要通過收拾黃寶柱來打自己的臉，讓自己在瑞源縣的父老鄉親們面前顏面掃地，從而樹立他自己的威信。

任何人都是有弱點的，黃立海雖然做事謹慎，但是他有一個最大的弱點，就是很好面子。尤其是在瑞源縣，對面子就更加看重了。

此時此刻，他聽到侄子說被柳擎宇給打了，柳擎宇還要強拆侄子的豬圈，狠狠地打自己的臉，心中的怒氣一下子就飆升起來。他陰聲道：

「這件事我知道了，豬圈你暫時不用搬，該怎麼餵就怎麼餵，我倒要看看誰敢拆！」

聽到二叔這樣說，黃寶柱的心安定下來，感激的說道：

「謝謝你二叔，我就知道二叔在瑞源縣一言九鼎，誰也翻不出二叔的手掌心。」

黃寶柱小小的拍了一個馬屁之後，這才掛斷電話。

第二天上午，八點二十分。

柳擎宇、宋曉軍一行人提前來到瑞源河河畔黃寶柱的豬圈外面。

黃寶柱正坐在豬圈外一把太師椅上，翹著二郎腿，滿臉高傲充滿不屑的看著柳擎宇。

柳擎宇看了黃寶柱一眼，默默的等待起來。

他和常江偉、楊光輝約定的時間是早晨八點半集合，他不相信這兩人在自己已經在常委會上三令五申不能遲到、並且出爐相關規定的情況下，這兩個副局長還敢遲到。

八點廿五，沒有動靜！

八點三十，沒有動靜！

八點四十，沒有動靜！

九點了，時間已經過了整整半個多小時，楊光輝和常江偉依然沒有出現，更別提拆遷機具和相關的工作人員也沒有出現。

柳擎宇眉頭緊鎖，有種自己被常江偉和楊光輝這兩人耍了的預感。

柳擎宇的眉毛向上挑了挑，目光漸漸轉冷。

柳擎宇撥打兩人的電話，結果顯示是關機狀態，柳擎宇的眼神更冷了。

宋曉軍看到這種情況，也有些發怒，常江偉和楊光輝竟然如此大膽，敢光天化日之下戲耍縣委書記！

昨天看熱鬧的人再次聚攏在柳擎宇四周，關注著今天的進展。

宋曉軍為了給柳擎宇找個臺階，給建設局和城管局局長打電話，詢問楊光輝、常江偉的消息，兩個局長說，昨天晚上楊光輝和常江偉因為喝了假酒，酒精中毒被送進醫院搶救，到現在還沒有脫離危險，還在加護病房裡呢。

聽到這個理由，宋曉軍心知這一定是早就想好的藉口，可以充分的逃避柳擎宇的究責。宋曉軍如實地轉告柳擎宇，柳擎宇不由得冷笑一聲，他怎麼可能想不到這是兩人採取的逃脫之舉。他們以為這樣他就拿他們沒辦法了嗎？以為他是紙糊的泥捏的嗎？

柳擎宇不再猶豫，當著所有人的面，撥通了縣委組織部部長黃俊毅的電話：「黃部長，我是柳擎宇，我認為城管局副局長常江偉和建設局副局長楊光輝這兩位同志，十分沒有責任感，遇到事情不是敷衍塞責就是推諉拖延，更涉嫌戲耍領導，問題很嚴重。

「據說這兩個人因為某些原因住進了加護病房，他們的身體估計短時間內難以恢復，現在又是縣委縣政府針對瑞源河沿岸違章建築拆遷的關鍵時刻，必須要有能力、身體好的同志們來擔任這樣的位置，所以，我建議立刻免去這兩位同志的職務，如果他們身體不行的話，可以照顧一下這兩位同志，給他們安排一個內退好了！」

電話那頭，黃俊毅瞪大了眼睛。

對兩人裝病之舉，他自然是聽說了。縣委縣政府很多人在悄悄的議論著此事，柳擎宇已經成了整個瑞源縣官場上最大的笑柄。黃俊毅沒想到，柳擎宇的反擊來得如此之快。

他想了想，婉轉地回道：「柳書記，這兩個人只是住院而已，並沒有您所說的那麼嚴重，應該沒什麼大礙，您看要不要先暫緩免去兩人的職務？據我所知，這兩個人的工作能力並不差。」

「哦？黃同志，你確定你所說的情況屬實嗎？你確定這兩人現在沒有住進加護病房嗎？」柳擎宇反問道。

黃俊毅總感覺柳擎宇話裡似乎有話，他擔心有什麼陷阱，思考了一會兒說道：「柳書記，我先核實一下，再給您回覆。」

三分鐘後，黃俊毅核實情況後，感覺柳擎宇應該沒有設下什麼陷阱時，這才回覆道：「柳書記，我確定我所說的情形屬實，他們的確沒有住進加護病房。」

「所以他們從頭到尾都沒有住過加護病房？」柳擎宇問。

黃俊毅點點頭：「是啊，他們被送進醫院後，很快就搶救過來，醫生說他們還需要休養，不過健康狀況並沒有什麼問題，只要靜養幾天就可以重新回到工作崗位了。」

柳擎宇又問了一遍：

「黃俊毅同志，我最後問你一次，你確定你剛才所說的情況屬實嗎？」

第七章

電視問政

徐玉龍拍胸脯道：「沒問題，既然你是想要搞電視問政，這個應該有利於宣傳政府為人民服務的精神，這個省委宣傳部肯定是要大力支持的。我直接讓省電視台派一輛電視直播車過去，對你的電視問政進行現場直播！」

黃俊毅聽柳擎宇的語氣，預感到自己很可能落進柳擎宇的陷阱中去了，可能要壞事，但是他卻發現不了這個陷阱藏在哪裡，而且他之前已經確認過了，此刻也不好改口，只能咬著牙說：「我確定。」

柳擎宇點點頭：「好，既然你確定的話，那麼常江偉和楊光輝這兩個人暫時就先不用免職，不過，城管局局長和建設局局長這兩個人就得被免職了。」

黃俊毅瞪大了眼珠子，驚詫地說：「柳書記，為什麼他們要被免職？」

柳擎宇解釋道：「我讓他們到瑞源河河畔來處理一下和他們工作有關的突發事件，他們兩個人各自編了一個理由不過來，派了副手來，此為不聽從領導的指示，故意欺騙領導；今天常江偉和楊光輝沒有趕到事件現場，縣委辦主任宋曉軍同志向他核實情況，他竟然告訴宋曉軍，說這兩人已經住進了加護病房，這又是欺騙領導。

「像他們這樣一點責任心都沒有，就知道推卸責任、敷衍塞責的領導，怎麼可能是一個好幹部？一個連上級領導都敢連續欺騙的幹部，又怎麼可能是一個好幹部？我看他們已經不適合在城管局局長和建設局局長的位置上工作了，先就地免職吧，至於如何安排，可以先等一等，仔細考察一下這兩個人的德行之後再上常委會討論。」

黃俊毅聽了整個傻眼。他怎麼也沒有想到，自己再三小心，還和常江偉、楊光輝兩人確認過了，竟然還是被繞進了圈套裡，這下子可好，雖然保住了常江偉和楊光輝兩個副局長，卻把兩個正局長給坑了。

但是他現在是啞巴吃黃連，有苦難言，這時候他要是再改口，弄不好柳擎宇會把矛頭指向自己。

不過黃俊毅也很聰明，他發現自己已經無法阻止柳擎宇這個提議了，立刻話鋒一轉，說道：「柳書記，免去兩個重要部門局長的職務，光是咱們兩個談，恐怕起不了決定性作用吧，這個問題，我看得上常委會討論一下。」

柳擎宇點點頭，同意道：「沒問題，這樣重要的議題，肯定是要上常委會來進行討論的。要不這樣吧，麻煩你一下，你通知所有常委們，都趕到瑞源河黃寶柱的豬圈處，咱們現場來討論一下這件事。另外，你也通知一下縣城管局局長胡立江、縣建設局局長錢雲濤，讓他們也到這裡來一趟，最好能夠在半個小時內趕到，我相信這個時候縣城應該不會堵車吧？」

黃俊毅心中那叫一個鬱悶啊！柳擎宇直接借題發揮，還搞起什麼現場辦公會了。一般涉及到人事方面的問題，聰明的領導，尤其是縣委一把手都會事先和縣長、縣委副書記和組織部部長提前溝通一下，四個人取得一致意見之後，再上常委會進行討論通過，用行業術語的話稱之為私下溝通，會議通過。

可現在這個縣委書記倒好，屁大點的人事變動竟然要召開現場辦公會，這簡直就是小題大做啊！

但是問題在於柳擎宇這個話說的時機恰到好處，讓黃俊毅有苦難言，只能捏著鼻子答應了柳擎宇的指示，立刻通知其他常委們前往瑞源河河畔參加現場辦公會。

柳擎宇和黃俊毅通電話時，宋曉軍一直站在柳擎宇的身邊，對兩人通話的內容聽得很清楚，此刻，他對柳擎宇又多了幾分敬畏之心。

柳擎宇三言兩語間便給黃俊毅設下了陷阱，而且陷阱層層遞進，最終把一件小小的人事議題給推到了現場辦公會的地步，這個辦公會要是柳擎宇能夠掌控得好的話，他在瑞源縣的威信將會得到空前的高度！

他另外聽到消息，說是柳擎宇和他在黃寶柱這邊吃癟的事已經在縣委縣政府大院內傳開了，對此，宋曉軍相當不滿，他知道背後絕對是有人故意在推波助瀾，想要柳擎宇和自己顏面掃地，而柳擎宇卻可以通過現場辦公會，找到把局面給翻轉過來的機會，現在就要看還有沒有人來攪局了。

柳擎宇掛斷電話後，目光看向了黃寶柱。

黃寶柱根本就不在意柳擎宇在和什麼人通話，也沒有去聽柳擎宇在說什麼，此刻，他沉浸在勝利的喜悅中，常江偉和楊光輝今天沒有到場，柳擎宇的計畫落空，讓他感到心中的那口惡氣一掃而空。

當他看到柳擎宇向他看來時，他不禁滿臉得意的說：

「柳書記，今天我這豬圈你到底是拆不拆啊？現在都過了你所說的時間了，你的兵怎麼一個都沒有來啊！看來你在瑞源縣一點威信都沒有啊！你這樣的縣委書記待著也沒有什麼勁！不如早早走人算了！」

得意洋洋之下，黃寶柱開始嘲笑起柳擎宇來。他很有把握，以叔叔的權勢，隨隨便便就可以把柳擎宇給擺平了。

黃寶柱有些忘乎所以，都不知道自己有幾斤幾兩了。

對黃寶柱的冷嘲熱諷，柳擎宇並沒有動怒，只是淡淡一笑，道：「不要急，你早晚會知道什麼叫天網恢恢，疏而不漏的！」

柳擎宇無視黃寶柱的垃圾話，對宋曉軍道：

「宋主任，麻煩你給縣電視台打個電話，讓他們派記者過來，拍一下這邊的違章建築，我打算來個現場直播，當著瑞源縣全縣老百姓的面來解決這個違章建築的問題。」

宋曉軍瞬間一愣，要知道，現場問政這種事在瑞源縣的歷史上從來就沒有出現過，更別說是電視台進行直播了。

這個縣委書記總是能夠提出一些超乎自己意料的事，而且他所策劃的每一件事，還沒有一次失敗的，他很想看一看，這一次柳擎宇打算怎麼玩。

宋曉軍立刻給縣電視台台長吳中凱打電話，讓他派輛直播車過來。

然而，當吳中凱聽說是柳擎宇要調用直播車時，立刻道歉說：「宋主任，真是對不起啊，咱們的那輛直播車壞了，已經送往南華市進行維修去了。」

宋曉軍眉頭一皺，在這個敏感的時刻，吳中凱偏偏說直播車壞了，這明顯是忽悠自己啊！不過他還是忍著心中的不悅，道：「沒有直播車的話，那就派一組記者和攝影師來吧，柳書記這邊要……」

還沒等宋曉軍說完呢，電話那頭吳中凱便道：

「宋主任，真是不好意思啊，咱們縣電視台一共就那麼幾組記者，現在所有記者都已經出發了，有的下鄉去了，有的去了市裡採訪，估計回來最早也得等到晚上六七點鐘了，要不您讓柳書記等等行不，如果能夠等到晚上六七點鐘的話就可以了。」

宋曉軍再也忍不住了，怒道：「好，吳中凱，你真的很有能力啊！縣委書記你都不放在眼裡啊！」說完，直接掛掉了電話。

吳中凱聽到宋曉軍憤怒的聲音，臉上充滿了無奈，在宋曉軍給他打電話之前，他便接到縣長秘書打來的電話，讓他們最近這段時間注意一點，任何人沒有經過縣長同意，絕對不允許動用攝影機和轉播車。

吳中凱只是一個小小的電視台台長，對縣長秘書的指示怎麼敢不聽從呢，宋曉軍的憤怒，他也只能心驚膽戰的接受，他也相信在這件事情上，魏宏林不可能不管他的。

宋曉軍苦著臉向柳擎宇報告：「柳書記，縣電視台那邊派不出攝影機來，現場問政這件事恐怕……」

宋曉軍沒有往下說，但是意思很明顯了。

柳擎宇臉上露出不悅之色，看來又是有人在暗中使絆子啊。

宋曉軍見了，腦中突然想到一個人，便道：「柳書記，我剛好認識市電視台的一個副台長，關係還可以，我跟他聯繫一下，看看那邊能否支援一下。」

柳擎宇點點頭。本來，他讓縣電視台過來進行現場直播，僅僅是臨時起意想到的一個點子而已，可是縣電視台的態度讓柳擎宇意識到，**有人在宣傳系統方面為自己設好了層層障礙**，打算用這種方式來遏制自己的施政理念，束縛自己的手腳。

柳擎宇心中暗道：「好，既然你們想要遏制我的權力，我就先從宣傳這個部份做起，我倒要看看，你們有多大能量！」

只是，當宋曉軍去連絡這位副台長時，他這位朋友直言不諱的告訴他：

「老宋啊，不是我不幫你的忙，我們電視台昨天剛剛去市委宣傳部開完會，市委宣傳部部長邱新平親自在會議上強調，說是宣傳工作是黨的喉舌，是最為重要的輿論陣地，任何人都不能掉以輕心，凡是涉及到縣裡的報導，必須要先向宣傳部備案。

「當時，邱新平還拿你們瑞源縣作為例子點了一筆，我猜邱部長昨天開會的目的很有可能就是針對你們瑞源縣去的。當然啦，這也不一定是壞事，少上一下電視可以少點麻煩！」

宋曉軍當場傻住了，竟然連市電視台也無法動用，事態發展至此，**很明顯是有人針對瑞源縣宣傳領域進行了布局，而且可以肯定是針對柳擎宇來的。**

宋曉軍只能把那位朋友的話照實轉達。柳擎宇聽了，臉色暗沉得有如黑鍋底一般。可惡，到底是誰在幕後陰自己啊?!看來對方這樣做，很有可能並不是針對黃寶柱的事，而是針對整個環境衛生整頓來的。

想到此處，柳擎宇心中突然升起了一個疑問：這件事會不會是黃立海在幕後操作的呢？畢竟他沒有解決的事情被自己這個剛剛到任沒有幾天的縣委書記給辦成了，這簡直是在赤裸裸的打他的臉啊！他這樣布局，可以直接堵死自己的空間。

柳擎宇越想越覺得是黃立海在幕後操控的可能性很大，不過自己找不出任何的瑕疵，這件事他只能暫時先記下來了。

然而，柳擎宇心中的怒氣也越多了，他的臉上露出一絲倔強：

「你越是不讓我報導，我越是要把這件事好好的宣傳一番！我不為政績，不為吹噓，只為讓瑞源縣老百姓們知道環境保護要靠大家！」

這時候，黃寶柱見柳擎宇他們一番忙活之後沒有什麼效果，立刻在旁邊冷嘲熱諷起來：「柳書記，聽說你要在電視台裡曝光我的事？怎麼樣，現在結果如何啊？有沒有電視台願意幫你啊！沒關係，我這豬圈就在這裡等著你來曝光，到時候我也上上電視。」

黃寶柱心中那叫一個得意啊！

柳擎宇沒有鳥他，拿出手機撥通了省委宣傳部一位副部長徐玉龍的電話：

「徐哥，現在有件事得請你幫幫忙啊！」

徐玉龍是柳擎宇透過省委秘書長于金文的關係認識的，當時李德林想要把柳擎宇給整倒，結果反而被柳擎宇出招給設計了，于金文曾經帶著省電視台的記者們親自前往蒼山市為柳擎宇出面。事後，于金文為了幫助柳擎宇拓展人脈，便把徐玉龍介紹給柳擎宇認識。

徐玉龍和柳擎宇在酒宴上聊得相當投機，雖然徐玉龍已經四十多歲了，但是卻要柳擎宇管他叫徐哥，彼此留下了電話號碼，還說以後柳擎宇有什麼事需要幫忙，儘管說話。

這回，柳擎宇決定動用自己積累下來的關係網突破障礙。

徐玉龍接到電話，一開始還感到有些陌生，等他思索了一下後，頓時想了起來。

柳擎宇這個名字現在在省裡可是炙手可熱啊！不僅成功的阻止了巨額資金外流，還將一干腐敗分子全部繩之以法，過程中所表現出來的能力、人脈、手段，在在令人嘆為觀止。

不少省領導也開始謀劃著想要拉攏柳擎宇，卻不想柳擎宇早早就被省委書記曾鴻濤收入帳下，而柳擎宇這次前往瑞源縣也是曾鴻濤一手策劃的。如此一來，眾領導也只能收起愛才之心，默默的關注著柳擎宇的一舉一動。看看這個在他們眼中不過是個小小的處級幹部，何以能夠引得省委大老曾鴻濤兩次親自出手去影響柳擎宇的仕途。

聽到柳擎宇在電話裡的求援後，徐玉龍沒有絲毫猶豫地道：「咱們兄弟間有什麼事儘管說，只要哥哥力所能及的，一定幫你辦得妥妥的。」

柳擎宇笑道：「徐哥，我打算在瑞源縣搞一個現場電視問政，不過我初到瑞源縣，縣電視台和市電視台對我都不太配合，所以只能到徐哥你這邊活動活動，看看省電視台能不能派一組記者下來。」

徐玉龍聽柳擎宇要自己幫忙的只是這麼件小事，立時拍胸脯道：「沒問題，既然你是想要搞電視問政，這個在咱們白雲省還是很新鮮的事，應該有利於宣傳政府為人民服務的精神，這個省委宣傳部肯定是要大力支持的。我看這樣吧，我直接讓省電視台派一輛電視直播車過去，對你的電視問政進行現場直播！」

柳擎宇見徐玉龍如此給面子，連忙說道：「徐哥，那我可真得好好謝謝你了。等啥時候去省城，請你出來喝酒！」

徐玉龍豪爽地道：「擎宇啊，咱們哥們就別說這些了，你小子最近也不怎麼來省城，啥時候過來，給哥哥打個電話，老哥我請你喝酒。要是我去瑞源，就你請。」

柳擎宇不是一個矯情之人，便道：「好，那就這麼說定了。」

掛斷電話後不到十分鐘，柳擎宇便接到了一個陌生的電話。

對方先自報家門：「柳書記您好，我是省電視台新聞部的首席記者嚴天華，我們台剛剛接到省委宣傳部徐副部長的指示，要我們派一輛電視直播車到你們瑞源縣進行現場直播，我們正好在瑞源縣旁邊的縣採訪完，現在準備出發，走高速公路的話差不多一個半小時左右就可以趕到瑞源縣了。」

柳擎宇笑道：「好的，那就辛苦你們了。」

嚴天華回道：「柳書記，您太客氣了，新聞報導是我們的工作。那我們瑞源縣見。」

掛斷電話，柳擎宇心裡相當興奮，透過這次他突發奇想的神來一筆，電視問政的方式不僅能讓瑞源河沿岸違章建築的問題曝光，更可以借此機會狠狠地震懾一下那些投機不作為的基層幹部，給他們一種危機意識，讓他們時刻牢記一點——身為國家幹部、人民公僕，必須時刻以人民權益為重，為老百姓做實事、做好事。

當宋曉軍聽到柳擎宇竟然能調動省電視台的直播車過來，代表柳擎宇的人脈都是省級以上的，看來這個縣委書記還真不是等閒之輩，很可能大有來頭啊，宋曉軍心中的天平再次向柳擎宇傾斜了一點。

又過了十多分鐘，瑞源縣的縣委常委們紛紛從四面八方趕了過來。

有了上一次常委會上柳擎宇差點將魏宏林整得下不來台的經歷，大家對柳擎宇的指示都不再敢無視，立即照做。

看常委們到得差不多了，柳擎宇宣布道：

「各位常委，大家都到齊了，很好！那麼現在我們先開個小會，等一會兒省電視台的ＳＮＧ直播車來了，咱們再開一個大會。」

柳擎宇的第一句話就讓到場的常委們大吃一驚，聽到省電視台、ＳＮＧ直播車這些字眼不禁咋舌，更是摸不到頭腦柳擎宇這次又要玩什麼花樣。

尤其是魏宏林和孫旭陽，兩人對視一眼，都露出不解的神色。

魏宏林忍不住問道：「柳書記，你喊我們過來，不是說要舉行現場辦公會嗎？怎麼又把省電視台和直播車給弄出來了？你也沒有事先知會我們，這樣有些不太好吧？」

柳擎宇聳聳肩說：「本來我沒有想要驚動省電視台，無奈咱們縣電視台和市電視台都沒有空，我只能向省裡求助了。好在省裡還有人願意幫忙我，再有一個多小時，省電視台的直播車和記者們就會趕到了，到時候我們直接進行電視問政。

「現在離直播車到來還有段時間，我想先帶大家看一看我們瑞源河沿岸的真實情況，看看我們瑞源縣老百姓賴以生存的河現在變成了什麼樣子，我們應不應該大力整頓，治理！」

還沒等那些常委們反應過來，現場已經響起了熱烈的掌聲。

鼓掌的是四周圍觀的老百姓們。

老百姓其實是十分容易滿足的，當官的人只要能夠稍微多為百姓著想一些，他們就會感激涕零。他們見到柳擎宇是真心誠意的想解決瑞源河環境污染問題，都十分激動，姑且不論是否真能解決，柳擎宇所表現出來的這種積極為民辦事的心意，就讓老百姓很感動了。

這比那些整天只知在媒體上用嘴巴問政，卻從來沒有真正到實地去了解問題的官員要好多了。那些官員們成天開會說要解決，但是，等一陣風吹過之後，依然還是沒有任何動靜。

魏宏林看到老百姓的反應，心中暗道：「他奶奶的，柳擎宇，你倒是挺會收買人心的啊，沒想到你只是隨便說兩句話就讓老百姓們感動成這個樣子，早知道這事老子我就搶先做了，以後我也得跟你好好學習，多在老百姓面前作作秀才對。」

孫旭陽心中也起了一絲波瀾，柳擎宇這招大得民心，這對瑞源縣的大局來說可不是好事。他陰惻惻的看了柳擎宇一眼，拿出手機發出一條簡訊。

與此同時，魏宏林也沒閒著，也悄悄的發了一條簡訊出去。

兩人偷偷做完之後，立刻又裝成沒事人一般，繼續滿臉含著笑，與其他常委一起跟著柳擎宇在河岸視察起來。

這次視察，柳擎宇做得十分徹底，帶著常委們沿著河岸邊走，感受著瑞源河臭氣熏天的味道，以及沿岸成堆的垃圾和豬糞、雞糞等所散發出來的刺鼻氣味。

整個視察差不多一個小時左右，足足走了兩公里，柳擎宇這才向黃寶柱家的豬圈行去。他估摸著這時候省電視台一行人應該差不多快到了。

這時，柳擎宇的手機突然響了起來。柳擎宇一看是嚴天華的電話，立刻接通：

「嚴記者你好。」

嚴天華聲音中帶著幾分憤怒道：

「柳書記，我們現在在你們瑞源縣高速公路出口處被警方給攔住了，說我們涉嫌違反交通法，給我們兩個選擇，要麼跟他們去縣公安局進行調查，要麼原路返回。我要他們出示我們違法的證據，他們又含糊其辭，提交不出來，只是很強硬的不准我們進入瑞源縣，這到底是怎麼回事啊？」

接到嚴天華的電話，柳擎宇火大了，他曉得這肯定是魏宏林和孫旭陽兩個使的暗招！這兩個人太過分了！

你們控制住縣電視台，不讓我用，市電視台也封殺了，我調動省電視台的人來，你們還要把他們逼回去，你們以為我柳擎宇一點辦法都沒有嗎！

泥人還有三分火氣，更何況柳擎宇是個脾氣火爆的主啊！

柳擎宇便當著所有常委的面，大聲的對嚴天華說：

「嚴記者，你把那些員警的警號記錄一下，相貌也記一下，等我騰出手來，我讓紀委部門好好的調查調查，看看這些人到底是受了誰的指示阻攔轉播車的，如果發現他們存在問題，我們瑞源縣絕對不會有任何的袒護，發現一個，開除一個！你讓領頭的警察接我的電話，就說瑞源縣縣委書記要和他通話。」

嚴天華立刻和負責的一個員警交涉起來。

然而，這名員警似乎早有準備，強硬地說：「你說對方是縣委書記就是縣委書記啊，你要是說他是省委書記，是不是我得跪在地上接電話啊！我在執行公務，沒有時間理他！不接！」

嚴天華立刻把對方的態度跟柳擎宇回報了。

柳擎宇臉色陰沉下來，沉聲道：「嚴記者，你們先在路口等一下，這件事我來處理，我倒要看看這裡面到底有什麼貓膩！」

柳擎宇把縣政法委書記朱明強給喊了過來：

「朱書記，現在有件事需要你立刻協調一下，瑞源縣公安局的人現在在高速公路攔住了省電視台的記者，以一些荒謬的理由拒絕他們入境。省電視台的記者是我邀請過來的，如果他們有什麼不妥和違法的地方，我負責承擔一切責任，現在請你協調縣公安局，讓那些員警立刻撤走，讓電視台的人進來。」

朱明強聽到柳擎宇的指示，頭都大了。他朝魏宏林看了一下，見魏宏林向他使了個眼色，他立刻就明白這是怎麼回事了。

朱明強立刻心中有底，拿起電話開始假意協調起來，足足花了六七分鐘的時間，等掛斷電話後，這才一臉為難地道：

「柳書記，真是不好意思啊，剛才我聯繫之後，並不確定在現場負責執勤的員警到底是誰，一時間也無從查起，您看要不這樣，先讓那些記者回去，等會兒我回去，立刻召集公安系統開會，把這件事好好的說一說，讓大家注意，絕對不能以任何理由阻止省電視台的朋友們進入我們瑞源縣，你看這樣處理行嗎？」

柳擎宇早已不是剛入官場的菜鳥，朱明強的話，他立刻就聽出一絲推諉、拖延的味道。身為政法委書記，同時公安局局長還是他的嫡系人馬，他怎麼可能對誰負責哪個區域，出勤做什麼去了不知道?!想調查的話，也只是幾通電話的事而已，這不是擺明了在敷衍自己嗎？

柳擎宇冷冷的對朱明強道：

「朱同志，你的態度很有問題啊，你身為政法委書記，竟然連誰在高速公路執勤都找不出來，我很懷疑你到底有沒有能力執掌政法系統的工作？對你的工作能力，我也會找機會向市委領導反映一下的！我們瑞源縣要的是真正為老百姓做事的幹部，而不是遇到事情就一推二五六的幹部！」

說完，柳擎宇掃了一眼眾人說道：

「我請省電視台的人過來，是為了幫助我們瑞源縣進行宣傳報導，而不是抹黑的，朱同志連這麼一件小事都無法順利辦成，顯然朱同志工作能力很差，那我只能親自出馬前往高速公路協調一下了。至於這邊，就麻煩魏宏林同志和孫旭陽同志，讓大家一邊實地調研，一邊商量一下如何解決瑞源河沿岸的環境問題。等我處理完，把省電視台的記者接回來，到時候再召開現場問政會議。」

說完，柳擎宇便帶著宋曉軍走到沿岸不遠處的一條主路上，招手攔了輛計程車揚長而去，留下滿眼錯愕的瑞源縣縣委常委們。

此刻，最為鬱悶的要屬朱明強了。他沒想到，自己此舉雖然討好了靠山魏宏林，卻得罪了縣委書記柳擎宇。

不過他很清楚，身為官場中人，既然要站隊就必須要堅定，絕對不能有任何的猶疑，否則的話，一旦被靠山認為是牆頭草，以後弄不好連站隊的機會都沒有了。

現在柳擎宇雖然口出狂言，說要向市裡反應他的問題，但是他並不認為柳擎宇真的能把自己這個政法委書記給拿下，畢竟魏宏林的靠山可是南華市的市長黃立海。

有了這種想法，他心中就更加有底氣，準備在這件事情上和柳擎宇對抗到底。他要讓魏宏林看到自己的態度。

等柳擎宇離開後，朱明強立刻又打了兩通電話，在柳擎宇趕到公路出口前稍微布局了一番。

柳擎宇帶著宋曉軍乘車趕往高速公路的路上，宋曉軍提醒柳擎宇道：

「柳書記，據我所知，朱同志在瑞源縣相關系統內部威望非常高，和他鬧僵了，恐怕對您以後工作的展開十分不利啊！」

柳擎宇淡定地說：「你說的我瞭解，只不過剛才的情況你也看到了，朱同志根本就沒有打算協調此事啊，我看背後恐怕貓膩不少。而且，我發現瑞源縣的社會治安問題也十分糟糕，這說明朱明強能力根本不行。」

開車的計程車司機聽了，忍不住插話道：

「柳書記，朱明強能換還是趕快換了吧，這個人心太黑了。我們瑞源縣治安這麼差，有很大一部分和他有關！」

聽到計程車司機這樣說，柳擎宇和宋曉軍都大感意外。

「司機師傅，你為什麼這麼說？」柳擎宇問。

司機瞥了柳擎宇一眼說道：「您就是新來的縣委書記吧，我開車的時候，好幾次看到您帶著那些官員一起幹活，雖然我們計程車司機不懂得什麼官場和政治，但是有一點我很清楚，您是真的在為我們瑞源縣的老百姓做事。

「講到瑞源縣的治安問題，小老百姓早就心生不滿，只是敢怒不敢言罷了！

「就像計程車行業，我們每個月都要比別的縣區多繳七八百塊的苛捐雜稅，這些錢沒有開立發票，幾乎全都進了那些當官的腰包，而且，計程車司機被搶的案件，每年都會發生好幾起，有幾次還死了人，但是沒有一次警方能夠破案的！

「至於像殺人、盜竊這類案件，瑞源縣每年都會發生不少件，但是也沒聽說過有哪起被破獲的。當地警方全都是大爺啊！當然，想要他們破案也不是不可能，但除非你是有錢人或者有權人，在錢和權的作用下，他們的破案效率有時候還挺高的。」

司機師傅終於有機會大吐苦水，將心中的不滿一吐為快。

柳擎宇眉頭緊皺起來，看來瑞源縣的情況比自己想像的要複雜得多，連一個計程車司機怨念都這麼深，由此可見民眾對瑞源縣公安局的不滿有多麼強烈了。

他深思道：自己要想在瑞源縣有一番作為，首先就必須把瑞源縣公安系統好好的整頓一番！就像現在，連自己請的記者都被莫須有的罪名給阻攔，那麼以後自己要想發展經濟，肯定會束手束腳，遇到更多的阻礙。

想到此處，柳擎宇下定決心的說道：「師傅，請你放心，我一定會好好整頓瑞源縣的公安系統，給大家一個安心打拚的社會環境！」

司機聽了柳擎宇的承諾，激動地聲音都有些哽咽了：「柳書記，謝謝您，謝謝您，我代表瑞源縣的老百姓謝謝您了。」

隨後，計程車一路疾馳，來到高速公路路口。

此刻，路口的形勢已經十分嚴峻。嚴天華和四名同事被十多名員警給圍了起來。

其中一名員警指著嚴天華的鼻子說道：

「你們聽清楚了，再給你們三分鐘的時間，如果再不滾蛋，可別怪我們直接把你們連車帶人都給扣下！」

一邊說，這個哥們還一邊用手推搡著嚴天華等人。

嚴天華一直極力隱忍著。身為記者，他很清楚自己此行的目的，而且，他的職業敏感度也讓他意識到，自己已經捲入了瑞源縣的官場鬥爭中。

那名負責阻攔的員警，名叫楊偉。不久前，他接到上級的電話，說縣委書記柳擎宇已經前往高速公路路口了，要他儘快搞定這件事。但是這些記者就是按兵不動，怎麼威脅都不走，讓他很是頭疼，他一急，頭腦一熱，便出現了這一幕推搡之舉。

這時，嚴天華看到員警居然對自己動手，氣得對轉播車上的一名工作人員說：「老王，帶著攝影機，把現場的情形拍下來，回頭讓領導們好好看一看，瑞源縣的這些員警到底是怎麼對待我們這些記者們的。」

嚴天華這一招呼，轉播車車門打開，一名攝影記者肩上扛著攝影機，便把鏡頭對準了現場。

看到這種情況，楊偉急了，如果真是把現場情形給拍了下來，他們可就麻煩了。他立刻大喊道：「去兩個人，把攝影機給我搶過來，絕對不能讓他們拍攝。」

很快便有兩名員警向著轉播車衝了過去，把那名攝影記者從車上給拉了下來，使勁的搶奪他的攝影機。

對攝影師來說，攝影機就是他的生命，他怎麼可能輕易交給對方呢？而且攝影師這個活也不是一般人能夠幹的，這位攝影師大哥便長得五大三粗，人高馬大的，所以一時間，雙方拉扯著對峙起來。

恰好這個時候，柳擎宇趕到了現場。

看到眼前這一幕，柳擎宇氣得火冒三丈。身為人民保母，怎麼能夠這麼野蠻呢？這些警察也太沒有素質了。

柳擎宇快步走向衝突的現場，一邊喊道：

「都給我住手！立刻全部住手！」

那些員警看到柳擎宇，立時都愣住了，心中狐疑竟然有人敢呵斥員警！

楊偉大怒道：「你是誰啊？給我一邊待著去。」

宋曉軍緊跟在柳擎宇身後，面色嚴峻地對楊偉道：「他是瑞源縣縣委書記，我是瑞源縣縣委辦主任！」

宋曉軍拿出證件遞給楊偉：「這是我的工作證，請警官同志看一下吧。」

楊偉接過證件瞄了眼，嘴巴立時張大了，宋曉軍的工作證上，清清楚楚的印著他的職務、姓名，尤其是在顯著的位置上還寫著「縣委常委」四個大字，更是差點晃瞎了楊偉的眼睛。

他說話的聲音立刻低了下來：「宋……宋主任？」

宋曉軍冷冷問道：「是誰派你們來這裡攔截省電視台的記者們的？」

楊偉連忙否認說：「沒有……沒有人！」

「這麼說，是你們自己胡作非為了？」

楊偉反駁道：「宋主任，我們怎麼是胡作非為呢？我們是奉了市裡的指示，要取締高速公路的違規行駛，我們是過來查處的。」

「違規行駛？你們有證據嗎？」柳擎宇問。

楊偉理直氣壯地回道：「我們是接到有人通報才過來堵截的。」

「好，那你告訴我你是接到了誰的通報？叫什麼名字？手機號碼是多少？」柳擎宇不放鬆地反問道。

楊偉頓時無語，因為他剛才說的全都是謊言。

「怎麼不說話了？難道你剛才說的全都是編的謊話嗎？身為一名警官，可以隨便撒謊嗎？你的直屬上級是誰？」柳擎宇看著楊偉，步步緊逼。

楊偉腦門冒著汗，沒想到柳擎宇竟然一點面子都不給自己留。

事情發展到這種地步，楊偉知道自己示弱的話，肯定不會有好下場，所以他挺了挺腰桿，強硬的回擊道：「不好意思啊柳書記，我們警方在執行公務時，是有保密條款的，所以相關資訊我不方便透露給您，還請您見諒。」

柳擎宇冷冷一笑，說道：「哦？保密條款？這個理由不錯！我問你，我想帶這些朋友進入瑞源縣，你還要再阻攔嗎？」

楊偉一下子不知道該如何回答。自己接到的命令是要進行阻攔，如果把這些人放過去，那麼自己的官位恐怕保不住了；但是不放人，柳擎宇可是縣委書記啊，要收拾一個小員警，也是輕而易舉的事。

他該怎麼辦？楊偉腦袋急轉著，突然計上心頭，看向柳擎宇道：

「柳書記，還請您體諒一下我們這些做下屬的難處，如果您真的要帶他們過去的話，請您跟我們局長聯繫一下，如果他同意，我立刻放行。」

柳擎宇仔細思索著楊偉的話。對官場上的很多彎彎繞繞，他早已駕輕就熟，他想：假如真的照楊偉的話去做，萬一局長的電話打不通怎麼辦？難道自己還得等打通之後才能帶人走？

開玩笑！自己可是堂堂的縣委書記，如果這麼一點小事就被對方給拿住，那他這個縣委書記也太憋屈了。

柳擎宇揚著頭道：「要我和你們局長聯繫？有那個必要嗎？我看這樣吧，你們這些人都跟著我一起走，瑞源河一會兒有現場問政會，到時候你們局長也會過去。如果你有什麼意見可以當場向他提出來，我替你作證，不是你主動放我們過來的。」

說完，柳擎宇直接對嚴天華說：「嚴記者，咱們上車吧，直接趕奔現場，今天恐怕得辛苦大家一下了。」

嚴天華看柳擎宇三兩下乾淨俐索就解決了此事，心中暗暗豎起大拇指，從柳擎宇的作風看，柳擎宇絕對是個十分強勢的領導。

嚴天華笑道：「我們辛苦點沒事，已經習慣了。」

此刻，楊偉也沒招了。柳擎宇都上了轉播車了，就算是再給他幾個膽子，他也不敢攔縣委書記的車，他只好招呼著同事，跟在轉播車的後面，向瑞源河方向駛去。

柳擎宇並不知道，就在他離開後不久，黃寶柱便收到了一條簡訊，當時便急了。他本以為柳擎宇不可能把這些記者給接回來的，卻收到簡訊說柳擎宇已經連同轉播車馬上就要回來了，他立刻開始打起電話來。

當轉播車剛剛駛入瑞源河沿岸，離黃寶柱的豬圈還有兩百米左右的距離時，便被黃寶柱帶著一群人給攔住了。

此刻，「巧合」的是，魏宏林和孫旭陽正帶著縣委常委們在距離柳擎宇他們一公里左右的地方視察，由於兩地之間有東西遮擋，魏宏林看不到柳擎宇這邊發生的情況。

轉播車前，並排站了二十多個人，兩側也各自站了十多個人，把轉播車給圍了個水泄不通。

黃寶柱用手拍打著車窗，指著司機大聲喝道：「回去回去，立刻離開這裡，我們這裡不歡迎任何媒體。」

柳擎宇剛好坐在副駕駛的位置上，看到這種情況，臉色便是一寒。

柳擎宇向黃寶柱豬圈方向看了一眼，眼睛便瞇縫起來，他清楚的記得自己臨走時，曾經對魏宏林他們說過，要他們不要遠離此處，在這邊等著自己，可是他們竟然沒有在附近，而且還放任黃寶柱帶人攔路，要說魏宏林他們這不是故意的，打死柳擎宇他也不會相信。

不過柳擎宇曉得，即使質問魏宏林，他也會有一百種以上的理由來搪塞自己，所以乾脆放棄了質問他的打算，而是直接給魏宏林打電話，強勢地命令道：

「魏同志，請你帶著各位常委到黃寶柱家豬圈東側兩百米處，我要在這裡召開辦公會議，另外，請你再通知一下環保局、城管局、建設局、公安局的一二把手們，請他們在二十分鐘內趕到這裡。電視轉播車將對我們的會議內容進行全程錄影！也不排除屆時會做現場直播。」

說完，柳擎宇便掛斷電話，不給魏宏林一點質疑和反駁的機會。

這下子魏宏林可鬱悶了，他拿出手機想要回撥柳擎宇的電話，卻發現柳擎宇的電話在通話中，他立刻意識到情況有些不妙。

所以，魏宏林一邊招呼著常委們上了各自的汽車往回趕，一邊吩咐人給幾個局長打電話，讓他們儘快趕到現場。不過，他特地給公安局局長康建雄打了個電話，讓他暫時在附近待命，但是先不要出現。

吩咐完這些以後，魏宏林又給黃立海打電話，把情形向黃立海進行了彙報。

黃立海聽完大吃一驚：

「你說什麼？柳擎宇竟然真的找來電視台的人？這不是開玩笑吧？一個小小的瑞源縣開現場辦公會？還要進行現場直播？這不可能！不要聽柳擎宇在那裡嚇唬人，這是絕不可能的！別說是你們瑞源縣了，就算是省委常委會也不敢進行現場直播！萬一要是在直播過程中出現什麼不和諧的因素，在政治上產生不好的影響，這個責任誰來負？省裡領導是不可能允許這種事情發生的。」

「黃市長，那我們應該如何應對？」魏宏林問。

「冷眼旁觀，看柳擎宇到底會玩什麼花樣出來。」黃立海回道。

「黃市長，我剛剛得到消息，黃寶柱帶著一批人圍住電視轉播車，現在柳擎宇讓我們過去，您是不是讓黃寶柱趕快離開啊，否則，我擔心柳擎宇會對黃寶柱不利啊！」

黃立海聽魏宏林這樣說，心中暗道：「魏宏林，你這個老狐狸，竟然跟我玩這一套，你以為我不知道黃寶柱那個傻小子要不是受到你的鼓動，他有膽子敢去攔截轉播車？不過你倒還算厚道，知道用完後見好就收。」便說道：

「黃寶柱不過是用一種稍微偏激的手段來表達他的不滿情緒罷了，這又不是什麼違法亂紀的事，柳擎宇憑什麼對他不利？你過去的時候也多注意一點，絕不能讓老百姓對我們有關領導的不正確決策產生強烈的不滿，我們身為官員幹部，必須要時刻牢記執政為民，不能隨意對老百姓採取強硬措施。」

魏宏林聽到黃立海的指示，這才放下心來，對一旁的司機說：「慢點開，在二十分鐘之內趕到就成了。」

司機把速度降了下來。魏宏林的車是在排頭位置，他的車慢了，後面的司機當然不敢開得更快。於是，他們這群人的速度立刻慢了下來。

第八章

現場直播

省電視台要對一個縣級領導班子的會議進行現場直播，這可是從來沒有過的事啊，大家奔相走告，帶著好奇和疑問，將畫面定格在電視台的新聞頻道上。大家都想知道，瑞源縣的領導們準備如何解決現有存在的種種問題。

這時候，在轉播車那邊，柳擎宇也打出了一個電話。

這個電話是打給省委書記曾鴻濤的。

電話響了好幾聲才接通。電話那頭，曾鴻濤正在和省委秘書長于金文討論工作上的事呢。

「擎宇啊，有事嗎？」接通電話後，曾鴻濤問道。

「曾書記，我想請你批准一件事。」

「是什麼事啊？」曾鴻濤很是好奇柳擎宇這回有什麼事需要他出手。

「我想要讓省電視台對我們瑞源縣的辦公會進行現場直播。」

曾鴻濤聽了眉頭就是一皺，讓省電視台對一個縣級單位的辦公會進行現場直播，這個要求乍聽實在有些匪夷所思，要知道，即便是省裡的會議也很少進行直播啊。

「我需要一個理由！」

曾鴻濤知道，柳擎宇不是一個魯莽的人，他這麼做，一定有他的原因。

柳擎宇早有準備，立刻回道：

「曾書記，我這次召開的辦公會，主要是針對瑞源河河畔沿岸的建築和環境問題而開的問政會議，我準備在會議上對一些相關責任部門進行現場問政，同時，也希望通過此舉向老百姓傳達一個聲音，那就是我們瑞源縣縣委縣政府是真心實意想要為老百姓辦事的。

「我認為此舉具有一定的開創性意義。當然，我也清楚這裡面的風險，如果辦公會搞砸了，我願意承擔所有的責任。」

柳擎宇只能將話說到這個份上，他用十足的信心向曾鴻濤表明了態度，現在就看曾鴻濤是如何想的了。

曾鴻濤沒有立刻表態，而是說道：「好，這件事我知道了，我考慮一下，過一會兒給你電話。」

掛斷電話後，曾鴻濤大腦立刻飛快的旋轉起來。

首先，曾鴻濤分析了柳擎宇舉行這次現場辦公會的動機。

從他所掌握到的有關瑞源縣的情況來看，他知道柳擎宇面臨著十分艱難的局面，柳擎宇舉行這次現場辦公會的動機，肯定是為了擺脫現在的困局，算是一個破局之舉。

其次，柳擎宇應該非常清楚對這種會議進行直播意味著什麼，他甚至應該清楚這種事不是自己一個人能夠決定的。但是他依然給自己打了這個電話，說明柳擎宇對自己，甚至是對省委很有信心。

第三，柳擎宇知道風險卻依然這樣做，說明這件事如果成功了，對自己肯定不會有壞處，否則，以柳擎宇思慮成熟的頭腦不可能向自己開這個口的。

曾鴻濤在內心權衡起來。

雖然曾鴻濤屬於非常開明的領導，但是柳擎宇這個提議實在是太大膽了一些，直播可不同於錄影，可以剪輯，稍有差錯，後果不敢想像。

可是另外一個聲音告訴曾鴻濤，柳擎宇這小子那麼聰明，連東江市那麼複雜的局面他都能夠面對，又怎麼可能掌控不了裡面的風險呢？所以曾鴻濤基本上已經同意了柳擎宇的提議。

但是別的常委呢？他們會同意嗎？這麼重大的事情，自己不可能單獨拍板的。

曾鴻濤不禁看向于金文：「老于啊，對柳擎宇的提議你怎麼看？」

于金文沉吟片刻道：

「現場直播的確是有很大的政治風險，但是，我認為做任何事都是有風險的，而且柳擎宇要進行直播，是要為老百姓解決事情，雖然會因為這樣曝光一些官場上的醜陋現象，這也未必是壞事，反而顯示我們白雲省省委省政府不怕自爆缺點、堅持為人民辦事的決心。

「尤其是您擔任省委書記之後，對白雲省的改變非常大，可是您平時很低調，對這方面的宣傳並不是很大，只有官場內部的人瞭解。老百姓聽到的都是經過很多管道之後的資訊，未必準確。這個直播恰恰可以將您的執政理念、原則展現在全省人民面前。

「這不僅僅是對官場中人的一種警醒和提示，對您的形象也有十分正面的加分作用。雖然以前沒有多少先例可循，但是我們可以把這次直播作為一次嘗試，我相信柳擎宇應該可以掌控得了局面的。」

聽于金文也抱持肯定的態度，並且做出精闢分析，曾鴻濤心中大定，便下令道：「老于，這樣吧，你立刻通知所有在的常委們，十五分鐘後到會議室集合，大家討論一下關於直播的意見。」

十五分鐘後，省委常委們全部到齊，在曾鴻濤的主持下，就柳擎宇的提議展開了激烈的討論。

與此同時，距離瑞源河堤壩兩百米遠的地方，柳擎宇和黃寶柱等人的對峙還在持續著。

黃寶柱讓人圍住了柳擎宇乘坐的轉播車，不斷地拍打車窗、出言威脅記者們，但是沒敢輕舉妄動。

黃寶柱知道在瑞源縣這一畝三分地上，柳擎宇身為縣委書記，能力不容小覷，自己要想跟柳擎宇鬥，必須要充分利用自己老百姓這個身分，用輿論和群眾力量來逼柳擎宇退讓。

柳擎宇自始至終都沒有下車，但是他給楊偉等人一個任務，讓他們負責維護轉播車四周的現場安全，不許出現矛盾激化的事情發生。

楊偉接到柳擎宇的指示後，心裡直罵娘。他跟著過來是為了等局長的指示，結果卻反而被柳擎宇給利用了，又不敢違抗柳擎宇的指令，只能慢慢的熬著。

縣環保局局長高國強、縣衛生局局長方海峰、縣城管局局長胡立江、縣建設局局長錢雲濤相繼趕到現場。

又過了兩分鐘，在魏宏林和孫旭陽的帶領下，其他縣委常委們一一趕到了現場。看到現場亂哄哄的情況，魏宏林怒斥道：「這到底是怎麼回事？誰讓你們圍堵省電視台的轉播車的？」

黃寶柱立刻跳了出來，看向魏宏林道：

「魏縣長，您可要為我們老百姓來主持公道啊，他們這些省電視台的記者們不問青紅皂白，在沒有得到我們允許的情況下，就要前往我們的工作場地進行採訪，這已經嚴重觸犯了我們的隱私權和私人財產權，是一種十分不道德的行為。雖然新聞媒體有報導的權利，但是我們老百姓也有維護自己隱私的權利不是，他們總不能強行進行報導吧？」

魏宏林頓時臉色一沉，假裝不知道柳擎宇就在轉播車上，看向轉播車上的記者說道：「你們誰是負責人？我要和他談一談。」

這時，柳擎宇從車內走了下來，沉聲道：「我是負責人，他們是我找來的，魏縣長，還有什麼疑問嗎？」

魏宏林批評道：「柳書記，我認為剛才黃寶柱說得很有道理啊，老百姓的隱私權也是需要被保護的！新聞媒體也不能隨意胡亂報導啊！」

魏宏林一副義正詞嚴的樣子，事實上，黃寶柱帶人過來主要是他策動的，他的目的就是要站出來當個和事老，一是可以在眾人面前展現自己為民辦事的一面，另一方面，也可以削弱柳擎宇在這件事情上的主動權和影響力。

柳擎宇冷冷的回道：「魏縣長，我得糾正你一下，新聞媒體不僅有報導的權利，也有曝光的權利，如果曝光還需要徵得被曝光對象的允許的話，那麼還要新聞媒體做什麼？我請這些媒體記者過來，就是要曝光我們瑞源河沿岸的一些違法亂象！」

魏宏林陰沉著臉說：「柳書記，我們中國人有句古話，叫家醜不可外揚啊，你這樣曝光我們的問題，萬一被上級領導看到了，會對我們瑞源縣產生非常不好的印象，這對瑞源縣來說可沒有什麼好處。其他的縣都在想方設法的向外界宣傳自己美麗的一面，你卻非得曝光我們缺失的一面，這樣做是不是有些不太理智啊？」

魏宏林找到機會，立刻向柳擎宇發難。

柳擎宇反駁道：「魏同志，我得再糾正一下你的觀念，你說家醜不可外揚，的確是有一點道理，但是，對於國家幹部和人民公僕而言，必須要講究實事求是！不能為了追求所謂的面子而故意遮掩，那樣會讓問題越來越嚴重，瑞源縣髒亂差的環境已經證明了這一點。

「當然，如果魏同志你有什麼更好的辦法能夠立刻解決瑞源河沿岸的問題，我很願意把這個事情全部移交到你的手裡，由你全權負責。」

柳擎宇這番話令魏宏林一下子就啞火了。開什麼玩笑，這麼多年任何領導都搞不定的事讓他去辦，還要得罪那麼多人，這種爛攤子他可不會傻到要自己主動去承攬，即便是辦成了，獲得的政績與所得罪人的成本相比，弄不好會是負數，得不償失。

想到這點，魏宏林立刻說道：「既然柳書記這樣說，那我也沒有什麼好說的，不過柳書記，我認為對這些老百姓，我們不能採用強硬手段，必須要充分理解他們的心情。」

柳擎宇點點頭：「這個是肯定的，老百姓的心情我可以理解，而且到目前為止，他們的行為還算克制，也沒有採取過分的舉動，可以讓他們先行離開，咱們就在這裡召開辦公會議，先解決咱們在工作上遇到的一些問題。」

魏宏林點點頭，看向黃寶柱他們說道：「你們還不趕快離開？」

黃寶柱這才大聲道：「看在魏縣長的面子上，我們先離開，但是話我先撂這兒，誰要是未經我的同意擅自拍攝我的私人地方，可別怪我採取非常手段維護我的正當權益。」

說完，黃寶柱帶著他的人轉身離去。

魏宏林的嘴角露出一絲冷笑。雖然黃寶柱這步棋目前並沒有達到原先預期的效果，但是他相信，這步棋的作用還是不錯的。至少給了柳擎宇一定的心理震懾，讓他不敢做過於出格的事。

看著黃寶柱等人在魏宏林的呵斥下離開，柳擎宇不禁冷冷一笑。

柳擎宇看了看時間，發現已經過去三十分鐘了，公安局局長康建雄還沒到。

柳擎宇看向魏宏林問道：「魏縣長，你通知公安局局長康建雄同志了嗎？」

魏宏林點頭道：「已經通知了。」

「他為什麼到現在還沒有來？難道縣公安局離這裡比環保局、衛生局、城管局還要遠嗎？」柳擎宇聲音高了一些。

魏宏林眼珠一轉，道：「我剛才聽康建雄說，他正在下面的鄉鎮裡檢查工作，距離比較遠，所以趕過來可能需要一些時間。」

柳擎宇再問了一次：「魏同志，你確定你所說的是真的嗎？康建雄是這樣和你說的嗎？」

魏宏林頓時心中便開鍋了，心道：奶奶的，柳擎宇，你小子是不是又給我下套了啊？不過心中疑惑歸疑惑，身為縣長，他自然不能出爾反爾，只能硬著頭皮說道：「我確定。」

柳擎宇點點頭：「好，我知道了，那我們大家就等一等這位下鄉鎮視察的公安局局長吧。我真想知道，他到底去哪個鄉鎮視察了？」

聽到柳擎宇這樣說，魏宏林心中暗道壞了！柳擎宇別是又要借機生事了！

魏宏林還真猜對了，柳擎宇的確要借機生事了。

柳擎宇雖然沒有追究魏宏林遲到的意思，但是，這並不代表他沒有注意到魏宏林等人的小動作。

柳擎宇非常清楚，離上次縣委出爐與遲到有關的政策才不到幾天的時間，魏宏林就敢帶著眾人公然遲到，這絕對是對自己這個縣委書記權威的一種強烈挑釁，如果自己不把這股歪風給狠狠的剎住，以後就更沒有人會把他放在眼裡了，到時候他推動的政策名存實亡，自己將再次成為笑柄。

柳擎宇怎麼能容忍這種情況出現呢。

又過了十多分鐘的時間，縣公安局局長康建雄這才乘車趕來。

下車後，康建雄立刻一溜小跑衝了過來，裝出一副氣喘吁吁的樣子，對柳擎宇和魏宏林等人說道：「不好意思啊各位領導，我來得有些晚了。」

柳擎宇淡淡說道：「康局長，不知道你忙什麼去了，怎麼現在才來啊？和你們公安局挨著的城管局、建設局等領導，可是比你提前將近二十分鐘就趕到了。」

康建雄連忙解釋道：「柳書記，我是奉了上級領導的指示，下鄉鎮去視察了。」

下鄉鎮視察只是康建雄的一個藉口，他相信話說到這份上，柳擎宇應該不會追究了。殊不知柳擎宇偏偏是個喜歡較真的人，而且康建雄當時一點面子都不給柳擎宇，柳擎宇怎麼可能不記得這件事呢。

「康同志，不知道你去哪個鄉鎮視察啊？都視察了哪些地方啊？」柳擎宇問。

康建雄一愣，隨即眼珠向上翻了翻道：「哦，我剛剛從吳東鎮派出所趕回來。」

柳擎宇又問道：「你去吳東鎮鎮委鎮政府了？是直接去吳東鎮派出所，還是先去吳東鎮鎮委鎮政府？」

康建雄見柳擎宇問得這麼細，預感到情況有些不太妙，不過他還是硬撐著說道：「我是直接去吳東鎮派出所，這一點，吳東鎮派出所所長劉海生同志很瞭解。」

吳東鎮派出所所長是康建雄的嫡系人馬，深得他的信任，他相信劉海生會替他圓好這個謊的。

柳擎宇聽康建雄說完，立刻拿出手機問道：「劉海生的電話是多少？」

康建雄報出劉海生的電話號碼，柳擎宇撥了出去，電話很快接通了。

柳擎宇開門見山的道：「劉同志，我是瑞源縣縣委書記柳擎宇，現在有件事想向你諮詢一下。」

柳擎宇的手機號碼，劉海生這邊是存著的，所以他一看便知道是柳擎宇不假，立刻恭敬的說道：「柳書記有什麼指示，儘管吩咐。」

「劉同志，我正在找縣公安局局長康建雄同志呢，聽縣公安局的同志說，康建雄同志現在在你們吳東鎮派出所進行視察，不知道這事是真的還是假的？」柳擎宇問。

劉海生皺起眉頭來。他自然知道康建雄根本就沒有過來，但是聽柳擎宇的語氣，似乎是縣公安局那邊的人告訴他，說康建雄到這邊來了，如果他說康建雄沒有過來，豈不是縣局那邊的謊話就被揭穿了，這對自己的靠山康建雄可是十分不利的。

因此劉海生毫不猶豫的說道：「柳書記，康局長的確在我們鎮派出所進行視察工作。」

柳擎宇看了旁邊的康建雄一眼，康建雄的臉色都變了，就連魏宏林等人也全都變了顏色，誰也沒想到，柳擎宇會用這種方式揭穿康建雄的謊話。

柳擎宇接著問道：「哦，這樣啊，康同志在你們那邊那就太好了，劉海生同志，請你把電話交給康局長，我要和他直接通話。」

劉海生一聽，頓時頭大，心說我上哪裡給你找康建雄去啊，他只好編造一個理由，托詞說：「柳書記，真是不好意思啊，康局長在幾個派出所副所長的陪同下，到各個村子去調研了，一時半會兒間無法把手機交給康局長，要不，我給康局長打個電話，讓他回您電話？」

柳擎宇點點頭：「可以。」

過了一會兒，康建雄的手機響了起來，柳擎宇看向康建雄道：

「康同志，請你打開手機免持功能，大家一起聽聽劉海生同志是怎麼跟你說的。」

康建雄也只好硬著頭皮接通電話，打開免持功能。

不過這傢伙很聰明，電話接通後，立刻打暗語說道：「老劉啊，有事嗎？我這邊正準備開會呢。」

康建雄這樣說的意思，是要暗示劉海生，告訴他自己這邊有很多人。平時他這樣做，劉海生便會立刻掛斷電話，以免影響到康建雄開會。

然而，今天劉海生是存了心思來給康建雄打這個電話的，第一個目的，就是要給康建雄通風報信，第二個目的則是向康建雄請功，這個電話一打，康建雄就會知道柳擎宇給他打電話查過勤了，只要讓康建雄有所準備，他就算立了一件大功。

因而，此時劉海生的心思都用在思考康建雄接到自己的通知後，將會採取什麼動作，心情會有多麼高興，從而看出自己對他是多麼忠心這些事情上，所以對康建雄的暗示，他直接給無視了。

電話接通後，劉海生立即用十分焦慮的語氣說道：

「康局長，向您報告一件事啊，剛才縣委柳書記給我打電話了，他問我你有沒有在我們派出所考察，還說要讓您接電話，我說你和其他副局長們一起出去考察去了，沒有在局裡。您一定要小心一點啊，我感覺柳書記似乎對您心懷不滿啊，不管您在哪裡，您還是趕快給柳書記回個電話，以免他找您的麻煩！」

聽著劉海生的話，康建雄只能無奈地搖頭，心道：奶奶的，你個劉海生，老子那麼明白的暗示，你怎麼就聽不懂呢，難道我暗示的還不夠明顯嗎？你小子這不是在坑我嘛?!

然而他知道想要挽回已經不可能了，也只能苦笑道：「我知道了。」便掛斷了電話。

此時，眾人全都啞口無言了，柳擎宇使用這種釣魚的方式來套出真相，偏偏劉海生還上當了。

柳擎宇不禁譏諷地道：「看來劉局長的人脈很廣啊，連下面派出所的所長都知道幫你遮掩，你們之間很有默契啊！不知道劉局長現在是在哪個村視察啊？」

柳擎宇話中明顯有調侃的意味，然而，康建雄和其他常委都從柳擎宇的這番調侃中聞到了一股濃烈的殺氣。

縣政法委書記朱明強一看形勢有些不太對頭，立刻站出來為康建雄說話：

「柳書記，劉海生估計是想要拍康建雄同志的馬屁，不過這個馬屁拍得有些過了，我看這件事情你完全沒有必要在意，以後讓康建雄同志注意一下就可以了。」

「朱同志，你先不要急著下結論，我想再打兩個電話，看看咱們的康建雄局長到底在哪裡視察。」說完，柳擎宇又撥通了吳東鎮鎮委書記羅天磊的電話：

「羅同志，我是瑞源縣縣委書記柳擎宇，我想向你請教一個問題，我聽縣公安局的同志說，一個多小時前，縣公安局的康建雄同志去了你們吳東鎮視察，不知道這件事是真的還是假的？現在康同志到底在哪裡？」

羅天磊突然接到柳擎宇的電話，當時也是一愣。他沒有想到縣委書記給自己打電話竟是為了這麼一件微不足道的小事。

他和康建雄的關係也不錯，都是屬於魏宏林這條線上的人，彼此相互幫襯著，你好我好大家好，他聽柳擎宇的語氣就知道柳擎宇很有可能要查康建雄的勤，到了這時候，關係遠近就可以看出來了。

羅天磊立刻含笑說道：「柳書記，一個多小時之前，康建雄同志的確到我們吳東鎮前來視察了，現在在幾個副鎮長的陪同下前往下面的村子視察去了，您有什麼指示嗎？」

柳擎宇同樣問：「羅同志，你說的是真的嗎？沒有忽悠我吧？」

羅天磊連忙說道：「柳書記，您是縣委領導，我只是一個鎮委書記，我怎麼敢忽悠您呢，我保證絕對沒有騙您。」

柳擎宇點點頭：「好啊！羅同志，你真是一個有原則的人啊！我們瑞源縣如果每一個人都能像你這樣堅守原則，未來將不可想像啊！」

電話那頭，羅天磊聽柳擎宇說話的語氣似乎有些誇張，聽起來像是在表揚自己，但是怎麼含著一絲異樣的味道呢？

羅天磊感覺到有些不太對勁，立刻給康建雄打了個電話，康建雄接通後，便聽羅天磊在電話裡說道：「老康啊，剛才柳擎宇給我打電話了，看樣子是要查你的勤，你自己小心點，千萬別被柳擎宇給抓住小辮子啊！」

康建雄聽了，再次鬱悶了。

隨後，柳擎宇又當著眾人的面給吳東鎮相鄰的一個鄉鎮鎮長打了個電話，用同樣的藉口，得到對方相似的回答。而康建雄也在隨後得到對方的示好警告，告訴他要小心柳擎宇。

此刻，現場一片沉寂，柳擎宇不斷以自己的方式驗證了一連串的謊言。

在沉默中，柳擎宇目光看向康建雄，正色道：「康建雄同志，我最後再問你一次，你到底去哪裡視察了？」

康建雄知道，如果按照柳擎宇這種方式，不管自己說在哪裡視察，都會被揭穿，想到此處，他乾脆心一橫，說道：「柳書記，我當時是在瑞源縣縣城內進行微服私訪。」

這是一個十分模糊的回答，因為是微服私訪，所以不可能有其他人看到自己，柳擎宇就沒有辦法找任何人進行驗證；這樣一來，又可以解釋為什麼自己遲到了，讓柳擎宇無話可說。

然而，柳擎宇卻是冷冷的說道：「哦？微服私訪是嗎？看來康同志還是一個很有責任心的好同志啊？」

接著，柳擎宇再次撥通一個電話：

「小王啊，你那邊調查的怎麼樣了？」

電話那頭，傳來縣委辦一個工作人員的聲音：

「報告柳書記，我剛才到縣公安局監控中心調閱了門口的出入視頻，康局長從早晨上班後一直到十分鐘前才離開公安局，並沒有去任何地方視察。」

柳擎宇和小王通電話的時候也是開著免持鍵，所以兩人的對話一字不漏地呈現在眾人面前。

康建雄的臉色已經不是普通的難看。柳擎宇竟然玩這麼一手，這一招真是夠陰險的了。很明顯，這人不可能是臨時派出去的，很有可能是在自己出發的時候，對方就出發了，如此看來，柳擎宇今天是憋足了勁想要整自己啊！

他這個公安局局長雖然在瑞源縣威風凜凜，級別也不低，但是他畢竟不是政法委書記，不是縣委常委，所以，他還不敢直接和柳擎宇進行叫板，康建雄的腦門上開始狂冒汗了。

柳擎宇沒再說話，只是冷冷的看著康建雄，等待康建雄給出一個合理的解釋。

此時，魏宏林和朱明強臉色也有些難看。他們知道柳擎宇很難纏，卻沒想到柳擎宇如此難纏，竟然在會議開始前就悄然布局，這擺明了是要收拾康建雄的節奏啊。

他們自然不願意康建雄受到嚴重打擊，但現在的問題是，康建雄被柳擎宇實實在在的抓了個正著，而就在不久前，康建雄和朱明強聯手狠狠的打了柳擎宇的臉，逼得柳擎宇不得不親自去迎接他們。這事可就有些不好辦了。

縣委副書記孫旭陽也是眉頭緊鎖，他一直躲在幕後，不願意和柳擎宇直接交鋒，暗暗的觀察著，柳擎宇看似年輕，卻很有心機，接下來就要看他到底如何處理康建雄了。

在眾人的注視下，柳擎宇注視著康建雄，沉聲道：

「康同志，現在你要如何解釋你為什麼會遲到？還有，你能夠告訴我，為什麼高速公路路口會有員警攔截省電視台記者的事發生？他們的行動是不是你指示的？」

出乎眾人意料的是，柳擎宇突然轉換了焦點，把話題移到高速公路阻攔記者的事情上。這一下，縣政法委書記朱明強也頭大了。給員警下令阻攔記者是他給康建雄做出的指示，康建雄才會下達命令的。

聽柳擎宇換了話題，康建雄心中微微放鬆了些，連忙說道：「柳書記，真是不好意思啊，我不太明白你說的什麼阻攔省電視台記者的事到底是什麼事，我好像沒有下達過這樣的指示。」

柳擎宇道：「康同志，我最後問你一次，你到底是下達了，還是沒有下達？」

康建雄一聽柳擎宇又是這樣問，心中頓時有些發毛，但是四處看了看，沒有發現什麼可疑的地方，便咬著牙說道：「我沒有下達。」

柳擎宇點點頭，向站在外圍負責維持秩序的楊偉招了招手，把他喊了過來，面色嚴肅地問道：「剛才你說你們是否放行省電視台的記者需要向康局長請示，有沒有這事？」

楊偉連忙點頭說：「是的，我的確這樣說過。」這時候，他可不敢撒謊。

柳擎宇接著問：「那麼我再問你，你們是不是自己自作主張去阻攔記者的？你們知不知道，以莫須有的罪名阻攔記者，需要承擔什麼責任？」

柳擎宇眼中充滿殺氣的看著楊偉。

楊偉被柳擎宇這麼一看，心中就是一哆嗦，他可是知道的，魏宏林的小舅子就是因為資訊中心的事被柳擎宇抓住了把柄，直接給免掉了資訊中心主任的位置，自己沒有什麼靠山，只是一個小小的員警，如果真的被柳擎宇抓住把柄，自己的工作肯定保不住了。

不過他看到康建雄，如果自己供出康建雄的話，同樣也沒有好果子吃。楊偉心中躊躇起來。天人交戰著該如何回答？

柳擎宇看著楊偉，沒有催促他。

楊偉猶豫了一陣，最終還是決定不供出康建雄。

「柳書記，是我們正巧趕上了，所以要盤查一番。」

旁邊的宋曉軍吐嘈道：

「楊偉，你說的不對吧，我可是清楚的記得，你當時是說受了市公安局方面統一指揮採取的行動，現在你又說是你自己私自決定的，那麼，到底你說的哪個是真的呢？」

楊偉被抓到語病，一臉的尷尬。

魏宏林和朱明強誰也沒有說話，因為這個時候出面殊為不智，須先得觀察一下事態的發展，至少得摸清楚柳擎宇的底線之後再做決定。

現場的氣氛一下子凝滯起來，所有人的眼睛都落在楊偉的臉上。

宋曉軍突然說道：「柳書記，我看楊偉和這幾名員警同志涉嫌嚴重違紀，建議直接就地免職，交由縣紀委對他們進行更深層次的調查，不然很難給省電視台的朋友們一個交代。」

柳擎宇沒有急著回答，做出了思考的樣子。

就在這時候，柳擎宇的手機響了起來。

是曾鴻濤的電話，他連忙站直身體，接通了電話。

曾鴻濤帶著幾分威嚴的聲音說道：「小柳，經過省委班子集體研究後，決定同意你的提議，讓省電視台對你們的辦公會進行現場直播，我已經讓宣傳部跟省電視台打招呼了。那邊說已經派了轉播車過去，你那邊隨時可以開始，什麼時候開始，通知我一聲，我馬上號召省委班子觀看。」

柳擎宇一聽，頓時興奮不已，心中也充滿了感動。這讓柳擎宇看到了曾鴻濤對自己無比的信任，看到了曾鴻濤想要真正為老百姓辦事的決心和魄力，同時也感到肩上沉甸甸的擔子。辦公會現場直播，這絕對是具有劃時代意義的事，便對曾鴻濤說：

「曾書記，現在省電視台的記者和轉播車就在我的身邊，我們瑞源縣縣委常委們和相關工作人員也都在現場，我們馬上就進行現場直播，您可以號召省委領導們進行觀看了。」

曾鴻濤鼓勵的說道：「小柳，加油！」

掛斷電話，柳擎宇掃了一眼剛才豎起耳朵聽自己和曾鴻濤對話的眾人，說道：

「各位同志，我剛剛接到省委曾書記的指示，同意就我們瑞源縣現場辦公會進行全場直播。屆時，省委領導將會觀看電視直播。」

說道這裡，柳擎宇看向康建雄說道：「康局長，不知道你是否允許他們進入我們瑞源縣境內呢？」

聽柳擎宇這樣說，康建雄差點沒羞愧死！開玩笑，省委書記都同意了，我敢不同意？我難道還怕得罪的人不夠強大嗎？

康建雄連忙表態道：「沒問題沒問題，我沒有任何意見。」

柳擎宇又看向楊偉。

沒有等柳擎宇開口，楊偉連忙說：「我這邊也沒有問題。」

柳擎宇又看向魏宏林和其他常委們：「大家有沒有異議？」

魏宏林心中那叫一個鬱悶啊，心說柳擎宇你小子也太陰了，暗中做了這樣的工作也不知會我們一聲，這不是擺明了要坑人嗎？但是這時候，他只能吞下這口氣說道：「我同意。」

其他常委們也紛紛表示贊同。

柳擎宇便帶著眾位常委來到黃寶柱的豬圈旁，嚴天華便和電視台的同事們忙碌起來，不到十分鐘，該有的工作便準備完畢，於是對柳擎宇做了個手勢，道：

「柳書記，已經準備好了。」

柳擎宇點點頭，大聲宣布道：

「好，現在，瑞源縣的現場辦公會正式開始。今天主要有兩個議題，最重要的議題是研究如何解決瑞源河沿岸垃圾成堆、違章建築嚴重影響環境的問題。在這之前，我們需要先討論一下在前期進行這項工作時遇到的種種問題。」

接著，柳擎宇看向康建雄道：

「康建雄同志，現在你可以給我一個準確的答覆，為什麼你和城管局、衛生局、城建局等局長們距離辦公會地點同樣的距離，他們用十五分鐘就趕到了，你卻花了三十五分鐘嗎？還有，你為什麼要一而再再而三的撒謊，說什麼去下面鄉鎮視察呢？」

康建雄本來以為馬上要舉行辦公會了，柳擎宇會暫時放下他的事，自己就此逃過一劫，卻沒想到，柳擎宇第一個提到的就是他遲到的事，這讓他的面色一下子慘白無比，雙腿顫抖起來，腦門上豆大的汗珠劈里啪啦的往下掉。

魏宏林和孫旭陽也有些傻眼，他們和康建雄是一樣的想法，都以為康建雄的事已經過去了，哪曉得柳擎宇的猶豫竟然是虛晃一槍。

現在省委領導們都在觀看著電視直播，很多人都緊張起來。

當柳擎宇這邊開始直播的時候，省電視台新聞頻道正在播放廣告，原本廣告之後是一個電視劇，信號卻突然切換到現場辦公會的現場。

同時，新聞頻道的新聞主持人也出現在電視螢幕前，用嚴肅的語氣說道：

「各位觀眾，下面本台即將為您現場播出瑞源縣縣委辦公大會，讓我們跟著攝影機一起去看一看，瑞源縣的縣委領導們是怎麼樣處理政務的？同時，省委領導也指示，歡迎所有的觀眾在看電視直播的過程中和結束後，向省委省政府提出各種建議和意見，省委省政府會以一種開放、包容、嚴謹的態度來面對民眾的監督，盡一切努力為廣大的民眾辦事、辦好事。」

螢幕上的畫面也立時切換到瑞源縣。

省電視台要對一個縣級領導班子的會議進行現場直播，這可是從來沒有過的事啊，大家奔相走告，帶著巨大的好奇和疑問，將畫面定格在白雲省電視台的新聞頻道上。

此刻對此事最為關心的莫過於瑞源縣的老百姓了，一得知縣裡的辦公會竟然要通過電視直播，全都充滿了激動，大家都想知道，瑞源縣的領導們準備如何解決現有存在的種種問題。

電視直播現場。氣氛顯得異常緊張。

面對柳擎宇的提問，康建雄頭大如斗，心中又恨又怒，卻又無可奈何。

他不想回答這個問題，所以保持沉默。

他想，柳擎宇肯定會轉問其他的問題，這樣，自己的困境就可以得到緩解。因為柳擎宇不可能不顧及電視直播的效果，而讓畫面一直空轉的。

然而，讓康建雄意想不到的事發生了。

柳擎宇並沒有換別的問題，仍是默默的看著他，等待他的答覆。

十秒……三十秒……一分鐘……兩分鐘……

柳擎宇就那樣的等著。

原本還想繼續堅持下去的康建雄終於受不了這種巨大的壓力，他知道如果自己再不說的話，處境就真的危險了，省委領導的時間可是寶貴的。

迫於無奈，康建雄只能咬著牙說：「我的確是撒謊了，我之所以那樣做，是因為我當時的身體不太舒服，所以休息了一下，才來得遲了。」

柳擎宇冷冷的看著康建雄道：

「康建雄同志，我對你真的非常失望，都這個時候了，你還在跟我撒謊！據我所知，你根本不是身體不舒服，而是你當時正在健身室打乒乓球，我說得沒錯吧？

「上班時間打乒乓球這本就是一個錯誤，為了打球，卻無視領導的指示，不顧工作上的事，對省電視台記者被公安局人員以莫須有的罪名進行阻攔漠不關心，處處推諉，又對縣委縣政府發布的有關遲到的文件置若罔聞，康建雄同志，你這個公安局局長當得可真是輕鬆、真是爽快啊！」

接著，柳擎宇加大火力，聲音猛的提高了幾度：

「康建雄同志，我想問問你，瑞源縣的治安情形，你認為怎麼樣？」

「我感覺挺好的，我們公安局是下了很大力氣在整頓社會治安的！」康建雄辯稱。

柳擎宇冷冷一笑：「挺好的？這應該只是你的感覺吧？我剛剛上網查了一下瑞源縣的治安情形統計資料，發現瑞源縣的案發比率明顯比其他縣要高出三倍以上，但大案破案率不到百分之十，中小型案件破案率不到百分之三！

「康同志，這就是你所謂的大力整頓社會治安？」

聽到這裡，康建雄感覺到自己的後脊背冒起了冷汗。這些統計資料他是十分注意保密的啊，柳擎宇是怎麼得到這些資料的？

他向上級的彙報資料中，寫得可是花里胡哨，非常好看，實際的數字他只給朱明強和魏宏林兩個人發過郵件，以及和一些比較好的朋友在聊天室裡談過此事。

柳擎宇看著臉色蒼白的康建雄，冷哼一聲道：

「康建雄同志，你是不是很好奇我這些資料是從哪裡來的啊？我可以直接告訴你，這些都是從互聯網上找到的！

「你知道我為什麼會從互聯網上找到這些嗎？都是因為你！你身為瑞源縣公安局局長，竟然一點安全防範意識都沒有，帶頭在網上發送各種工作郵件，在社群聊天室裡大談一些機密，已經造成了嚴重的資訊外洩。

「康建雄同志，據我所知，按照規定，工作上的交流郵件和資訊都應該通過內部網路來進行，但是你為了貪圖方便，貪圖省事，竟然把本應該只限內部網路的電腦也連接到了對外的互聯網上，康建雄同志，難道這就是你一個縣公安局局長的政治覺悟嗎？」

康建雄心中抽搐了一下，柳擎宇竟然連這種事都知道。

康建雄不知道的是，此刻魏宏林心中也是狠狠的抽搐了一下，他知道柳擎宇這番話實際隱含著敲打自己的意思，因為這些事和他的小舅子也有著不可分割的關係，畢竟當時他可是資訊中心主任。

魏宏林真是想不明白，柳擎宇到底是怎麼查到這些訊息的，要知道，整個瑞源縣根本就沒有幾個懂得這些技術，柳擎宇難道從外面找了一些技術專家來？但是柳擎宇這樣做的話，他不可能沒聽到消息啊？

一時間，魏宏林腦海中思緒萬千。

就在這時候，柳擎宇終於發動了總攻。

柳擎宇掃了一眼眾位常委們說道：

「各位同志，我認為康建雄同志目前的狀態以及基本素質已經不適合擔任瑞源縣公安局局長這個職位了，我想應該對其就地免職，換一個能力強、官德好的官員來擔任公安局局長這個職位。」

柳擎宇說完，現場常委們全都沉默了下來。

朱明強充滿憤怒的看著柳擎宇，卻又不敢直接帶頭反對。畢竟現在可是當著全省領導的面進行直播啊，誰敢輕舉妄動啊。萬一哪句話說得不對，讓領導不滿了，那以後的仕途就全毀了。

這時候，孫旭陽卻出人意料的說話了：

「柳書記，從目前康建雄同志的表現來看，他在某些方面的確做得不夠到位，但是我認為，康建雄同志在任期間，還是做出了很多的政績，比如說之前的幾件大案，都是在康同志的主持下破案的。

「至於內外網混用的事，在瑞源縣不只是他這樣，而是大多數人都是如此，這只能說明大家的安全意識淡薄，以後需要加強這方面的教育，而不能一竿子掃到一船人，是吧？

「我認為，對康建雄同志的處理上，還是應該以批評教育為主，給他一個改過自新的機會，我相信有了這次的教訓，他以後一定能夠做好各方面的工作的。」

孫旭陽頓了一下，又補充道：

「柳書記，即便是按照之前發布的遲到相關文件，康建雄遲到，也只是一個嚴重警告處分就可以了，就地免職未免太過了。」

不得不說，孫旭陽這次出擊的角度、時機掌握得恰到好處，最重要的是，他說得有理有據，不急不躁，讓柳擎宇挑不出任何的毛病。

此刻，觀看電視直播的省委領導中，有人對孫旭陽的表現頻頻點頭，覺得他能夠在所有常委們都不敢說話的關鍵時刻挺身而出，而且直指柳擎宇話中的弱點，說明這個官員的頭腦十分清楚，也很有魄力，而且他的年紀也不算太大，可以栽培。

孫旭陽說完，朱明強不得不立刻跟進，道：

「我贊同孫副書記的意見，我們在處理事情的時候，不能牽連太廣，必須要實事求是，按照規章制度辦事。」

隨後，魏宏林等一些常委們紛紛表態支持孫旭陽。

柳擎宇看到這種情況，只是淡淡一笑，道：

「好，既然大部分同志都認可孫旭陽同志的意見，那就按照孫同志的意見來處理，不過在這裡，我認為有必要給康建雄同志提出一個要求，那就是希望康建雄同志能夠堅守官德、官風，切切實實的做好公安方面的工作，尤其是社會治安的問題，給康建雄同志三個月的時間，如果之後康同志還是無法把瑞源縣的治安問題搞好，那麼到時候我可要直接提議就地免職了！」

柳擎宇說完，現場再次陷入一片沉寂之中。

大家都在心中思考柳擎宇這個提議的最終目的。

思慮再三，孫旭陽和魏宏林都點頭表示同意。畢竟柳擎宇已經後退一步了，他們也不敢逼得太緊，否則柳擎宇說要動用縣委書記的最終拍板權，他們還真沒有辦法。

康建雄的事情告一段落，康建雄腳步顫抖的離開了直播現場，他的全身衣服都被汗水給濕透了。

此時此刻，在場的人和看電視直播的官員們看到康建雄的下場後，都意識到柳擎宇這個縣委書記很是有兩把刷子啊。

正當大家以為柳擎宇搞定康建雄之後，應該告一段落了，然而，沒想到，柳擎宇竟然**再出狠招！**

柳擎宇對嚴天華道：「嚴記者，下面請攝影記者拍一拍瑞源縣沿岸的違章建築和垃圾成堆的情況，讓全省人民看一看，這種環境，瑞源縣到底應不應該治理？這些違章建築到底應不應該拆除！」

嚴天華微微一怔。現在可是在電視直播當中，柳擎宇確定要讓那些不堪入目的髒亂違建曝光在大眾面前嗎？這對瑞源縣的領導來說並不是好事。

不過，他微微發愣後，心中便充滿了欽佩和興奮，這說明柳擎宇對他們記者的工作是十分支持的。身為新聞記者，他是個十分有正義感的人，他十分樂意將那些陰暗面的事曝光出來，好通過輿論監督引起大家的注意，為老百姓確實解決一些困難。

現在有了柳擎宇的支持，他更是如虎添翼了。

在嚴天華的帶領下，整個記者團隊以超高的工作效率、超級給力的拍攝角度，對黃寶柱家建在瑞源河邊上的豬圈進行了全方位的拍攝。

此時，黃寶柱和之前他所帶的那些養豬場的工人、混混們，都躲進了養豬場內，不敢再拋頭露面了。他現在是真的害怕了。

隨著記者的旁白，以及真實呈現出來的現場畫面，坐在電視機前的各位省委領導怒了，南華市的市委領導們也怒了！

曾鴻濤狠狠的一拍桌子道：「這瑞源縣到底是怎麼回事？為什麼會容忍如此嚴重、惡劣的破壞環境的違章建築存在？」

他立即撥通了南華市市委書記戴佳明的電話，大聲質詢道：

「戴佳明，你們南華市到底是怎麼回事？瑞源縣那麼嚴重的問題，為什麼你們到現在還沒有解決？如果不是柳擎宇要求曝光的話，是不是你們還要讓老百姓繼續忍受那沖天的臭氣，繼續讓那些豬糞、豬尿和污水隨意往瑞源河裡面排放？

「我告訴你，戴佳明，今年的環境優秀城市評比，你們南華市直接從入選名額中刪掉了！」說完，曾鴻濤氣得直接掛掉了電話。

直到現在，曾鴻濤才明白柳擎宇為什麼堅決要曝光瑞源縣的問題，以曾鴻濤的智商，用腳趾頭想也知道柳擎宇在整頓的過程中肯定是遇到了天大的阻力，讓他難以推進。他的確需要**借勢**一下了。

第九章

民心民意

柳擎宇聽到老百姓的呼喚聲，激動的看著四周的縣委常委們說道：「身為縣委領導，如果我們不能順應民心和民意，那麼我們這些官員合格嗎？我決定，從現在起，就以黃寶柱所有的違章建築為起點，立刻拆除！」

另一邊，南華市市委書記戴佳明被曾鴻濤這一頓痛罵，心裡也委屈得很！他也正在看著電視直播呢，看了他也很不爽，因為瑞源縣就是市長黃立海的自留地啊，自己在那邊的力量十分有限，根本無法抗衡黃立海留下來的龐大勢力，所以基本上瑞源縣只聽黃立海一個人的招呼。

以往戴佳明本著維護班子團結的想法，所以並沒有打算和黃立海因為瑞源縣的事撕破臉，但是現在，此一時彼一時，他已經被曾鴻濤給痛罵一頓，想法就不同了。

就在這個時候，讓戴佳明更加吐血的一幕出現了。

只見攝影機鏡頭圍著養豬場拍了一圈之後，鏡頭突然伸向遠方，隨著鏡頭的逐漸伸展，人們可以依稀的看到，在距離養豬場不遠處和漸漸遠去的方向，一座座違章建築鱗次櫛比，不勝枚舉，而且到處垃圾成堆，污水橫流。

隨即，嚴天華出現在鏡頭前，手中拿著麥克風，聲音沉痛的說道：

「各位觀眾，根據我們所掌握的資料顯示，在瑞源河沿岸，像這樣大大小小的養豬場、養雞場、破壞環境的小工廠共計有一百多家，違章建築三百多處，垃圾堆五百多座，就是這些違章建築和污水，嚴重破壞了瑞源河沿岸的環境。

「以前河水清澈、魚蝦豐富的河水，到了這一段，變成了一條臭氣熏天的臭水溝，站在遠處都可以聞到河水所散發出來的刺鼻臭味。

「各位領導，為了我們的子孫著想，瑞源河沿岸的環境真的應該好好的治理一下了！」

這段畫面結束後，戴佳明徹底怒了！

他撥通市長黃立海的電話，惱怒地說：

「黃市長，不知道你有沒有看白雲省新聞頻道的現場直播，如果你沒有看的話，我建議你立刻打開電視，並且將錄影重播好好地看一看，等你看完，我需要你就瑞源縣的問題給我一個答覆，為什麼瑞源縣的環境會糟成這個樣子！」

說完，戴佳明憤怒地喀嚓一下掛斷了電話。

其實黃立海也正在看電視直播呢，而且他的怒火比起戴佳明來只大不小，他快把柳擎宇給詛咒死了：

「柳擎宇，你小子太不是東西了，竟然敢自曝家醜，你簡直一點當官的基本素質都沒有，哪裡有縣委領導讓電視台曝光自己縣裡的問題的啊！看來有時間得好好的敲打敲打你了！」

然而，事情發展到現在，還沒有達到整個事件的高潮。

當拍攝完黃寶柱的養豬場後，鏡頭對準了柳擎宇和瑞源縣的這些縣委領導們。

柳擎宇把縣城管局局長胡立江、縣建設局局長錢雲濤、縣環保局局長高國強、縣衛生局局長方海峰等人給喊了過來，直接當著所有縣委領導的面問道：

「胡立江、錢雲濤、高國強、方海峰四位同志，我現在想問你們一個問題，瑞源河變成這個樣子有多長時間了？」

四個人的腦門全都冒汗了。尤其是環保局局長高國強，簡直是大汗淋漓。

四個人誰也不敢說話，全都沉默不語。

柳擎宇冷冷的看了四人一眼，問道：

「怎麼你們全都不說話？是你們不知道這個問題嗎？」

四個人連忙搖頭，還是不說話。

柳擎宇道：「好，既然你們知道這個問題，為什麼不採取任何整頓措施？你們不說，我替你們說！瑞源河沿岸出現這種情況，最少已經有七八年的時間了，在這七八年裡，你們相關部門也的的確確對這沿岸的環境提出過很多整頓意見，但是最終這些措施全都無疾而終！那麼我想問問，你們認為你們這個領導當得稱職嗎？」

四人繼續保持著沉默，他們知道，從此刻開始，恐怕自己的仕途之路到此為止，以後要想晉升基本上沒戲了。他們心裡恨透了柳擎宇！

柳擎宇冷冷的掃了四人一眼道：

「既然你們不說，那我最後再問你們一個問題，如果這個問題你們再沒有人給出一個合理解釋的話，那麼就直接就地免職吧！」

聽柳擎宇這樣說，四個人都是心頭一顫，連忙抬起頭來看向柳擎宇，想抓住最後這個機會。

「我想問問你們，為什麼對這些違章建築你們不敢拆？不敢管？」柳擎宇炮火十分猛烈。

柳擎宇這個問題一問出來，電視機前很多觀看直播的瑞源縣的幹部們都嚇得臉色大變。

在南華市，黃立海也感覺到情況似乎不妙，柳擎宇這小子根本就是準備要坑人了。在直播現場，魏宏林、孫旭陽等一干縣委常委們，也露出驚慌之色，紛紛用帶有警告意味的目光瞪向這四個人。

氣氛顯得異常緊張。

不過此刻，最為緊張的自然要屬胡立江、錢雲濤、高國強、方海峰四個人了。他們已經感受到自己背後靠山的強烈目光暗示，生怕吐露實情的話，結果會比就地免職更加嚴重。

胡立江略微沉思了一會兒，說道：

「柳書記，這些違章建築由來已久，而且其中內情錯綜複雜，甚至有的人是擁有正式產權的，我們根本無法強行拆除，而且國家一直在強調文明執法，不能肆意強拆老百姓的房子，新聞媒體對此報導的力度也相當大，所以我們一直都是以宣傳教育為主，沒有採取任何強制性措施。」

胡立江的理由很有水準，其他三人一聽，立刻附和道：「是啊，柳書記，我們必須要響應國家政策，要文明執法啊。」

柳擎宇點點頭：「如果你們真的能夠做到文明執法的話，那倒是我們瑞源縣老百姓的幸事了。」接著話鋒一轉，問道：「四位同志，現在，你們認為這些違章建築到底該不該拆除？」

柳擎宇這一次根據胡立江的回答，換了一種思維方式和問話方式。

胡立江一聽，頓時陷入苦思，柳擎宇這完全是以子之矛攻子之盾了。

怎麼辦？猶豫再三，胡立江硬著頭皮說道：「我認為，這事我們還是得聽領導的，領導說要拆，那我們就拆，領導說不拆，我們就不拆。」

這是一個絕對不會錯誤的答案，因為做出決策的是領導，他們只是執行者，這樣即便有錯，也是領導的錯。

柳擎宇冷冷說道：「這就是你們四個人最終的回答嗎？」

四個人都使勁的點點頭。

柳擎宇目光看向魏宏林道：

「魏同志，你看這四個人是否還有讓他們繼續待在這個位置的必要？一個連最終決策都不敢做，就知道把所有責任都推給領導、自己一點判斷能力都沒有的人，他們能夠做好那麼重要位置的領導嗎？」

魏宏林被柳擎宇這麼一問，也有些頭疼了，如果沒有電視直播，只是內部會議的話，他可以想出很多理由去堵塞柳擎宇的言路，但是問題在於，現在是電視直播啊，他可不想給省委領導們留下一個刁鑽、不講理的形象。

為了展現自己的才華，魏宏林眼珠一轉說道：

「柳書記，我看這樣吧，現在的情況非常明顯，這些違章建築的存在肯定是不合理的，嚴重影響到環境衛生甚至是疾病的叢生，不如讓他們戴罪立功，組成聯合小組，負責對瑞源河沿岸的違章建築進行拆除。他們一直待在相關的位置上，對於領域內的問題畢竟比較熟悉。」

柳擎宇露出了猶豫之色。

與此同時，宋曉軍衝著人群中一個人使了個眼色，那個人立刻悄悄的走到嚴天華面前，給了他一個隨身碟，然後在嚴天華的耳邊耳語了幾句。

嚴天華接到隨身碟後，在轉播車內看了看，感覺沒有問題，稍微編輯了一下，立刻通過轉播車對視頻進行了現場直播。

螢幕上再次出現嚴天華的鏡頭，他直接對柳擎宇說道：

「柳書記，我們剛剛接到一名群眾送來的自拍的調查視頻，我們可以一起來看一下。同時，這個視頻也將會同步現場直播。」

在嚴天華說話的時候，其實視頻畫面已經透過轉播車傳送到了電視台那邊，在電視裡播放了出來。

柳擎宇點點頭道：「好，一起看看。」

隨即，轉播車外面的一個掛壁電視便開始播放起隨身碟裡的內容。

在畫面裡，拍攝者在大街上隨機對十幾名不同職業的老百姓進行了提問，提問的問題只有一個，那就是為什麼瑞源河兩岸那些違章建築到現在為止一直拆除不了。

讓所有人都十分震驚的是，老百姓們的回答雖然眾說紛紜，但是矛頭卻幾乎一致的指向黃寶柱是黃立海侄子這一層關係，以及很多違章建築的幕後老闆都是縣裡領導們的親戚朋友這一事實。

「這還用問啊，誰不知道瑞源河邊上違章建築有五分之一的產業都是屬於黃寶柱的啊，黃寶柱是誰，那可是人家黃市長的侄子，瑞源縣誰敢查他！」

「就是啊，黃市長在瑞源縣一手遮天，黃寶柱也是霸道一方，那些舉報他違章建設的人，有的腿被打斷了，有的直接被關進了精神病院，誰還敢舉報？」

「哼，瑞源縣領導總是說這些違章建築是我們老百姓的，實際上，就是傻子都清楚，我們老百姓誰有那個膽子啊，那可是瑞源河啊！我們還沒建好呢，城管隊的人就來了，只有那些縣領導親戚們違建的地方，他們才不敢去管……」

當魏宏林等一干常委們看完這個視頻，全都傻眼了。

此刻大家只有一個想法：**這個視頻到底是誰拍的？**這不是**目標直接指向黃立海和瑞源縣的各位縣領導**嗎？這膽子也太大了吧？這傢伙還想不想混了？以後一定得把這傢伙給揪出來，好好收拾一番。

簡短的視頻播放完了，這時候，嚴天華手中拿著麥克風走向圍觀的群眾們，隨便找了一位民眾問道：「這位老鄉，你認為瑞源河沿岸的環境為什麼這麼差？為什麼河岸的這些違章建築一直拆除不了？」

這個老鄉毫不猶豫的說道：

「這還用問嘛？我們瑞源縣老百姓誰不知道瑞源河的環境都是這些違章建築裡的豬圈、雞圈和小工廠們污染的，至於為什麼不敢拆，這不是更簡單了嗎？哪個當官的會自斷財路啊！只要有違章建築存在，他們就可以每年收錢。我聽說一個城管局的副局長就靠著檢查這些違章建築，每年可輕鬆收入近十萬，你說，誰還會傻傻的去拆除這些違章建築？他們啥時候管過我們老百姓的死活，他們早就在南華市或者外地買房子置產了，在這邊工作只是為了賺錢而已！」

嚴天華又採訪了幾位民眾，無一例外的，這些民眾要麼把矛頭對準了黃寶柱和他的背景，要麼就是對準瑞源縣的官商勾結，老百姓們的怨氣極重。

當嚴天華問民眾希望不希望這些違章建築被拆除的時候，讓嚴天華和現場的縣委領導們意想不到的一幕發生了，只聽到這些老百姓大聲喊道：

「柳書記，把這些違章建築拆了吧，都拆了，求求你了！」

一些年紀大的更是老淚縱橫的說道：「柳書記，求求你，儘快把這些都給拆了，我好懷念十幾年前那清澈見底魚蝦滿塘的瑞源河啊！」

現場呼喚拆除的聲浪越來越大，聲音從一開始的參差不齊到後來的異口同聲，所有人都高呼著拆除。

此時，攝影機的鏡頭再次對準了柳擎宇。

柳擎宇聽到老百姓的呼喚聲，激動的看著四周的縣委常委們說道：

「各位同志，大家都聽到了吧？**這就是老百姓的心聲啊，這就是民意啊**！身為縣委領導，**如果我們不能順應民心和民意，那麼我們這些官員合格嗎**？我決定，從現在起，就以黃寶柱所有的違章建築為起點，一一進行拆除，如果黃寶柱的背後有什麼人要追究責任，由我柳擎宇一力承當！現在我下令，立刻拆除！」

說到這裡，柳擎宇看向胡立江幾個，質問道：「你們這次不會再裝病住院了吧？」

幾人連忙使勁的搖頭。

柳擎宇滿意地點點頭：「好，那你們去調集拆遷設備，我和各位常委們就在現場等著，看著，我們要直接拆除這些違章建築，清理瑞源河兩岸所有的垃圾，還給瑞源縣老百姓一個乾淨的瑞源河！」

柳擎宇說完，現場的群眾立刻爆出一陣陣熱烈的掌聲，經久不息，很多人眼眶都濕潤了！等了這麼多年，終於等來一個真心實意為老百姓辦事、解決問題的縣委書記，不容易啊！

魏宏林和孫旭陽此刻似乎也被柳擎宇的鬥志給點燃了，尤其是孫旭陽，使勁的大聲對胡立江等人吼道：

「還不趕快聯繫拆遷設備儘快過來，你們都給我記住，不論任何時候，都要以人民的利益為重，都要從人民的利益出發，為老百姓做實事、做好事！如果以後再次發生類似的問題，我直接在常委會上提議對你們就地免職！」

表演！絕對精彩的表演！

孫旭陽的表演不僅贏得了現場老百姓再次熱烈的掌聲，也贏得了坐在電視機前一些領導的稱讚和點頭。

姑且不論孫旭陽這番表演到底是出於真心還是假意，至少他的表演贏得了老百姓的擁護，而且對於**時機的把握**、**時局的判斷**全都恰到好處，一看就知道此人是個極有眼光之人。

過了不到十五分鐘的時間，戴罪立功的四個局長便折騰來了三輛拆遷機和幾十名工作人員以及幾輛大貨車，先是由工作人員把養豬場裡面的豬隻和黃寶柱的私人財產搬上大貨車，隨後柳擎宇一聲令下，拆遷機立刻進場拆遷。

隨著拆遷機轟隆隆的拆除聲，老百姓們掌聲一片，手機不停的拍攝著進行留念！十幾年了，困擾老百姓十幾年的問題終於得到解決，老百姓們心裡那叫一個高興！

拆遷直播進行了差不多有十多分鐘便結束了，攝影記者分成兩路，一路在拍攝拆遷的畫面，另外一路則拍攝老百姓們的反應，同時還有一名記者負責進行電話抽樣調查，讓人欣慰的是，電視機前和電話另一端的老百姓聽說瑞源河沿岸的違章建築要被拆除之後，都十分高興，對縣委縣政府的表現很滿意，並且表示大力支持。

而老百姓對新任縣委書記柳擎宇的滿意度更是高得驚人，幾乎所有老百姓在接受記者採訪的時候，都給予柳擎宇極高的評價，認為柳擎宇是一個真心為民辦事的好書記。

更有一個很有才的大叔用自編的順口溜表達自己的心意：

「別人強拆百姓怒，拼著老命要抵觸，擎宇書記要強拆，百姓支持是全部！」

當編出這個順口溜的大叔念完之後，電視直播正式結束。

這時候，省委書記曾鴻濤接受記者採訪的即時畫面出現在電視機前，曾鴻濤是一邊看著電視直播，一邊接受記者訪問的。

記者問曾鴻濤對這次現場直播有什麼感想和評價。

曾鴻濤表示：「這次直播是一次偉大的、有益的創舉，是由柳擎宇同志提出來的，從現在直播的效果來看，我非常認可，透過這次直播，我們所有的幹部應該深刻的意識到一個問題，那就是老百姓評價一個官員的好壞，並不是看你做出了多少政績，而是看你到底為老百姓做了多少事。

「剛才那個順口溜說得非常好，簡單易懂卻蘊含深刻的道理，為什麼同樣是拆遷，有些人的拆遷卻受到了老百姓拚命的抵觸呢？因為他們強拆的目的是為了自己的利益，是在損害老百姓的利益，但是柳擎宇強拆的目的，卻是為了**打破某些利益相關者、甚至是官商勾結之人的利益關係鏈條**，是為了還給瑞源縣老百姓們一個清澈、環保的瑞源縣，是為了還給瑞源縣老百姓們一個乾淨、整潔、衛生的環境。」

最後，曾鴻濤感慨的說道：「希望我們白雲省多一些像柳擎宇這樣的好同志，希望我們各個地方加強對環境的保護，不要因為片面的追求發展或者個人的政績和私利，就無視環保問題，如果真是那樣的話，那就是對我們子孫後代的犯罪！」

採訪到此結束。也算是為整個現場直播畫上了一個圓滿的句號。

然而，因為這次現場直播所帶來的強烈地震卻並沒有結束。

首先受到批評的是南華市的市委書記戴佳明，第二個便是在電視直播過程中，被老百姓們直接點名的南華市市長黃立海。

對黃立海直接點名批評的是他的靠山李萬軍。

身為省委常委，李萬軍對自己的官聲還是很珍惜的，雖然黃立海是自己人，但是當黃立海被老百姓直接點名的時候，李萬軍再也忍不住心中的怒氣，直接撥通黃立海的電話，怒吼道：

「黃立海，你給我說說，那個瑞源縣的黃寶柱到底是怎麼回事？為什麼那麼多的老百姓在電視裡直接點你的名？身為一名市長，你就是這樣自私自利嗎？你就是這樣約束你的親屬的嗎？」

此刻，黃立海也正鬱悶著呢，他萬萬沒有想到，瑞源縣這個自己下屬直管的小縣城在電視直播的時候，竟然有老百姓敢直點自己的名字，這簡直是無法無天啊！

他正琢磨著怎樣在瑞源縣再次狠狠的立威呢，卻沒想到先引來了李萬軍的嚴肅批評。他也只能硬著頭皮接受，因為他是一個有野心的人，要想上位市委書記這個位置，必須得有李萬軍這個省委常委幫襯著才行，否則他的仕途之路到了市長這個位置便是終點了。

等李萬軍罵完之後，黃立海苦笑道：

「李書記，我沒有想到瑞源縣竟會出現電視直播這種事，如此看來，柳擎宇這個年輕人的膽子可真是不小啊。」

黃立海知道辯解無用，乾脆來個乾坤大挪移，把矛頭指向了柳擎宇。

黃立海的戰術果然奏效，李萬軍雖然明白黃立海的把戲，卻也不得不承認這傢伙對人心把握的非常好。他冷哼一聲道：

「不要把事情總是往別人的身上推，你自己也要好好的反省一下，違章建築那些能有幾個錢？和你的官聲相比，到底哪個更重要？難道這你還掂量不清楚嗎？這件事情你立刻給我處理好，儘快挽回自己的名聲！」

聽到李萬軍的指示，黃立海連忙說道：

「好的，李書記，您放心，我馬上解決這件事，說實在的，這次事情我真的是太冤枉了，瑞源縣那個黃寶柱是我最不待見的一個侄子，那小子從小就不學好，就知道鬼混，我也從來沒有管過他，只是瑞源縣的一些幹部們看在我的面子上對他有些放縱，我會好好的和他談一談的。」

李萬軍點點頭，他相信黃立海這麼一個有上進心的幹部，不可能為了那麼一點蠅頭小利就無視自己的官聲，這次事件的主要問題肯定出在他那個侄子身上。

聽黃立海說完，他基本上已經明白了七八分，沉吟了一下說道：

「瑞源縣在這次直播中雖然獲得了曾鴻濤同志的肯定，但是他們這種做法卻有些激進，而且對瑞源縣，乃至於對整個南華市的穩定並沒有什麼好處，真正獲益的還是柳擎宇，他一舉贏得了民心和上級領導的關注。對柳擎宇這種無視組織紀律，為了個人私利和政治前途、沒有大局觀的幹部，你們南華市必須要加強約束，絕不能讓他肆意妄為，影響了南華市的團結大局。如果誰都像柳擎宇那樣做，我們社會還怎麼和諧穩定？」

黃立海連忙道：「李書記您放心，我會在政府工作會議上，對瑞源縣，尤其是柳擎宇提出嚴重批評的；同時，我也會在常委會上提出這個意見。」

李萬軍滿意的點點頭，掛斷了電話。

就在黃立海被李萬軍狠狠訓斥的時候，在瑞源縣，黃立海的侄子黃寶柱也正在電話中和縣長魏宏林發火。

黃寶柱滿是憤怒的吼道：「魏縣長，你們縣委縣政府到底是怎麼回事？為什麼要強拆我的豬圈，這給我造成了重大的經濟損失，同時，這也是對我叔叔黃市長面子的巨大折損，這簡直是一點面子都不給我叔叔啊！」

魏宏林身為黃立海的嫡系人馬，對黃寶柱已經膩味到了極點，心中暗罵道：

「奶奶的，要不是你這個王八羔子，我們瑞源縣會有今天這個局面嗎？柳擎宇能找到那麼好的拉攏民心的機會嗎？瑞源河河水會髒成那個樣子嗎？現在居然把責任推到我頭上了，你以為你是誰啊！」

不過雖然魏宏林心中這樣想，嘴裡卻說道：「黃寶柱同志，不要著急嘛，你也知道，這事是由柳擎宇一手主導的，我只是二把手，我也沒有什麼辦法啊。」

黃寶柱自然知道不能把魏宏林逼急了，畢竟人家可是堂堂的縣長，如果對方要是真不賣自己面子，自己還真一點辦法都沒有，所以他說道：

「魏縣長，我也知道這件事和您沒有關係，不過您也知道，這次強拆我的損失非常大，你看縣裡是不是應該給我們老百姓一些拆遷補償呢？萬一我們這些被強拆的老百姓投訴無門，損失慘重，我們唯有把希望寄託到上訪的身上了，到時候對咱們縣裡來說也是一個不穩定因素不是？」

魏宏林聽到黃寶柱這樣說，心中頓時明白了對方的想法。看來黃寶柱已經意識到拆遷很難阻止，把主意打到賠償問題上了。

他猶豫了一下，感覺黃寶柱說得也有些道理，如果這些違章建築硬是強拆的話，那些擁有者肯定會極度不滿，不排除最終採用上訪這種極端方式來把事情鬧大，到時候最麻煩的還是自己這個當縣長的。

所以，魏宏林沉聲道：「你打算以怎樣的方式獲得賠償？」

黃寶柱心裡把算盤撥了撥，道：「魏縣長，我們蓋養豬場的時候，用的可都是商品房（**編注：有產權可自由買賣的房屋**）的建築標準啊，現在瑞源河沿岸的房價差不多是每平方米三千五百塊左右，我們也不敢獅子大開口，只要縣裡每平方米補償給我們三千塊錢我們就滿意了。」

魏宏林一聽，氣得鼻子差點都歪了，心說這縣城裡地段最好的地方也不過才三千五百塊，平均地價也就是兩千五百塊，這黃寶柱倒是挺不客氣的，一個破養豬場居然要價每平方米三千，這簡直就是獅子大開口！

如果是平時，魏宏林也許會容忍黃寶柱，但是現在不同往日，瑞源縣剛剛進行過電視直播，柳擎宇士氣高漲，而且上級領導不知道有多少雙眼睛盯著呢，如果這時候答應了黃寶柱的要求，那麼其他被拆遷的人也全都要求按照這個標準來找自己要補償，自己

怎麼收場？

魏宏林心中的ＯＳ翻湧不斷，突然生出一計，立即笑道：

「好的，黃寶柱，我會立刻把你的要求向縣委柳書記進行彙報，如果他批准的話，我立刻給你兌現。」

黃寶柱聽魏宏林要向柳擎宇報告，頓時急了，忙改口道：

「魏縣長，這麼點事情您完全沒有必要向柳擎宇彙報嘛，您直接就可以做主了，而且您是縣長，主抓財政，補償多少還不是您一句話的事！我的想法是補償我們每平方米三千元，我只拿兩千，另外一千……」

黃寶柱話說得夠明顯了，大家都是聰明人，一聽就懂。

魏宏林卻是冷笑一聲，心中暗道：黃寶柱啊黃寶柱，你還真是要錢不要命啊，你以為我們當官的都愛錢嗎？如果你真的這樣想的話，那就大錯特錯了，錢雖然有誘惑力，但為了錢丟掉自己的仕途，是丟了西瓜撿芝麻，得不償失。對我們而言，錢固然是不可少，不過，與仕途前程比起來，那就是小菜一碟了。

這些話魏宏林自然不會向黃寶柱說，淡淡的道：「黃寶柱啊，你是不太清楚我們的內部決策機制，現在這件事是柳書記主抓，凡事都要有柳書記的簽字批示才能執行，所以，我必須要向柳書記請示，你等我的消息吧！」

說完，魏宏林掛斷電話，來到柳擎宇的辦公室。

「柳書記，在拆遷上，我有件事得向您請示一下。」

柳擎宇臉上露出公式化的笑容：「魏縣長啊，有什麼事你說，咱們一起商量。」

柳擎宇嘴裡這麼說，心中卻對魏宏林這老傢伙高度警覺起來。

從自己當上縣委書記後，魏宏林這個縣長從來沒有找自己彙報過工作，縣政府有什麼事，他都是自行就拍板了；至於人事上的調動，暫時他沒有任何動作，魏宏林和孫旭陽這兩隻老狐狸也不著急，按兵不動，其他的幹部則都處於觀望狀態，所以這些天來，他的辦公室十分清淨。

唯一讓柳擎宇很欣慰的是，在宋曉軍的配合下，縣委辦不少人對自己的態度越來越好。現在魏宏林卻一反常態的主動找上門，還說要彙報工作，柳擎宇怎麼能不提高警覺呢？

魏宏林以十分謙遜的態度說道：「柳書記，是這樣的，今天黃寶柱向我反映，說是那個養豬場是他好不容易蓋起來的，投了不少錢，如今被咱們拆了，損失慘重，他希望咱們縣委縣政府能夠給他一點補償，彌補他的損失。」

「補償？也不是不可以，他的要求是什麼？」柳擎宇未置可否。

「黃寶柱希望按照每平方米三千塊來進行補償，他那個養豬場差不多有三百平米，估算下來，我們大概要付他九十萬。」

柳擎宇聽了一愣：「三千元一平米啊，看來他那個豬圈比市區的住宅還要豪華嘛！魏同志，對這件事，你是什麼態度？」

柳擎宇將球踢回魏宏林手中，想試探他的態度。

魏宏林眼珠轉了轉，回道：「柳書記，事關重大，我不敢擅自做主，還是聽一聽您的指示。」

魏宏林這話說得溜光水滑，冠冕堂皇，柳擎宇卻聽出他是找自己當冤大頭來了，魏宏林對黃寶柱的要求也十分不爽，但是，他不想得罪黃寶柱背後的黃立海，所以就假裝來聽自己的指示，其實他是想讓自己去當那個得罪黃立海的壞人。

柳擎宇這次真的笑了。

魏宏林這個老傢伙雖然老謀深算，心機深沉，卻忽視了一件事，那就是**柳擎宇自從進入官場後，凡是涉及老百姓的事情上，從來不怕得罪任何人，從來不怕承擔責任，只要是對的事，他會毫不猶豫的去做。**

不過，柳擎宇也不是一個莽撞之人，他曉得如果自己表態了，魏宏林這個老傢伙在後面還會生出一些事來。所以，他故意露出猶豫不決的樣子，看起來好像在權衡利弊一樣。

魏宏林看到柳擎宇沉思不語，心裡就急了，他來是想讓柳擎宇擔任得罪人的角色的，他好躲在背後坐山觀虎鬥，甚至在暗中煽風點火，同時還可以藉柳擎宇的手把黃寶柱這個為禍一方的傢伙給收拾掉，一舉數得。

不過，魏宏林是一個反覆多疑之人，雖然心裡是這樣想，其實還存了試探之心。如果柳擎宇態度堅決的要收拾黃寶柱，他反而要阻止一下，以便於在黃立海面前賣好，表現出自己對黃寶柱的維護之意。

當他發覺柳擎宇似乎看出了他的意圖時，立刻表態道：「柳書記，您是縣委書記，而且治理瑞源河這件事是您主抓的，所以在這件事情上，你必須表明自己的態度，給我們下面這些副手們一個方向，便於我們進行操作啊！」

猶豫了好一會兒，柳擎宇這才說道：

「首先，這些建築物本身就是違法的，就應該無條件拆除，我們要給其他違規亂建的人樹立一個反面教材，讓他們知道，這是民心和民意，是為了瑞源縣的長遠發展。所以，瑞源河沿岸的所有違章建築，全部得無條件強行拆除！沒有任何商量餘地！

「而且，考慮到這些違建帶來的嚴重環境污染，我們還要對其進行罰款，未來這些罰款可以用作後續的環境治理費用。這一點，可以在縣電視台以及相關的報紙、網路等媒體上進行公布。所有的措施都必須清楚無誤的讓老百姓知道，同時也要積極的接受老百姓反映的各種意見。」

聽到柳擎宇的話，魏宏林大吃一驚，柳擎宇的態度竟然如此強硬，他皺著眉頭說：

「柳書記，不給賠償也就罷了，如果再罰款的話，我擔心黃寶柱會鬧事啊，他曾經說過，如果賠償無法讓他滿意的話，他會採取上訪等極端手段去維護自己的權益。」

柳擎宇冷笑道：「正當權益？他黃寶柱有何正當權益可言？相反的，他實實在在的侵犯了瑞源縣老百姓們的正當權益！」

魏宏林心中暗喜，他最希望的就是柳擎宇大包大攬，把事情做絕，逼得黃寶柱鬧事，到那個時候，他就可以看好戲了。要是能讓柳擎宇聲望下降，甚至下臺，那對他來說弊大於利。

「柳書記，黃寶柱的行為的確不妥，不過，我擔心萬一要是把他給逼急了，鬧起事來……恐怕……對我們瑞源縣不太好啊！」魏宏林繼續搧風道。

柳擎宇暗道：你這老狐狸，居然想給我下套，那咱就試試看。

「要不魏縣長，你給出個辦法？」柳擎宇淡淡說道。柳擎宇虛張聲勢，假裝要把這件事交給魏宏林。

魏宏林一聽嚇了一跳，要是出辦法的話，豈不是把自己也套進去了?!想到這裡，魏宏林連忙搖搖頭道：「不用了，那我就按照柳書記的意思去執行。柳書記，您還有其他指示嗎？」

柳擎宇命令道：「黃寶柱的所有違建，必須要在兩天內全部拆除，而且沒有一分錢的補償！還要對他進行罰款。同時以縣委縣政府的名義發一份通知，要確實發到每一個河岸違建的那些幕後之人的手中，明確的告訴他們，限他們三天時間搬遷私人財物，如果在限期內搬走，就不對他們進行罰款了，這算是給他們的優待；但是，如果在限期內沒有搬離，那麼對不起，不僅要強行拆除，還要像黃寶柱一樣，對他們進行罰款。」

魏宏林連連點頭。

回到自己的辦公室，魏宏林立刻給黃寶柱打了電話，把柳擎宇的意思一字不漏的告訴他。

黃寶柱發狠道：「魏縣長，柳擎宇要是這樣搞的話，那可就別怪我黃寶柱不夠意思了，我要採取我的方式來維護我的正當權益。魏縣長，到時您千萬不要為難，也別往心裡去，我不是針對您，而是針對柳擎宇。」

說完，黃寶柱立刻開始打電話給自己的狐朋狗友們布局起來。

第二天上午，柳擎宇剛進辦公室不久，屁股還沒有坐熱呢，秘書長宋曉軍便滿臉焦慮的走了進來，聲音帶著一絲焦慮道：

「柳書記，大事不好了，咱們縣委縣政府的大院被黃寶柱帶著一大群據說是瑞源河沿岸那些違建的老闆們給堵住了，他們手中拿著各種標語，喊著各種口號，那些標語都十分難看、難聽。」

說著，宋曉軍用手一指窗外。

柳擎宇站起身來，打開窗戶向外一看，立刻便看到黑壓壓上百號人聚集在縣委縣政府的外面，還拉起許多標語，上面寫著抗議的字眼：

「柳擎宇野蠻拆遷，老百姓民不聊生！」

「柳擎宇為了政績，泯滅人性，無視老百姓疾苦！」

「柳擎宇就是偽君子！」

「柳擎宇就知道欺壓老百姓！」

各種口號和標語漫天飛舞，還有人用喇叭大聲的呼喊著口號，甚至要求柳擎宇下臺。

宋曉軍指著人群外圍說道：「柳書記，現場還有一些媒體記者在拍攝，看樣子是想把這件事鬧大。」

柳擎宇隔著窗子看了，不屑一笑，問道：「省電視台的那些記者們走了嗎？」

宋曉軍道：「還沒有，他們準備今天上午走。」

柳擎宇吩咐道：「你給嚴天華打個電話，叫他先不要走，就說我一會兒要給他送行，感謝他們小組辛苦的報導。」

宋曉軍臉上露出狐疑之色，昨天晚上柳擎宇明明已經掏錢請客，親自對嚴天華他們表示感謝了，還陪他們喝了酒，怎麼現在又要表示感謝呢？

不過宋曉軍沒有多問，立刻撥打電話。

等宋曉軍打完電話後，柳擎宇這才不慌不忙的拿起座機，撥通了市長黃立海的電話。

「黃市長，我是柳擎宇，現在向您彙報一件事情，想要聽聽您的意見。」

接到柳擎宇的電話，黃立海心頭就是一震，柳擎宇上任後從來沒有主動向自己彙報過任何工作，這小子該不是憋著什麼壞水吧？

「什麼事？」黃立海沉聲問。

「黃市長，是這樣的，一個叫黃寶柱的人，帶著一大群人圍住了縣委縣政府的大院，打著各種各樣的口號，還要求我下臺，這是明目張膽的向我們縣委縣政府的權威進行挑釁啊！當然了，身為一名官員，我們必須要時刻為老百姓考慮，即便有時候他們的做法不正確，我們也要包容一二。」

黃立海聽到侄子的名字，眉頭便緊皺起來，這才想到自己忘記跟侄子溝通了，沒想到他又開始鬧事。不過他今天帶人包圍縣委縣政府大院，倒是還有幾分頭腦。

黃立海此刻反而不急著和侄子溝通了，他想要看看柳擎宇準備如何解決這件事再做打算。

「你準備怎麼處理這件事？」黃立海問。

柳擎宇態度強硬地道：「我的打算是以黃寶柱為核心，再次請省電視台的記者們進行現場直播，現場和黃寶柱對話；同時，我準備調集瑞源縣境內所有公安、武警等力量，將這些圍堵縣委縣政府大院的人全部抓捕起來，他們這種抗議方式嚴重擾亂了我們瑞源縣的社會治安，我們絕對不能有絲毫的容忍！」

黃立海聽了，氣得差點沒昏倒，柳擎宇口口聲聲說要包容，結果他的包容竟是要動用警力抓人，這根本是自相矛盾啊。

黃立海壓抑著怒氣，沉聲道：「柳同志，我必須提醒你，我們現在的主要工作是維穩，要維護安定團結的氣氛，不能讓老百姓對我們心寒啊！」

柳擎宇淡淡說道：「黃市長，這一點請您放心，我之所以要動用警力，理由非常簡單，這些鬧事之人根本就不是普通的老百姓，而是由黃寶柱糾集的一批地痞無賴，以及瑞源河沿岸那些違章建築的幕後老闆們，他們只是在無理取鬧，如果不嚴肅處理，如何殺雞儆猴？而且，我準備再次以現場直播的方式來表達我們光明磊落之心。」

聽柳擎宇說又要現場直播，黃立海的心理壓力一下子就大了起來。

昨天的直播，他已經被市委書記戴佳明和老領導李萬軍狠狠的批評了一番，這次再有直播，而且又是自己侄子鬧事，他這個市長的臉可真的沒處放了。

權衡片刻後，黃立海趕忙道：「柳同志，你先不要急著做出結論，先多和對方溝通一下，我這邊也會積極幫你溝通，看看能不能儘快化解衝突，不能動不動就麻煩省裡的記者們嘛！」

柳擎宇笑道：「倒也不麻煩，他們就住在我們縣委招待所內，還沒有離開呢。」

黃立海心中又是一個翻個，意識到柳擎宇這是謀定而後動，便道：「這樣吧，三十分鐘後你再跟我彙報一下情況，在這之前，千萬不要輕舉妄動。」

掛斷電話後，黃立海立刻撥通侄子黃寶柱的電話。

黃寶柱聽到手機震動聲，拿出來一看，是叔叔的電話，連忙找了個僻靜的地方接通了電話。

「黃寶柱，你是頭豬啊，誰讓你帶頭鬧事的，你知不知道傻瓜多少錢一斤啊，你知不知道你這樣做不僅於事無補，反而會給柳擎宇留下更多的把柄？你是不是打算看著我直接被你的無知給害得丟官啊！你給我聽清楚了，立刻給我滾回去，乖乖的照瑞源縣的要求儘快結束這件事，然後離開瑞源縣，滾越遠越好。」黃立海大聲斥責道。

聽到叔叔如此痛罵自己，黃寶柱不服氣的說道：

「叔叔，柳擎宇都欺負到我的頭上拉屎了，他這擺明了是不給您面子啊，如果一直放縱下去，恐怕這小子在咱們瑞源縣會越來越囂張的。」

都這個時候了，你還想用激將法來挑逗自己，黃立海不由得暗罵黃寶柱愚蠢。上次你用激將法會成功，是因為我想幫你一把，同時也試探一下柳擎宇，但是事情發展到現在，形勢已經發生了巨大的變化，我必須要先保住自身的清名，以後才可以有很多的機會。因而黃立海怒聲道：

「黃寶柱，你給我聽清楚了，我最後再說一遍，現在你的動作已經讓我處於非常被動的狀態之中，如果我出了問題，你認為你還會有好日子過嗎？立刻捲舖蓋滾蛋，越遠越好。」

黃寶柱被罵得灰頭土臉，只好摸摸鼻子道：「叔叔，給您添麻煩了，我馬上離開。」

黃寶柱立刻招呼著自己的人馬離去。接著，黃寶柱以最快的速度把所養豬隻、雞以及工廠設備全部出手，逐漸消失在人們的視野中。

見黃寶柱和他的人離開，那些跟著湊熱鬧的違章建築老闆們一看，知道事情起了變化，自然也不敢再負隅頑抗，全都在三天期限內搬離。

緊接著，在城管局、環保局等四個局的聯合執法下，瑞源河沿岸所有違章建築部被拆除，垃圾也清理乾淨。同時，也開始對瑞源河進行整治工程，原來那個臭氣沖天的瑞源河雖然還有一些遺留的臭氣，但是已經沒有像以前那樣誇張了。

柳擎宇、宋曉軍等一干縣委幹部們的為民形象，深深烙印在老百姓心中。尤其是柳擎宇的聲望如日中天，老百姓都知道瑞源縣來了一位敢於為老百姓做事的縣委書記。

然而，老百姓滿意了，卻也有很多人對柳擎宇充滿了不滿。

黃立海便是最不滿的一個。

雖然黃立海給自己營造出一個大義滅親的形象，但是，他對柳擎宇在瑞源河整頓問題上一點面子都不給自己的做法十分不爽。最重要的是，柳擎宇在請省電視台來進行現場直播這個問題上，也觸犯了一些官場禁忌。

第十章

軍令狀

柳擎宇沉吟片刻，說道：「曾書記，在這裡，我向您立下一份軍令狀，我保證三個月後，瑞源縣上訪群眾將會趨於零！我會在三個月內，讓瑞源縣變成一個沒有上訪的縣城。」

柳擎宇信誓旦旦的保證，令曾鴻濤一愣。

南華市市委常委會上。

在討論完一些常規議題之後，黃立海臉色陰沉地道：「戴書記，各位同志，下面我有一個提議，希望大家一起討論一下。」

黃立海說完，戴佳明不由得眉頭一皺。

在會議前，戴佳明就聽說黃立海正在私下裡與其他常委們進行溝通，似乎是想要在柳擎宇的事情上做一做文章，沒想到，黃立海動作竟然這麼快。

戴佳明也是個老謀深算的主，他淡淡說道：「黃立海同志，有什麼事情儘管說，咱們可以一起討論討論。」

黃立海點點頭道：「各位，我相信大家一定清楚的記得，幾天前，柳擎宇請了省電視台的記者，進行了一次現場直播。雖然從表面上看，取得了圓滿的成功，省裡領導也十分滿意，但是我們要注意到一個問題，那就是在直播中，我們南華市市委市政府十分的被動，是省裡通知我們看直播的時候才知道這件事的。」

黃立海頓了一下，用挑撥的語氣說道：

「這個過程是錯誤的，柳擎宇身為瑞源縣縣委書記，在發生了這麼重大事情的情況下，不事先向我們市裡請示，卻直接和省裡溝通，以至於我們如此被動，這種做法絕對不能提倡和支持，必須要對柳擎宇這種行為給予嚴肅處理，以儆效尤，否則我們市委市政府哪裡還有威嚴可言？」

黃立海的話一出，立刻引起眾人的重視。

直播才剛結束，黃立海就發動了針對柳擎宇的討伐，這說明柳擎宇的行為嚴重觸犯到黃立海的底限。最重要的是，在直播中，老百姓指名道姓的點出黃寶柱是黃立海侄子的事，省電視台並沒有把這段給消音或處理掉，讓黃立海感到空前的壓力。

現在，到了黃立海出手反擊的時候了。

場內一下子安靜下來。

在眾人的沉默中，市委宣傳部部長邱新平打破沉默，面色凝重地說：

「我完全贊同黃市長的意見，說實在的，我們市委宣傳部身為宣傳部門，在這次直播過程中，完全沒有得到任何的請示，這是柳擎宇對我們市委組織部的嚴重蔑視，是對我們領導權威的強烈挑釁，如果這種不按照流程的做法被其他縣區學著幹了，以後我們市委宣傳部的工作可就真的不好做了。」

邱新平說完，又有三名常委對黃立海的表態表示支持。如此一來，南華市市委常委會上已經有五名常委支持要處理柳擎宇了。

南華市市委常委會內的政治氛圍很是複雜，五名常委的支持力度已經非常大了。

這時候，所有人都把目光落在市委書記戴佳明的身上。

現在黃立海的提議能否在常委會上通過，關鍵就在於戴佳明的態度。

戴佳明一直沉思著。

說實在，戴佳明的內心深處並不怎麼喜歡柳擎宇這種類型的官員，因為這樣的下屬極不容易控制，甚至弄不好就會捅出天大的簍子出來。

不過戴佳明的為官哲學卻和黃立海不一樣。

黃立海一直秉承著**實用主義**的原則，也就是說，只有這名官員唯自己所用，願意向自己靠攏的情況下，他才會考慮給予這名官員一定的空間和資源去讓他發揮。相反的，如果這名官員不向他靠攏，那麼對不起，黃立海連正眼都未必看他一眼。

而戴佳明的為官哲學，則是**中庸之道**。在戴佳明看來，做官不能太過，也不能不及，必須要不偏不倚，他的中庸之道並不是世俗觀念所說的妥協和無原則，戴佳明認為，為人做事，不應當採取萬年不變的固定姿態，不要拘泥於固定形式，而是根據情況採取相應對策。

正是由於秉承著中庸之道，戴佳明在上任後對黃立海掌控瑞源縣大局的態度，採取了容忍的態度，但是，這並不意味著他對黃立海的作為表示滿意。相反，他只是為了整個南華市市委班子的團結，暫時沒有出手而已。

正是由於戴佳明的隱忍，整個南華市市委班子內部雖然頗有爭鬥，但是表面上看卻是一團和氣，南華市也在穩定中不斷向前發展，成為白雲省十幾個地市中發展處於前列的縣市。

此刻，見黃立海要對柳擎宇採取打壓的姿態，他的心中盤算了一下，覺得如果順著黃立海的意思，那麼柳擎宇在瑞源縣的工作必定會陷入困境之中，萬一柳擎宇意志不夠堅定，甚至可能會因此一蹶不振。

這種結果並不是戴佳明願意看到的。

戴佳明一直在找一個合適的機會，希望能夠把自己的觸角深入到瑞源縣境內，好稀釋黃立海對瑞源縣的控制，增加自己掌控的力度。

他仔細研究過柳擎宇的履歷，發現柳擎宇是個十分能幹的官員，尤其是招商引資方面頗有能力；加上他是省裡直接空降下來的，這次的電視直播，還獲得省委書記曾鴻濤的點名表揚，說明柳擎宇在省裡不僅有人脈關係，還有欣賞者。

作為一個追求上進的官員，戴佳明對大局的考慮極為精準。他認為這個時候應該保住柳擎宇，因為柳擎宇這枚棋子如果用好了，絕對可以讓他一舉數得。

戴佳明心中有了定論，便沉聲道：

「我承認，瑞源縣的這次電視直播的確給我們南華市的工作帶來了極大的被動，甚至連我都受到省委曾書記的嚴肅批評，但是，有一點卻是不可否認的，那就是這次電視直播從根本上來講，對我們南華市並沒有什麼壞處。大家可以看看相關的報導，幾乎都是給予正面的評價。

「黃同志，你應該也看到了央視對這次直播的評價了吧，結論是非常好，值得肯定。雖然柳擎宇的做法欠妥，但是，這件事情的結果卻是值得肯定，功過相抵，我看只要在電話中口頭給予柳同志批評一番，讓他注意以後的行為方式就可以了，完全沒有必要把這件事上綱上線。」

黃立海皺起了眉頭，戴佳明的態度完全出乎了他的意料之外。因為黃立海清楚的記得，在縣委書記這個位置上，戴佳明可是費了好一番心血與自己進行了多次深度較量，最終，兩人誰都沒有當上這個縣委書記，反而被空降下來的柳擎宇給奪走了。

按理說，這時候，戴佳明應該和自己站在同一陣營，把柳擎宇擺平才是。可是戴佳明卻站在了柳擎宇那邊，這個戴佳明腦子中想的到底是什麼呢？戴佳明臉上露出一副古井無波的表情，讓黃立海看不出任何線索。

戴佳明都表態了，其他站在戴佳明這邊的也紛紛表態，不多不少，也是五名常委。

如此一來，市委常委會上就出現了一個十分有意思的景象，戴佳明和黃立海各執一詞，恰恰立場對立，有三名常委則直接選擇了棄權。

最後，戴佳明拍板說道：「我看這件事爭議很大，暫時先擱置吧，黃市長那邊可以直接口頭對柳擎宇批評一下，讓他們注意一下工作方式。」

輕輕一句話，戴佳明便又將得罪柳擎宇的活兒交給了黃立海，而他則可以置身事外，手段高明之極。黃立海心中那叫一個鬱悶！那叫一個不甘！

散會後，黃立海眼中閃爍出一股陰沉之色，回到自己辦公室之後，直接撥通瑞源縣縣長魏宏林的電話。

此刻，魏宏林正在辦公室內琢磨著今後的工作如何展開呢。

自從電視直播之後，魏宏林發現柳擎宇在瑞源縣民間獲得了極大的聲望，很多老百姓對柳擎宇的評價相當之高，這讓他感受到了強烈的壓力。所以，魏宏林一直在琢磨著，自己是不是也應該搞點民生項目，一來可以拉動自己的政績，二來可以提升一下自己在老百姓中的聲望。

在魏宏林看來，身為官場中人，真正能夠對自己的仕途起到決定作用的，是領導的看法，根本不是什麼民心和民意，因為老百姓就算是對自己再有看法，也不可能影響到自己的升遷和貶謫。但是，魏宏林又期盼自己能夠像古代那些清官明吏一般，可以名留青史，所以很是矛盾。

就在魏宏林思考的時候，黃立海的電話打了進來。

看到是老領導的電話，魏宏林連忙放下思緒，立刻接通了電話：

「老領導您好。」

「宏林啊，最近你們瑞源縣的局勢如何？我聽說柳擎宇在老百姓評價中口碑不錯啊？」黃立海道。

魏宏林苦笑道：「是啊，老領導，柳擎宇上任後辦的這兩件事深得老百姓的認可，這給我們其他的幹部們帶來了很大的壓力啊！畢竟，柳擎宇把我們那麼多年都沒有解決的事給解決了，老百姓是很現實的啊！」

黃立海質疑道：「哦？是這樣嗎？我看未必吧？柳擎宇就算再厲害又有什麼用，如果沒有你們這些老人兢兢業業的守護著瑞源縣的老百姓，柳擎宇能夠有機會去施展他的計畫嗎？宏林啊，剛才我在市委常委會上提出要對柳擎宇擅自搞電視直播給予處理，卻被市委戴書記給叫停了。宏林，這件事你怎麼看？」

黃立海的話，讓魏宏林意識到，黃市長那邊肯定是對戴佳明與柳擎宇的關係產生懷疑了。所以他立刻說道：「老領導，您看柳擎宇是不是有向戴書記靠攏的意思，所以戴書記才會如此，算是投桃報李？」

黃立海沉吟道：「不排除這種可能性啊，不過，我看戴佳明的目標恐怕不止這樣，戴佳明對咱們瑞源縣早已虎視眈眈了，他想要把觸角深入到瑞源縣去，柳擎宇極有可能成為他的棋子。」

魏宏林立刻殷勤地說道：「老領導，您有什麼指示儘管吩咐，我魏宏林不管任何時候，都甘願做您的棋子，唯您馬首是瞻。」

黃立海等的就是他這個態度。不過嘴上黃立海卻笑道：

「你可不能唯我馬首是瞻，我們國家幹部，必須要一切以國家指示為準！對了，最近市裡準備召開一個政府工作大討論，主要是讓各縣的縣政府主要負責人到市政府來開會，由市政府的主要領導與你們展開對話，瞭解你們工作上的進展情況，對今後的發展有什麼新的思路。

「會議時間差不多要兩三天的時間，你把縣政府的工作安排一下，帶著縣政府的骨幹力量到市裡來開會吧！柳擎宇不是在老百姓中的聲望很高嗎？那就讓他處理一下瑞源縣那些複雜的爛攤子吧，讓我們看看柳擎宇的能力到底如何！」

魏宏林聽了一愣，有些不明白黃立海話中的真實意思，再仔細一琢磨，尤其是想到了「爛攤子」這三個字，他突然眼前一亮，暗中豎起了大拇指，還是老領導高明啊！

這次自己去開會，看來真得給柳擎宇留下點爛攤子，讓他去處理處理了。

魏宏林執行力很強，接到黃立海的指示後，立刻召開縣長辦公會議，在辦公會上，他提到了要帶著幾名排名靠前的副縣長前往南華市開會的決定，同時指派排名倒數第二的副縣長程正茂在自己離開期間，暫時主持縣政府的工作，由排名倒數第一的副縣長魯元華輔助。

對魏宏林的這個決定，其他副縣長自然沒有意見，他們已經隱隱感覺到這次魏宏林的部署絕對有問題，程正義是一個掛職的副縣長，雖然平時見到任何人都是一副笑笑的樣子，但是，縣政府裡任何處室的人都不怕他，因為平時在縣裡他根本就不怎麼管事，他的主要分工也是輔助縣長展開工作，聯繫縣政協。

至於魯元華就更別提了，魯元華是資格很老的副縣長，現在分管文化、宗教、體育等工作，手中的實權非常有限，再加上魯元華再有半年就退休了，因此只有在縣政府有會議的時候才過來參加一下，平時就是養花、釣魚，基本上已經處於半退休狀態。

如果是在以前，魏宏林要是帶著大隊人馬前往市裡開會的話，肯定會留下一個十分信任的副縣長來主持工作，但是這次魏宏林卻留下了兩個沒有任何權威的副縣長在縣裡，這裡面要是沒有貓膩才有鬼呢。

在縣政府這邊部署完後，魏宏林立刻電話中向柳擎宇彙報了縣政府這邊的決定。柳擎宇自然也收到了相關的通知，對魏宏林的決定沒有任何的異議。

辦公室主任宋曉軍此時就坐在柳擎宇對面，所以，魏宏林的話他聽得清清楚楚。宋曉軍皺著眉頭說：「柳書記，我感覺這次會議召開的有些異常啊！」

柳擎宇對瑞源縣，尤其是南華市的情況並不瞭解，所以宋曉軍這麼一說，立刻引起他的高度重視。

「怎麼個異常法？」

宋曉軍道：「以前市政府召開這種座談會，至少要提前半個月，甚至是一個月進行通知，以便於縣裡統籌安排，協調好各方面的工作以免誤事。但是，這次咱們縣委接到這個會議通知是在一個小時之前，而且通知明天就正式開會，魏宏林今天下午就要帶著縣政府的人起身前往市裡，可是縣政府那邊早已做好了安排，留下的還是兩個排名最後的副縣長，這裡面我感覺有些不太對勁。」

柳擎宇聽了，眉頭緊鎖，沉思起來。

柳擎宇對宋曉軍的意見十分重視，他相信，正常情況下，南華市市政府方面不可能採取非常規的會議方式來召開會議。這次會議明顯是超出常規的方式。當天才下通知，當天便起身去市裡，第二天就開會，處處都透露出不正常的跡象。

其次，就像宋曉軍所說的，留下排名最靠後的兩個副縣長來主持縣政府的全面工作，其中還有一個是處於半退休情況的副縣長，這絕對不會是魏宏林的風格。

以柳擎宇對魏宏林性格的瞭解，他是一個掌控欲極強的人，對這種人來說，他做任何事情都要求對事情的絕對掌控，因此，他離開後，必定會留下一個可以信得過的人去代理縣政府的工作，但是魏宏林留下的卻是一個掛職副縣長來主持工作，而且從程正茂的分管工作來看，他根本不是魏宏林信任的人。

這樣一分析，魏宏林和市政府的部署有著驚人的相似之處，那就是**這件事情不太正常**。

柳擎宇看向宋曉軍道：「曉軍主任，你怎麼看？」

宋曉軍面色凝重地說道：「柳書記，以我對魏宏林的瞭解，他這個人做事從來都是謀定而後動，都是有著深層目的的，所以，我懷疑他有可能布下了一些局，以目前的局勢推斷，這個局應該就是針對您部署的。」

柳擎宇十分認同宋曉軍的話：「嗯，咱們的看法差不多，不過，兵來將擋，水來土掩，既然他出招了，而且還是冠冕堂皇的，咱們不能不接招，我還真想看一看，魏宏林到底會出什麼招！」

柳擎宇雖然想到魏宏林會出招，但是卻沒有想到，**魏宏林的出招竟然如此強悍！如此犀利！如此出人意料！**

第二天上午，柳擎宇剛到辦公室，宋曉軍便滿臉忿忿的走了進來。

柳擎宇看到宋曉軍的臉色，便知道又出事了，問道：「發生什麼事了？」

宋曉軍一臉鬱悶地說道：「柳書記，我剛接到程正茂同志打來的電話，他說市信訪辦通知他，讓他們縣政府派人去市裡領人，說是咱們瑞源縣李家莊有三十多名上訪民眾把市政府大門給堵住了，市裡領導非常憤怒，黃市長把他們狠狠的罵了一頓。」

柳擎宇不解地道：「這件事他們縣政府直接派人去就是了，還找我做什麼？」

宋曉軍苦笑道：「事情就出在這個程正茂的身上，他雖然暫時代理主持縣政府的工作，但是他這個人從來不敢自己做主，事事都要向上級請示，現在魏宏林不在，他只能向您請示了。」

柳擎宇臉色一寒，他似乎有些明白魏宏林為什麼要把程正茂推到主持工作的位置上了，表面上是程正茂在代理縣政府的工作，但是由於他不做主，事事請示，如此一來，一旦出現什麼事的話，他可以置身事外，而做出指示的自己卻要去承擔責任。

想通這一點，柳擎宇不得不說這個魏宏林還真不是一個善類啊，這老傢伙**算準了程正茂的個性和心理，更算準了自己絕對不可能，也無法置身事外的心理！**

這個人厲害！

在這件事情上，一般的領導可以直接一句話讓下面看著辦，就不需要承擔任何責任。但是柳擎宇不同，他是個認真的幹部，他現在腦子想著的只是怎麼把工作做好，而不是去推卸責任。

所以，柳擎宇直接打給了程正茂：

「程同志，請你立刻派出縣信訪辦和李家莊的村幹部，以及所在鎮裡主管信訪工作的鎮領導一起前往市裡，去把人給領回來。」

程正茂哭喪著道：「柳書記，現在李莊鎮的村幹部和鎮裡的幹部已經在前往市裡的路上了，但是他們剛才給我打電話，說他們恐怕很難完成任務。」

柳擎宇眉頭一皺：「為什麼？」

程正茂解釋道：「柳書記，是這樣的，這個李家莊的村民之所以去市裡上訪，他們告的人是他們村的村支書，至於鎮裡的領導和李家莊的村長也和村民溝通過，村民說他們不相信鎮裡領導，只認市領導，還說不處理村支書，他們就絕對不回去。」

果然是麻煩事！柳擎宇眉頭一皺，問道：「縣信訪辦的人出發了嗎？」

程正茂道：「還沒有，我準備先向您報告，看看您有什麼指示，然後再讓他們出發。」

柳擎宇點點頭：「好，那你告訴縣信訪辦的人，讓他們到了現場之後，直接與村民進行溝通，讓信訪辦的人把我的辦公室電話和手機告訴村民，讓他們有什麼事直接給我打電話，我會和村民直接對話。」

聽到柳擎宇的指示，程正茂嚇了一跳。

身為掛職副縣長，其實程正茂的能力並不差，當他接到市信訪辦的電話後，就感悟到魏宏林讓自己代理主持縣政府工作的意圖了。這也是他明明可以直接拍板的事，卻偏偏要向柳擎宇請示的原因。因為他並不想牽扯到新任書記和老縣長之間的政治鬥爭中去。

可是柳擎宇的指示，等於是把麻煩往自己身上引。

官場上，一般而言，縣委領導，尤其是縣委常委們的電話號碼，除了級別夠的人以外，其他人是不會知道的，因為他們怕麻煩。柳擎宇卻要把自己的電話給老百姓，難道他就不怕麻煩嗎？要知道，老百姓為了告狀，可不管你三七二十一的，要不然他們也就不會去堵市政府的門口了。

不過程正茂嘴上仍是順從地說：「好，那我馬上照柳書記的指示去執行。」

才剛掛斷電話，柳擎宇辦公桌上的電話又響了起來。

柳擎宇看了看，是從遼源市打來的，是省會的電話號碼。

柳擎宇接通了，電話那頭傳來一個十分嚴肅的聲音：

「是柳擎宇同志嗎？我是省信訪辦副主任王天來。」

柳擎宇聽到省信訪辦副主任的名頭，立時一愣：

「王主任您好，我是柳擎宇。」

確定了柳擎宇的身分，王天來的聲音中立即帶著幾分的不滿說道：

「柳同志啊，我說你們瑞源縣到底是怎麼回事？怎麼每隔十天半個月的，總是會有一撥人到省裡來上訪，就在剛才，又有一波老百姓堵住了省委大院門口，呼啦一下跪滿了一地，領導的車都無法進出，我好不容易從那裡把人領到了我們信訪辦。柳同志，請你們瑞源縣趕快派人過來把人領走，千萬不要再讓他們去堵住省委大門門口了，領導早就煩了，長此以往的話，對你們瑞源縣的領導幹部也不太好是吧？」

王天來話說得很委婉，卻十分有深意。

柳擎宇聽了王天來的話後，心中不禁一顫，瑞源縣的問題竟然如此嚴重。

「王主任，我剛到任瑞源縣不久，所以想向您請教一下，瑞源縣最近這幾年到省裡上訪的人，他們反映的都是什麼問題啊？」柳擎宇誠懇地求教道。

王天來聽柳擎宇語氣真誠，身段放得這麼低，心中的怨氣也就少了許多，仔細地對柳擎宇解釋道：

「其實呢，你們瑞源縣的問題主要集中在兩個地方，第一個就是幹、群關係的問題，主要表現在村民與村幹部之間的矛盾上，有相當多的民眾上訪告的就是村幹部。

「第二個是老百姓彼此間的矛盾，比如說鄰里之間土地的問題啊，打官司的問題啊，等等，而這種矛盾的根源呢，還是源於官場，為什麼這麼說呢，原因很簡單，老百姓之所以上訪，是因為他們認為法院的判決不公，明顯偏袒一方，因此老百姓氣不順，理不服，就開始四處上訪。

「綜合起來看，你們瑞源縣的問題十分複雜，尤其是村鎮的矛盾衝突在這幾年有愈演愈烈的趨勢，而土地買賣的問題所引發的矛盾更是一個接著一個，老百姓上訪也往往和這個有關。」

說到這裡，王天來語重心長的說：

「柳同志啊，你雖然新上任縣委書記，但是我希望你能夠真正重視老百姓的事，說句實話，瑞源縣縣委書記這個位置不好做啊。我在信訪辦副主任這個位置上待了這麼多年，可是看多了這個職務的風雲變幻了。」

柳擎宇點點頭說道：「王主任，謝謝您的點撥，**百姓事無小事**啊，不管何時我都會把老百姓的事情放在第一位，瑞源縣存在的各種問題，我會儘快解決，盡量少給省委和市委領導惹麻煩。」

聽柳擎宇提到「百姓事無小事」這個觀點，王天來的眼神中閃過一絲欣賞的目光，這個新上任的縣委書記能夠意識到這一點，說明這個年輕人的心胸眼界和為官境界都非常高，這樣的年輕人大有前途啊，看來信訪辦這邊以後有什麼事，可以多和柳擎宇溝通一下。

至於縣長魏宏林嘛，就先不和他聯繫了，因為這個魏宏林雖然每次登門拜訪的時候都是禮貌有加，但是做起事情來並不乾脆，而且語氣中往往對老百姓的事充滿了不滿和不屑，兩相對照之下就可以看出，柳擎宇的為官水準明顯要高出魏宏林一籌，現在的關鍵就是要看柳擎宇是否能夠真正解決瑞源縣老百姓的上訪問題了。

柳擎宇這邊剛剛放下電話，一口茶水還沒有喝到肚子裡呢，桌子上的電話鈴聲便再次響了起來。

看到這次打來的電話號碼，柳擎宇頓時一愣，快速接起電話，恭敬的說道：「曾書記您好。」

電話是省委書記曾鴻濤打來的。

今天曾鴻濤的聲音聽起來帶著幾分嚴肅：

「柳擎宇同志，你們瑞源縣是個上訪大縣，這個問題你可得解決好啊，我聽說今天你們瑞源縣的老百姓又過來堵在省委大院門口了，這事在省委裡引起了很大的議論，很多省裡領導的目光都在盯著你們瑞源縣呢！誰讓你們瑞源縣前段時間在省電視台的直播中露臉呢！這可是一個不輕的考驗啊！」

曾鴻濤的話雖然沒有太多的批評意思，但是柳擎宇卻完全可以從曾鴻濤的話中聽出他對此事的高度重視，也能夠感受到他為此所承擔的巨大壓力，畢竟，自己空降瑞源縣是曾書記指示的。

至於電視直播這件事，雖然自己表現不錯，為老百姓解決了問題，但同時也使他成為全省的焦點。對於這些雜言閒語，柳擎宇也很明白。畢竟，一個如此年輕的縣委書記，這在全國來說也是相當少見的。很多人會拿著放大鏡來審視自己，羨慕妒忌恨的大有人在。

此刻曾鴻濤用如此嚴肅的語氣說話，柳擎宇可以從他的話語中聽出這位日理萬機的大老對自己的親切關懷，柳擎宇心中頗多感動。

柳擎宇沉吟片刻，大腦在飛快的轉動著。

過了一會兒，柳擎宇才說道：「曾書記，在這裡，我向您立下一份**軍令狀，我保證三個月後，瑞源縣上訪群眾將會趨於零！我會在三個月內，讓瑞源縣變成一個沒有上訪的縣城。**」

柳擎宇信誓旦旦的保證，令曾鴻濤一愣。雖然曾鴻濤很相信柳擎宇的能力，卻沒想到柳擎宇的做法如此極端，即便是他自己，也不敢保證可以在三個月之內就改善瑞源縣的上訪問題，果然是年少輕狂啊！

他善意的提醒道：「柳同志，你要注意你的措辭啊，軍令狀一旦立下，可是要完成的，而且我會把你的承諾拿到省委常委會上來談，到時候不僅省委領導會關注此事，市委領導甚至是更高層的領導都會睜大著眼看你有沒有做到，你可要考慮清楚。」

柳擎宇的目光帶著堅毅之色，雙拳緊握地說道：

「曾書記，您放心，這是我經過深思熟慮之後才做出的決定，我有信心，也有把握在三個月內解決問題，因為我始終相信一點，老百姓的本質是非常善良的，也都是喜歡穩定的生活，尤其是中國的老百姓，只要讓老百姓的心氣順了，上訪率和上訪量一定會下降的。雖然我不敢保證三個月以後會不會出又現上訪案例，但是我能保證，三個月之後，上訪率會降到最低點。」

曾鴻濤見柳擎宇露出來的強烈自信，點點頭：「好，你這個軍令狀我收了，不管你成功與否，我會在三個月後前往你們瑞源縣進行視察，希望你不要讓我失望。」

柳擎宇笑道：「曾書記，我啥時候讓您失望過。」

曾鴻濤也笑了，雖然柳擎宇這話有些狂妄，但是他卻不能不承認，自從柳擎宇在蒼山市崛起，並闖入自己視線範圍內，他的表現一直都是可圈可點，熠熠生輝，還沒有讓自己失望過。

掛斷電話後，柳擎宇臉上笑容全部收斂乾淨，取而代之的是嚴肅而又凝重的神態。

雖然在曾鴻濤面前信心十足，但是他的內心深處其實並沒有十足的把握。他之所以要向曾鴻濤立下軍令狀，是因為**他要給自己一個強大的壓力，讓自己時時刻刻面對最嚴峻的挑戰！**

經歷過嚴峻的生死考驗後，柳擎宇發現了一個秘密，那就是**只有在不斷近乎生死的嚴峻挑戰中，人的智慧才會被高度激發**。

除了柳擎宇的性格中的好鬥、狂傲因素之外，其實還有另外一個重要原因，讓柳擎宇做出軍令狀的決定。

柳擎宇這些日子在瑞源縣的所見所聞，讓他深深的感受到瑞源縣老百姓的憤怒和無奈，柳擎宇希望在最短時間內解決老百姓心中的怨氣，**只有老百姓心氣順了，自己為瑞源縣制定的很多經濟發展計畫才能落到實處！只有老百姓心氣順了，他才能放開手腳去做更多的事！**而這股不平之氣，需要他去積極引導。

在柳擎宇向曾鴻濤立下軍令狀的過程中，宋曉軍一直在旁邊聽著。

他暗暗咋舌柳擎宇竟然可以和省委一把手進行直接對話，而且從對話中，可以感受到曾鴻濤對柳擎宇是出於一種父輩對晚輩的那種發自內心的關愛，這讓宋曉軍深受震撼。

而更讓宋曉軍震撼的，還是柳擎宇所立下的這個軍令狀，他同樣看到了柳擎宇臉上所露出的那種凝重之色。

宋曉軍突然覺得熱血沸騰起來。這一刻，**他決定將寶都押在柳擎宇的身上**，不單是他對柳擎宇這種敢於挑戰、敢於承擔的魄力，也是因為自己在家族中的地位岌岌可危，如果能夠跟著他一起取得輝煌的政績，他相信家族一定不會再像以前那樣輕視自己了。

下定決心後，宋曉軍輕咳一聲，主動問道：

「柳書記，軍令狀您已經立了，下面我們該如何運作？畢竟，把上訪率降到與其他縣區持平已經是瑞源縣幾十年都沒有過的事了。」

宋曉軍的話雖然流露出對未來的擔憂，但是也表現出了他決心和柳擎宇風雨同舟的勇氣。

聽到宋曉軍的這番話之後，柳擎宇笑了。從現在起，**宋曉軍將是他在瑞源縣第一個信任的人**。當他看到宋曉軍和魏宏林、孫旭陽等人不屬於一路人的時候，柳擎宇便已經以百分之百的信任來對待宋曉軍。

剛才他和曾鴻濤的對話，也是故意要讓宋曉軍聽到的，因為，有時候**小小的借勢可以省去很多功夫**，經歷過生死考驗的他，早已學會**如何用最小的代價贏得最大的勝利**。

柳擎宇笑著看向宋曉軍道：

「曉軍主任，不要著急，我既然敢立下軍令狀，肯定是有我的考慮的，我相信我有能力做到，當然，這肯定離不開你和各位同志們的大力支持。」

說到這裡，柳擎宇突然問道：「曉軍主任，你說說看，為什麼瑞源縣的上訪案例會這麼多呢？可是其他縣區就沒有這麼多？」

宋曉軍思考了一下說道：

「柳書記，我認為之所以會形成這種情況，主要有兩個原因，一是歷史原因。自古以來，我們瑞源縣就民風彪悍，一言不合就動刀動拳者大有人在，這種彪悍的民風導致民間各種矛盾摩擦不斷，而下面的幹部又不能很好的解決這些矛盾，導致這些矛盾演變成不可調和的程度，所以，老百姓們在感覺到自己吃虧無處說理的情況下，只能選擇上訪作為最終的手段。第二個原因則是因為幹、群之間的矛盾。這一點，王天來主任也跟您分析過了，我就不贅述了。」

柳擎宇聽了省信訪辦副主任王天來和宋曉軍的分析後，注意到一個兩人都同樣提到的問題，那就是**幹、群關係**。

「曉軍主任，那從你的角度來看，你認為為什麼瑞源縣的幹、群關係很緊張呢？」柳擎宇又問。

宋曉軍平時對於基層情況的觀察就很上心，所以略微沉思了一會，便說道：

「我認為可以從兩個層面談起。第一個是我們有不少基層幹部日益疏離民眾引起的。我認為這是十分重要的因素。特別表現在某些鄉鎮幹部，尤其是村幹部身上。

「有些人在當上了領導之後，見利忘義，以權謀私；做群眾工作方法簡單粗暴，慣於發號施令，形式主義、官僚主義嚴重；尤其是有些人做事秉承的宗旨是有利則投身基層，無利則遠離群眾；還有些幹部則是因為自身能力嚴重不足，不善於解決矛盾，乾脆一味地推諉、逃避，以致激化幹、群關係。

「至於第二種原因，則是隨著經濟的發展，社會的進步，個人意識增強，對自己的權益更加注意，自然再也無法容忍不公平的對待，兩者之間的矛盾就更深了。再加上瑞源縣老百姓獨特的彪悍風格，所以上訪事件也就層出不窮了。」

宋曉軍把自己多年的觀察和總結和盤托出，沒有一點藏私。

柳擎宇想進一步考驗宋曉軍解決問題的能力，便接著問道：「依你看，瑞源縣應該怎麼做才能解決幹、群關係緊張的問題呢？」

宋曉軍意識到柳擎宇是在考驗自己，心中有些緊張，又有些興奮，因為他知道自己的回答十分重要，所以，宋曉軍足足思考了兩分鐘左右的時間，才言簡意賅的說道：「柳書記，我認為教育和引導幹部們，讓他們儘快調整心態、轉變作風、改變方法，積極應對才是最根本的，如果這些問題不解決，說什麼都是扯淡！」

柳擎宇拍案而起，滿意的點頭讚道：「好，你說得非常好！**心態**、**作風**和**方法**是重點，其他的全都是扯淡！」

柳擎宇的眼神中再次露出了奕奕神采，心中對於如何解決瑞源縣的問題已經有了大致的脈絡。

柳擎宇立刻吩咐宋曉軍道：

「曉軍主任，你一會兒通知縣電視台的人，立刻到我辦公室來一趟，讓他們錄製一支廣告，同時，在瑞源縣電視台每天至少要播放十次以上。在黃金時段裡，必須確保每天都有，廣告播放的時間一共兩個月！而且要在新聞節目的第一時間進行播放。」

柳擎宇的思維再一次令宋曉軍大吃一驚，立刻當著柳擎宇的面撥通了縣電視台台長吳中凱的電話：

「吳台長，我是宋曉軍，請你現在立刻派一組記者和攝影組，到柳書記這邊拍個片子，這個片子要……」

讓宋曉軍傻眼的事發生了，吳中凱聽了之後，抱歉地說道：

「宋主任，真是不好意思啊，您的指示太晚了些，現在縣裡所有的記者和攝影師都派出去了，柳書記那邊要錄製影片的話，只能等他們回來以後再說。我會立刻聯繫他們，讓他們儘快趕去的。」

柳擎宇臉色立時暗沉下來。這個吳中凱竟然不把我這個縣委書記當回事啊！

柳擎宇不是傻瓜，吳中凱已經是第二次拒絕他的指示了，這絕對有問題。

而且，身為縣電視台台長，按理說應該主動上門對縣委書記的行動進行採訪和宣傳，但是吳中凱別說是主動上門了，連自己要動用縣電視台，都還敢找各種理由推脫。

柳擎宇不是一個喜歡宣傳自己的人，但是有時候，某些工作的確需要進行必要的宣傳。就像這一次，柳擎宇要求拍的廣告，這是他要想達到在三個月之內讓瑞源縣上訪率降到最低的一個重要的宣傳手段，然而，吳中凱竟然連問都不問是什麼事，就先找理由拒絕了，還讓自己等著，這簡直就是對自己權威的嚴重挑釁。

柳擎宇站起身來，「曉軍主任，我看咱們今天得活動活動筋骨了。從吳中凱同志的回答來看，他們縣電視台的工作似乎很忙啊，咱們去實地考察一下，看看實際的情況到底如何。」

宋曉軍連忙下去安排司機去了。

柳擎宇這回是真的發怒了。

宋曉軍知道這種突擊式的調研絕對不是什麼好事，柳書記這可是憋著一股子怒火要去縣電視台找事的。

他沒有通知任何人，就連司機都不知道他們要去哪裡視察，宋曉軍只告訴司機照自己指示的方向前進。

一路上，柳擎宇一言不發，宋曉軍除了偶爾提醒一下司機方向之外，其他時間也是沉默無語。就連司機都感受到這兩位縣委大老身上所散發出來的凝重氛圍，車子開起來特別戰戰兢兢。

縣電視台和縣委大院在同一條大街上，但是宋曉軍在指示路線的時候，卻讓司機繞了好幾個彎，才拐進縣電視台的大院內。

電視台門口有個六十多歲的老頭在看門，老頭手中拿著一臺收音機正在聽節目，看到柳擎宇他們的汽車駛進大院，只是瞄了一眼，連問都不問。

對老頭來說，凡是開著汽車來的，都是大人物，完全沒有必要去過問，倒是那些走進縣電視台的人，老頭卻會一一盤問。

宋曉軍因為工作的原因，經常和電視台打交道，所以對電視台內部很熟悉。進了電視台，宋曉軍直接前面帶路，柳擎宇緊隨其後，直奔記者室。

兩人來到記者辦公室後，一眼便看到放在辦公桌上的兩臺攝影機和幾個工作人員。辦公室正中央的一張茶几旁，四個人圍坐著正在打牌。

其中一個人打出六張牌，興奮的大喊道：「哈哈，積分翻八倍，老王，你底牌扣了多少分？」

坐在這哥們旁邊的老王一臉的鬱悶之色。

柳擎宇和宋曉軍進來的時候，這四個人光顧著打牌了，根本就沒有正眼看柳擎宇他們，在幾個人身旁，還有三個工作人員坐在電腦前忙活著。

柳擎宇走過去掃了一眼，其中一個正在玩撲克牌，另一個在看影片，只有一個看起來還算認真，桌上擺著文件，文件裡面看起來是一個拍攝計畫。

然而，柳擎宇定睛一看，卻發現這傢伙的桌面開著一排窗口，從網頁上簡單的介面來看，明顯是一款流行遊戲的名字，只不過被暫時置於後臺運行的狀態下，很明顯，這哥們肯定是看到有人進來，使用快捷切換鍵進行了切換，這哥們的警覺性還算比較高的。

這時，這哥們抬起頭來看到柳擎宇就站在自己身邊，而且是一個自己並不認識的人，立刻滿臉嚴肅的說道：「你找誰？這裡是電視台工作區，請你出去，聯繫好了再進來。」

聽到這個哥們的聲音，那兩個玩遊戲和打牌的人也抬起頭來。

其中那個身高體壯的打牌的哥們站起身來罵罵咧咧的說道：「奶奶的，我說最近手風不順呢，原來是來外人了，出去出去！」

一邊說著，用手指著門外。

宋曉軍冷冷的看了一眼這個哥們說道：「王曉虎，你膽子不小啊，竟然敢把縣委書記往外轟！」

聽到宋曉軍的聲音，王曉虎嚇了一跳。柳擎宇他不認識，但是宋曉軍他卻是認識的，宋曉軍身為縣委辦主任，和他們打交道的次數不少，有一次還請他們吃飯。

這時，其他人也看到了宋曉軍，嚇得全都站起身來，滿臉的尷尬和惶恐之色。

宋曉軍縣委常委的身分可不是假的，對這些基層工作人員來說是很有威懾力的。

王曉虎聽到宋曉軍說到縣委書記這個名字，嚇了一跳，仔細看向柳擎宇，這才注意到眼前的這個人的確和省電視台現場直播時出現的那個縣委書記臉龐十分相像，只是衣服不同罷了。

這一下，王曉虎嚇得腿肚子都抽筋了，立時意識到這次恐怕有麻煩了。他可是聽說過，柳擎宇剛剛上任，第一天前往縣資訊中心視察，便扳倒了資訊中心主任，那可是魏縣長的小舅子啊，這次前往縣電視台又是突擊檢查，自己要倒大楣了！

其他人也反應過來，都嚇得目瞪口呆，滿頭大汗。

柳擎宇冷冷的看了幾人一眼，說道：「你們誰是記者？誰是攝影？誰是導播？自我介紹一下。」

長得人高馬大的王曉虎是攝影，其他幾個，有的是記者，有的是編導，從他們的講述中可以聽得出來，他們這是兩個編制非常完善的小組，配套非常齊全。

隨後，柳擎宇又問了他們一些問題，從他們的回答中，柳擎宇可以清楚的知道，他們到目前為止並沒有任何任務，全都在辦公室歇著。

柳擎宇聽完他們的講述之後，寒著臉說道：

「我知道你們電視台的工作人員工作很辛苦，尤其是一旦忙起來就要加班加點的，不過這裡畢竟是辦公室，還是需要注意一點形象，萬一市紀委的人下來明察暗訪把你們給抓住了，到時候飯碗丟掉了豈不可惜，全都給我把心用在工作上，如果下次要是再被我發現你們不務正業，全都把你們給處分了。」

說完，柳擎宇邁步向外走去，宋曉軍緊隨其後。

看到柳擎宇離開的背影，幾個人先是一愣，隨即都慶幸起來他們的命運和資訊中心的那些人截然不同，柳擎宇雖然抓個正著，但是對他們的工作性質很體諒，沒有處分他們，給了他們一個改過自新的機會，這讓他們心中對柳擎宇多出了不少好感。

人往往就是這樣，劫後餘生的感覺總是讓人充滿了慶幸和感激。

從記者辦公室出來，宋曉軍低聲問道：「柳書記，現在去哪裡？」

柳擎宇說道：「去台長室。」

此刻，台長辦公室內。

電視台台長吳中凱、副台長張瑞超、第二副台長黃凱波、財務主任石慶敏四個人正在打麻將，一邊摸著牌，一邊吞雲吐霧聊著天。

副台長張瑞超打了一個東風後，看向吳中凱說道：「台長，您說咱們這樣接二連三的不給柳擎宇面子，他會不會找機會過來找我們麻煩？」

吳中凱不屑的說道：「嗯，不排除這種可能性，不過，我們也沒必要過於擔心，我們電視台可不同於其他地方，我們這裡守衛森嚴，看門的老張頭辦事很認真，而且，就算柳擎宇過來，也抓不住我們什麼。」

第二副台長黃凱波說道：「台長，您剛才跟柳擎宇說咱們電視台現在沒有記者和攝影師可以過去，柳擎宇要是真的較真查起來，恐怕有些不妙吧？」

吳中凱老神在在地說：「沒事沒事，我早就跟那些記者們說好了，吩咐他們，不管是誰打電話過來問他們在哪裡，都讓他們說在外面，誰也查不出來什麼。對了，這件事你們也注意一些，我們對柳擎宇的報復還真是不得不防啊！」

其他人連忙使勁的點頭表示明白。

就在這個時候，房門被推開了，在外面稍微聽了一會兒的柳擎宇和宋曉軍邁步走了進來。

聽到房門聲響，四人都抬起頭來向外看去。

他們之所以敢在上班時間打麻將，是因為他們早就對下面做過交代，在上午九點到十一點這段時間內，任何人不能前往台長辦公室彙報工作，如果有什麼重要事情需要進行彙報，得提前打電話預約，然後才能前往彙報。

至於房門，平時他們打麻將的時候，門都是從裡面反鎖起來的，今天之所以沒有鎖，是因為不久前石慶敏去上廁所，回來的時候忘了鎖了。

看到柳擎宇和宋曉軍從外面走了進來，四個人全都呆愣在當場。

以他們的級別，自然和王曉虎那些下面的人不同，他們的政治敏感性要遠遠高於王曉虎他們，所以眾人一眼就認出了宋曉軍和柳擎宇。

此時，四個人大眼瞪小眼，想要收起麻將桌上的麻將都來不及了。

進屋後，柳擎宇冷冷的掃了眾人一眼，直接拿出手機對著現場喀喀連拍了三張照片，隨後收起手機，說道：「誰能告訴我你們現在在做什麼？」

四個人誰也不敢說話，心中卻罵道：「奶奶的，當然是在打麻將啊，難道你還看不出來嗎？還問什麼問?!」

然而，四人心中雖然暗罵，嘴上卻什麼都不敢說，只能沉默無語。

柳擎宇又問道：「怎麼？你們不知道自己在做什麼嗎？」

幾個人還是不說話。他們知道，這時只要承認了上班時間打麻將，自己就被動了，所以打死不認。

看到幾個人一句話都不說，柳擎宇冷笑一聲，對宋曉軍道：「曉軍主任，你給宣傳部部長唐睿明同志打個電話，讓他親自到現場來一趟。」

宋曉軍立刻會意，當場撥通了唐睿明的電話：「唐部長，我是宋曉軍，柳書記讓你到縣電視台台長辦公室來一趟。」

唐睿明接到電話，眉頭一皺，柳擎宇這時候怎麼跑到縣電視台去了？還讓自己過去一趟，恐怕沒有好事。

想到此處，唐睿明猶豫了一下。

似乎是聽出唐睿明的猶豫，宋曉軍補充道：

「唐部長，現在電視台的吳中凱、石慶敏等同志全都在呢，現在就差你了，快點過來吧。」說完，宋曉軍直接掛掉了電話，不給唐睿明推脫找理由的機會。

唐睿明聽到電話裡傳來嘟嘟嘟的忙音，便知道這次真的得去縣電視台走一趟了。

在前往縣電視台的路上，唐睿明不斷的撥打著縣電視台內一些朋友的電話，想要瞭解一下電視台內到底發生了什麼事，然而，讓他感到意外的是，他打了好幾個電話，得到的答案是他們根本不知道發生了什麼事，就連柳擎宇到了縣電視台的事，如果不是唐睿明說出來，他們根本就不知道。

唐睿明心中懷著種種疑問，出現在台長辦公室外面。

當他推開房門的那一剎那，他立刻意識到，事情大條了。因為進門後，他一眼就看到正中央的麻將桌旁，四個滿臉鬱悶、尷尬的電視台領導們，還有那滿桌子的麻將，在吳中凱的台長辦公桌後面，柳擎宇正坐在那裡閉目養神，而縣委辦主任宋曉軍則是坐在門口附近的沙發上在抽著菸。

進門後，唐睿明在第一時間瞭解到裡面的局勢後，心中有了譜，便滿臉含笑地看向柳擎宇說道：「柳書記，不知道你今天把我喊過來有什麼指示？」

柳擎宇用手指著四個人說道：「唐同志，你是主管宣傳方面的縣委常委，你看現場這種情況應該如何處理？我和宋曉軍同志進來的時候，發現這四位同志鏖戰正酣，如果我沒有記錯的話，現在應該是上班時間吧？」

唐睿明滿臉苦澀的點點頭：「現在是上班時間。」

柳擎宇道：「唐同志，那說說你的意見吧。」

唐睿明沉吟起來。

吳中凱等人大多都是屬於自己的嫡系屬下或者是魏宏林的人，而他和魏宏林也是屬於同一陣營，站在他的立場上，他是不願意處理這些人的，但是他也清楚，今天這種情況，如果自己不處理他們的話，柳擎宇這邊肯定無法交代過去。

唐睿明略微思考了一下，沉聲道：

「柳書記，我看這件事必須要嚴肅處理，我的意見是，鑑於三人在上班時間打麻將，形象十分不好，讓他們每個人給我寫一份報告，對他們的錯誤行為進行深刻反省，同時，每個人給予口頭警告處分，並且扣除兩個月的績效獎金。」

聽到唐睿明的回答，吳中凱等人都鬆了口氣，對他們來說，少發點獎金寫份報告那是小意思，尤其是這份報告是交給唐睿明的，隨便寫寫就可以交差了。

只是唐睿明說完後，柳擎宇臉色一沉，看向吳中凱說道：

「吳同志，我記得不久前宋曉軍同志曾經給你打電話，讓你派記者到我的辦公室去一趟，你當時說縣電視台裡的記者全都出去採訪了，我說得沒錯吧？」

吳中凱心頭一顫，瞬間明白柳擎宇今天為什麼找上門來了，他心中暗罵自己豬腦啊，幹嘛在這件事情上和柳擎宇作對呢？

同時，他的心中也有些委屈，魏縣長在臨走前再次交代他，叮囑自己在電視採訪上必須要謹慎安排，雖然沒有直接點名柳擎宇，但是他知道，柳擎宇和魏縣長不對盤，他只能站在魏宏林這一邊。

現在，他後悔了。這個年輕的縣委書記手段實在太陰險、太犀利了。

然而，後悔歸後悔，面對柳擎宇的質問，他只能硬著頭皮回道：「是的，我的確說過，他們出去採訪了。」

柳擎宇又問了一遍：「你確定所有的記者都出去了嗎？」

吳中凱點點頭道：「的確全都出去了，不信的話，您可以去記者辦公室看一看。」

在吳中凱看來，他虛張聲勢一番，基本上就能呼嚨過去了，即便是柳擎宇不相信自己，要去記者辦公室查證的話，自己也有機會通知記者撤離，哪怕是柳擎宇讓自己跟著，其他人也有機會通知，因為記者辦公室和自己的辦公室不在一層樓上。

只是，讓吳中凱沒有想到的是，柳擎宇聽了，冷冷的說道：「宋曉軍同志，你告訴他，我們來之前看到了什麼。」

宋曉軍看著吳中凱道：「吳同志，看來你也是個喜歡撒謊的人啊，我和柳書記在來你的辦公室之前，先去了記者辦公室，看到辦公室內，五六名記者、攝影、編導們都很悠閒啊，有的坐在一起打牌，有的在電腦前打遊戲，有的看電影，難道這就是你所說的出去執行任務嗎？難道你所謂的執行任務就是打牌和玩遊戲看電影嗎？」

吳中凱一聽，心中暗叫不好，他知道今天自己真的要倒霉了。

這時候，柳擎宇說話了：

「吳同志，你是不是對我有什麼意見啊？如果你有什麼意見可以提出來，我柳擎宇洗耳恭聽，如果我哪裡做得不正確的話，會立刻改正，但是如果我沒有錯的話，那你的工作態度就很值得商榷了。

「我雖然不是直管你的領導，但是身為縣委書記，我在宣傳口上應該也有那麼一點點的發言權吧？縣委辦主任兩次需要你們縣電視台配合的時候，你都是三番五次的推脫，不知道你為什麼要這樣做？你能夠給我一個合理的解釋嗎？」

吳中凱頓時腦門冒汗，柳擎宇這番話句句直指他的要害啊。

這時，他發出求救的目光看向宣傳部唐睿明。

唐睿明只好站出來為唐睿明解圍道：

「柳書記，可能吳中凱這樣做有不得已的苦衷吧，我看，是不是可以讓吳中凱寫一份詳細的報告交給您，等您看完之後再說。」

唐睿明採取的是緩兵之計，他認為只要緩過這段時間，等到柳擎宇的氣消一些，再讓吳中凱去認個錯，這件事基本上就可以化解得差不多了。

唐睿明也是隻狡猾的老狐狸，但柳擎宇也不傻，搖搖頭道：「這種事哪裡還有延後解釋的必要？吳中凱同志，你現在就給我一個合理的解釋吧。」

吳中凱臉上露出無奈之色，一言不發，如果真說出來是魏宏林讓自己那麼做的，那麼不僅柳擎宇這邊未必能夠逃脫懲罰，魏宏林那邊也無法交代，兩邊都討不了好。

想到此處，吳中凱便決定死不張口了。

柳擎宇默默地盯視著吳中凱，等了兩分鐘，見吳中凱還是不說話，便道：

「好，既然吳同志喜歡只做不說，連解釋一下都不願意，那我認為你這個電視台台長也沒有當下去的必要了。」他轉而看向唐睿明道：

「唐同志，我看吳中凱同志的問題很多，不適合繼續在電視台台長這麼重要的位置上幹下去了，先就地免職吧，你看怎麼樣？」

雖然柳擎宇看似是徵求唐睿明的意見，但語氣卻透出一股令人無法拒絕的強勢態度。

唐睿明看得出來今天柳擎宇是憋足了勁想要找吳中凱的麻煩，而吳中凱的做法，他也感到有些過分，他這麼不給縣委書記面子，柳擎宇不反擊才怪。

他曉得這件事的背後肯定有魏宏林的影子，否則吳中凱就算再囂張，也不敢如此抗命，嘴上便替吳中凱緩頰道：「柳書記，您看是不是再給吳同志一個機會，據我瞭解，他在這個位置上還是做出了一些成績的。」

柳擎宇擺擺手道：「成績？我沒有看到啊！我看到的只是縣電視台內混亂的管理，看到的只是電視台台長和三個下屬在上班時間打麻將的畫面。」

柳擎宇指著另外三人道：「除了吳中凱就地免職以外，這三個人上班時間打麻將已經嚴重違紀，就地免職，至於副台長的代理人選……」

柳擎宇轉頭對宋曉軍交代道：「曉軍同志，你去看一下，有沒有哪個副台長在幹正事，同時，把其他副台長也都叫來，另外，調一份所有副台長的履歷出來，然後一起拿過來。」

宋曉軍點點頭，過不多時，兩名副台長跟在他的身後走了進來，宋曉軍手中拿著兩人的履歷遞給柳擎宇。

請續看《權力巔峰》11　悶棍女王

《首席御醫》作者銀河九天另一暢銷代表熱作！
最新駭客任務：智商重新啟動、破解防護極限！

首席駭客

駭客大舉入侵？
駭人聽聞的網路最毒程式？
他們無所不在，
他們無所不駭；
只要你能想到的，
都在他們的勢力範圍之內……

全套共12冊

單冊9折・套書85折優待

銀河九天——本名謝榮鵬，至今已創作近八百萬字，其中《天生不凡》在二〇〇五年網路點閱率破千萬；小說《原始動力》獲「網絡文學十年盤點」最終大獎；《瘋狂的硬盤》入選起點中文網「八周年經典作品」，《首席御醫》一書，更是創下驚人銷售量。

銀河九天 著　驚駭出版

繼《淘寶筆記》後，又一迅速致富的現代傳奇！
首部揭秘金融運作內幕的商戰小說
網路點閱率千萬破表，年度最受歡迎作家月關力作
獵財筆記
月關 著
之1 冒險一搏
之2 金錢槓桿
之3 商海獵金
之4 虎口奪食
之5 局中有局
之6 富貴風險
之7 億元之搏
之8 大浪淘沙
投資是風險小的投機，
投機是風險大的投資。
投資不是投機，那是騙人的話！
看似人人衣冠楚楚，堂而皇之的商業活動
幕後陰謀詭詐，潛規則無數
笑臉背後，隱藏著你不知道的秘辛……
全書共8本
單冊特價199元 套書85折

權力巔峰 卷10 殺機四伏

作者：夢入洪荒
發行人：陳曉林
出版所：風雲時代出版股份有限公司
地址：10576台北市民生東路五段178號7樓之3
電話：(02) 2756-0949
傳真：(02) 2765-3799
執行主編：朱墨菲
美術設計：吳宗潔
行銷企劃：林安莉
業務總監：張瑋鳳

初版日期：2020年3月
版權授權：蔡雷平
ISBN：978-986-352-789-3
風雲書網：http://www.eastbooks.com.tw
官方部落格：http://eastbooks.pixnet.net/blog
Facebook：http://www.facebook.com/h7560949
E-mail：h7560949@ms15.hinet.net
劃撥帳號：12043291
戶名：風雲時代出版股份有限公司

風雲發行所：33373桃園市龜山區公西村2鄰復興街304巷96號
電話：(03) 318-1378
傳真：(03) 318-1378
法律顧問：永然法律事務所 李永然律師
北辰著作權事務所 蕭雄淋律師

行政院新聞局局版台業字第3595號 營利事業統一編號22759935
©2020 by Storm & Stress Publishing Co.Printed in Taiwan
◎ 如有缺頁或裝訂錯誤，請退回本社更換

定價：270元

版權所有 翻印必究

國家圖書館出版品預行編目資料

權力巔峰 / 夢入洪荒著. -- 初版. -- 臺北市：風雲時代, 2020.01- 冊； 公分

ISBN 978-986-352-789-3（第10冊：平裝）--

857.7 108020333

風雲時代

風雲時代